Le Tourbillon des illusions

Marie-France Desmaray

Le Tourbillon
des illusions

Éditions de Noyelles,
avec l'autorisation des Éditions Presses de la Cité

31, rue du Val de Marne, Paris

Le Code de la propriété intellectuelle n'autorisant, aux termes des paragraphes 2 et 3 de l'article L. 122-5, d'une part, que les « copies ou reproductions strictement réservées à l'usage privé du copiste et non destinées à une utilisation collective » et, d'autre part, sous réserve du nom de l'auteur et de la source, que les « analyses et les courtes citations justifiées par le caractère critique, polémique, pédagogique, scientifique ou d'information », toute représentation ou reproduction intégrale ou partielle, faite sans le consentement de l'auteur ou de ses ayants droit ou ayants cause, est illicite (article L. 122-4). Cette représentation ou reproduction, par quelque procédé que ce soit, constituerait donc une contrefaçon sanctionnée par les articles L. 335-2 et suivants du Code de la propriété intellectuelle.

© Presses de la Cité, 2021.

ISBN : 978-2-298-17181-5

Je prendrai dans ma main gauche
Une poignée de mer
Et dans ma main droite
Une poignée de terre.
Puis je joindrai mes deux mains
Comme pour une prière
Et de cette poignée de boue
Je lancerai dans le ciel
Une nouvelle planète
Vêtue de quatre saisons
Et pourvue de gravité
Pour retenir la maison
Que j'y rêve d'habiter...

Étraves, Gilles VIGNEAULT

À mon papa

Les personnages

Rose Guilbaud, née en 1922 à Saint-Simon en Charente et vivant à Saint-Pierre-Jolys au Manitoba

Louise Guilbaud, mère de Rose, née en 1906 dans les marais de Saint-Hilaire-de-Riez en Vendée

Gustave, oncle de Rose et frère aîné de Louise

Léonie, grand-mère de Rose et mère de Louise, habitant Saint-Hilaire-de-Riez en Vendée

P'tit Louis, frère cadet de Louise, habitant Saint-Hilaire-de-Riez en Vendée

Juliette, marraine de Rose et amie de Louise, originaire de Saint-Simon en Charente

Marius Coupaud, mari de Louise, gabarier originaire de Saint-Simon en Charente

Jeanne et Auguste Chaillou, propriétaires d'une entreprise de construction de gabarres

Léon et Gabrielle Boisvert, propriétaires d'une ferme-laiterie à Saint-Claude

Tobie, Métis employé des Boisvert

Édouard et Guillaumette Arbez. Édouard est propriétaire d'un grand magasin, Guillaumette est couturière

Le père Joseph Bazin, prêtre de la paroisse de Saint-Claude

Lorsque je me retourne sur mon passé, il me semble assister à une pièce de théâtre en plusieurs actes. Le vaudeville de ma jeunesse, avec ses portes qui claquent, ses personnages tragi-comiques au verbe haut, a laissé place à la tourmente, la couleur s'est fondue dans un clair-obscur, les drames ont succédé aux épisodes heureux. Les scènes défilent avec plus ou moins de bonheur, mais je conserve dans mon cœur une grande tendresse pour tous ceux qui en ont été les acteurs et m'ont aidée à me construire. Le temps a pansé certaines plaies, les années m'ont apaisée, je m'efforce de garder toujours intact l'enthousiasme de ma jeunesse.

J'ai croisé nombre de gens. Certains n'ont fait que passer, rencontres éphémères, autant de graines de vie parsemées sur mon chemin. Et puis, il y a ceux qui me sont si chers, famille et amis réunis. Ceux sans qui ma vie n'aurait pas été aussi intense. Toi, ma chère maman à qui je dois tout ; Juliette, ma marraine chérie, ma deuxième maman, presque une grande sœur ; Marius, celui qui est et restera toujours mon papa d'adoption ; Tobie, dont la blessure laissée par son histoire métisse ne s'est jamais tout à fait cicatrisée ; Léon, le bourru tellement généreux ; mes amies Lucille et Zoé ; mes grand-mères en Vendée ; mon oncle Gustave ; et mes amours… Et ceux qui ne sont plus, petites étoiles clignotantes qui continuent à me guider. Tous sont mes racines, doubles, profondes, un pied dans l'Ouest canadien, un autre en Vendée, l'Ouest toujours, les terres françaises de maman, avec ses marais impénétrables, son océan, l'océan qui sépare mes deux ancrages. Deux pays, deux histoires riches qui ont contribué à me forger une identité.

Je suis à mi-parcours, il me reste encore tant à découvrir. Enfin, je l'espère. Un nouvel acte se met en place, que je me sens prête aujourd'hui à aborder. L'impatience fait affluer l'adrénaline dans mes veines, peut-être encore plus maintenant que j'ai compris combien le temps peut être compté. J'ai envie plus que jamais de claquer des portes, je veux encore entendre des cris, des pleurs, des rires, parce que c'est la vie que j'aime, avec ses hauts et ses bas, celle qui fait qu'on la prend à bras-le-corps pour la retenir le plus longtemps possible, comme l'enfant que l'on redoute de voir partir lorsqu'il arrive à l'âge adulte. Les larmes ne sont peut-être pas complètement taries, mais je n'ai pas peur, j'affronte l'avenir avec sérénité. Aujourd'hui je souris parce que je me souviens.

Le brigadier vient de taper les trois coups. Le rideau s'ouvre.

C'était en 1938...

LE TEMPS DES RÊVES

Novembre 1938

Manitoba

1

La rafale de poudrerie[1], nerveuse et cinglante, l'agressa de plein fouet. Étourdie, Rose rabattit les côtés de sa tuque[2] sur ses joues rougies, remonta son écharpe jusqu'à hauteur des yeux et s'engagea tête baissée sur la chaussée du pont Provencher, au-dessus de la rivière Rouge, sans prêter attention au véhicule qui approchait à vive allure. Le coup de klaxon prolongé la fit sursauter, elle esquissa un pas en arrière. Au même moment, quelqu'un derrière elle empoignait son bras et la tirait vivement à l'écart de la route. Agacée, elle se dégagea avec trop de brusquerie, se pencha en avant pour tenter de conserver l'équilibre sur le sol gelé, chancela, entama une pirouette – que les patineuses expérimentées ayant l'habitude d'évoluer sur la rivière Assiniboine glacée n'auraient pas désavouée – et finit par s'accrocher, dans un dernier geste désespéré, à la première chose que sa main venait de trouver. Trop tard. Sa tête heurta violemment une pierre, lui arrachant un cri de douleur. Sa vue se brouilla.

Nauséeuse à cause du ballet incessant des voitures qui se croisaient sur le pont, elle peinait à entrouvrir ses paupières.

— Allez-vous enfin me lâcher ?

Cette injonction la rappela entièrement à elle. Les yeux écarquillés, elle réalisa que sa main gauche serrait convulsivement le bas d'un pantalon. Honteuse, elle lâcha la

---

1. La poudrerie désigne une neige très légère qui tombe au sol.
2. Bonnet de laine, au Canada.

flanelle, renversa la tête à s'en faire mal pour croiser les yeux d'un homme à la stature démesurée.

— Quelle écervelée vous faites ! Vous rendez-vous compte que vous auriez pu vous faire écraser ?

Rose glissa ses doigts sous son bonnet, fouillant sa chevelure épaisse pour trouver la meurtrissure provoquée par sa chute.

— C'est bon ! Pas la peine de me faire la morale, vous n'êtes pas mon père.

— Encore heureux ! Si je l'étais, je vous aurais déjà talochée pour votre inconscience.

Rose haussa les épaules et se releva en fulminant. Pour qui il se prenait, ce *bum*[1] ! Elle n'était quand même pas une gamine.

— Je vais vous aider.

— Non !

Elle n'aimait pas son sourire sarcastique et pas davantage ses remarques indélicates. Et pourtant, à bien l'observer de ses yeux plissés, elle convenait qu'il ne manquait pas d'un certain charme. Même qu'il lui rappelait vaguement quelqu'un. Elle épousseta son manteau et son écharpe sans parvenir à maîtriser une grimace.

— Vous êtes sûre que vous ne vous êtes pas blessée ?

— Non !

— Vous ne savez dire que non ?

— Non, oui… Enfin, non, je n'ai pas mal.

Rose avait retrouvé ses esprits.

— Je dois vous laisser, je vais être en retard pour prendre mon train.

— N'oubliez pas votre valise !

Quelle tête de linotte ! Pour un peu elle l'abandonnait sur le pont. Sa main emmitouflée serra fermement la poignée.

— Merci pour votre aide, monsieur.

Elle s'en voulait de l'expédier ainsi mais elle n'avait plus

---

1. Mot familier au Canada, de l'anglais *bum* qui veut dire « clochard ». Dans ce contexte, personne aux manières insolentes.

de temps à perdre. Elle s'éloigna à la hâte en dépit des élancements fulgurants dans sa cheville.

Décidément, tout l'enquiquinait aujourd'hui. Le matin, à l'hôpital, elle avait raté l'épreuve de travaux pratiques en vue de son futur examen d'infirmière. Ensuite, elle avait été convoquée par la mère supérieure qui lui avait fait remarquer son manque d'attention durant les cours ces dernières semaines. Puis elle s'était étalée en pleine rue devant l'autre imbécile dont elle n'arrêtait pas de revoir le visage sans trouver à qui l'associer, et ça l'énervait. Puis, lorsqu'elle arriva à la gare, encore essoufflée, elle apprit que le départ du train était retardé, pour laisser le temps aux employés de déneiger les rails. La prudence aurait dû lui commander de reporter son voyage, mais elle s'était mis en tête de retourner chez ses parents, et quand elle avait une idée dans la tête, ce n'était pas dans les pieds, comme le lui serinait sa mère. Tant pis, elle attendrait le temps qu'il faudrait. Une heure plus tard, elle put enfin monter à bord du train et se retrouva assise sur un siège donnant sur l'allée alors qu'elle aurait préféré s'assoupir la joue contre la vitre. Et par-dessus le marché, il lui fallait endurer en face d'elle ce gamin insupportable qui n'arrêtait pas de gigoter et lui avait déjà à deux reprises balancé son pied dans les tibias, sans que sa mère à côté tente le moindre geste pour l'assagir. Qu'il essaie encore une fois ! Elle se promit de le morigéner aussi sec, vu que ses regards courroucés ne semblaient pas l'impressionner.

La fatigue aidant, bercée par les tressautements du wagon, elle appuya sa tête contre le siège en cuir élimé. Le visage de l'oncle Tobie s'interposa, elle crut l'entendre lui murmurer à l'oreille :

— Respire, ma ptchite[1] Rose.

Elle inspira profondément, expira au bout de quelques secondes la tension accumulée dans la journée. Son visage se détendit, ses traits s'adoucirent. Les paupières closes, elle

---

1. « Petite » en langue métchif, la langue des Amérindiens.

souriait dans un demi-sommeil, perdue dans une lointaine nébuleuse. Le nouveau coup de pied dans sa cheville endolorie la réveilla pour de bon. Elle cria à la fois sa douleur et un nom tout à coup revenu :

— Gary Cooper !

— *You don't have to yell*[1], fulmina la femme à ses côtés.

Elle attrapa son fils qui pleurnichait et le ramena sur ses genoux.

— *She's not nice*[2].

Rose comprenait l'anglais et se mordit les lèvres pour ne pas lui répliquer avec rudesse. Sa mère lui avait toujours appris à ne pas réagir aux provocations sous le coup de la colère. N'empêche qu'elle avait davantage envie de suivre les conseils prodigués en cachette par sa marraine Juliette et d'envoyer promener la mère et son gamin mal élevé. *Vivement ce soir que je me couche. Quelle fichue journée !* Mais elle était contente maintenant, elle savait à qui ressemblait son inconnu. Gary Cooper ! Le célèbre acteur américain qu'elle trouvait si beau depuis qu'elle avait aperçu sa photographie en une du *Winnipeg Free Press*, pour la réclame du film *Mr Deeds Goes to Town*[3]. *Ah, mais pourquoi n'y avait-il donc pas de cinéma à Saint-Boniface pour qu'elle puisse le voir !* Peut-être aurait-elle la chance que dans quelques semaines il soit enfin à l'affiche à Winnipeg. Elle pestait souvent contre cette injustice. À Winnipeg, il fallait attendre des semaines, parfois des mois, pour voir un film récent, contrairement à Montréal qui bénéficiait d'une plus grande aura que la capitale manitobaine, perdue au milieu du Canada. Montréal, à ses yeux, était une ville brillante, moderne, une ville où la jeunesse pouvait profiter de toutes les nouveautés et surtout de toutes les libertés. Ici, tout lui semblait vieux, étriqué, ces belles choses dans les magazines dont elle rêvait mettaient un temps fou à arriver.

---

1. « Ce n'est pas la peine de crier. »
2. « Elle n'est pas gentille. »
3. Titre américain du film *L'Extravagant Mr Deeds*, de Frank Capra.

À croire qu'elles étaient transbahutées dans les charrettes de la Rivière-Rouge, pestait-elle quand l'exaspération prenait le dessus. Et, pour couronner le tout, sa mère prenait toujours ses griefs pour des enfantillages frivoles, allant jusqu'à lui faire remarquer qu'elle était bien trop gâtée.

— De mon temps, nous n'allions pas au cinéma et nous ne perdions pas notre temps à rêvasser devant des photos sur papier glacé.

De tels discours, mettant en valeur les conditions de vie d'il y avait trente ou quarante ans, l'irritaient profondément. D'autant qu'elle avait surpris il y a peu sa mère éblouie devant l'image glamour de l'actrice française Danielle Darrieux. Elle, préférait Katharine Hepburn, qui lui renvoyait une image de femme libre, beaucoup moins lisse, celle qu'elle rêvait d'être plus tard. Alors elle cultivait son jardin secret, gardant pour elle ses rêves de partir à Montréal ou, pourquoi pas, même si c'était encore plus irréaliste, à Paris, la capitale de toutes les capitales !

Il faisait nuit lorsqu'elle parvint à quatre heures de l'après-midi en gare de Saint-Pierre-Jolys, distante d'un mille seulement de l'auberge de sa mère. Mais un mille, c'est un trajet décuplé quand il faut gagner de vitesse le blizzard qui s'amorce et que les bottes s'enfoncent dans la neige.

— Bonjour, ma petite maman !

Rose envoya valser ses bottes par-dessus celles déjà alignées sur le paillasson de la véranda. La chaleur de la cuisine empourpra son visage, elle claqua une bise à Louise et fonça vers sa chambre, pressée de s'allonger pour soulager la douleur. La porte poussée trop brusquement heurta la cloison. Des pleurs s'élevèrent.

— Eh bien, voilà, tu as réveillé ton frère, c'est pas malin.

— Que fait-il dans ma chambre ?

— D'abord elle ne t'appartient pas, à ce que je sache, et ensuite ton frère est en âge de dormir seul, et non plus avec nous.

Cette nouvelle acheva d'agacer Rose. Mais qu'avait-elle

fait au bon Dieu pour que cette journée lui attire autant de désagréments ?

— Voyons, ma Rosinette, tu es souvent absente, ne me dis pas que ça te dérange. De toute façon, comme il est encore trop jeune, il reste dans son petit lit.

Encore heureux, fulmina Rose en son for intérieur.

— Rooooose ! Roooooose !

Les griefs de la jeune fille fondirent comme neige au soleil devant l'excitation de son jeune frère qui sautillait avec frénésie sur son lit, impatient de se jeter dans ses bras. Elle l'empoigna sous les aisselles et le souleva dans les airs. Le petit exultait et en réclama davantage.

— Tu vas me le casser, s'insurgea Louise. C'est encore un bébé.

— Mais non, maman ! Il va sur ses sept ans enfin ! Arrête de t'alarmer pour rien, il n'est pas fait en porcelaine.

Elle reposa l'enfant dans son lit malgré ses protestations véhémentes, se laissa tomber lourdement sur le sien et entreprit de se masser le pied.

— Que t'est-il arrivé ?

— Bah ! Rien de grave, j'ai juste glissé sur le pont Provencher. Ça va passer, tonton Tobie m'arrangera ça.

De grands cris venant du bas de l'escalier les interrompirent.

— Rose, petite chérie, où es-tu ?

La nouvelle venue déboula dans la chambre.

— Ah, te voilà enfin ! Bordel, mais c'est que ta fille est devenue une vraie jeune femme, Louise ! J'avais fini par oublier à quel point elle était belle. Faut que tu reviennes plus souvent !

Rose sauta au cou de sa marraine Juliette, sous le regard faussement envieux de sa mère.

— Je note que tu ne m'as même pas embrassée en arrivant.

— Allez, maman, ne fais pas ta jalouse, je garde le meilleur de mes baisers pour toi.

Le souper donna à la famille l'occasion de se réunir.

Rose, heureuse de retrouver ses proches, portait ses yeux de l'un à l'autre avec affection.

D'abord le mari de Louise, qu'elle appelait « papa Marius », bien qu'il ne le soit pas dans les faits. Il l'avait reconnue comme telle, il y avait de cela trois ans, et la jeune fille lui en serait à jamais reconnaissante. Elle venait de rentrer de France quand il lui avait fait cette proposition, après avoir pris le pouls de Louise pour juger du bien-fondé de son offre. Durant ce séjour sur les terres vendéennes de sa maman, Rose avait enfin percé l'abcès du secret de sa naissance. C'était douloureux, bien sûr, le secret de famille volait en éclats, lui révélant l'inacceptable. Une révélation lourde à porter, qui pourtant l'avait soulagée. Elle s'était sentie plus forte pour aborder l'avenir, parce qu'enfin elle pouvait mettre un nom sur ses origines. Même si ce nom était celui de son grand-père, le propre père de Louise qui avait abusé de sa fille, alors qu'elle n'avait que quinze ans.

Il y avait Juliette aussi, autour de la table. Sa chère marraine, l'amie fidèle de sa mère qui l'avait suivie lorsque toutes deux avaient pris la décision de s'exiler au Canada, avec Rose alors âgée de quatre ans. Ainsi que Tobie, son époux, « tonton Tobie » comme elle l'appelait, celui qui avait accompagné toute son enfance canadienne. Et enfin les deux petits, Noël son jeune frère, et Aimé, le fils de Juliette et Tobie.

Les jeunes femmes finissaient de ranger la vaisselle, les enfants avaient regagné leurs lits. Marius bouffardait en parcourant les pages de *La Liberté*. Rose poussa un grand soupir d'aise une fois installée dans la berceuse près de l'âtre, sa place préférée. Les mouvements de la chaise à bascule exercèrent bientôt leur action bienfaisante sur ses muscles contractés. Sa famille lui avait tant manqué ces derniers jours. Elle retira ses chaussettes et tendit un pied tout gonflé et bleu à Tobie qui venait de prendre place sur le tabouret en face d'elle. Les mains larges et chaudes du Métis entourèrent sa cheville, remontèrent le long de son mollet, par saccades, pour masser longuement sa peau et faire pénétrer l'onguent à base de feuilles de consoude. Déjà, la douleur s'effaçait en même temps qu'une lénifiante sensation de bien-être s'infiltrait dans ses veines et engourdissait tous ses sens. Rose ferma les paupières, tout en écoutant la conversation d'une oreille distraite.

— Les nouvelles d'Europe ne sont vraiment pas bonnes.

Marius poursuivit à l'intention de Tobie :

— Il devient inéluctable que nous allons droit au conflit.

— Cela fait déjà plus de trois ans que *La Liberté* évoque ce risque. Soyons confiants en l'humanité du monde.

— Voyons, Tobie, quand cesseras-tu d'être aussi naïf ? Pourquoi crois-tu que Franklin Roosevelt, aux États-Unis, intensifie son armement ? Les accords de Munich signés par l'Allemagne avec Mussolini, Daladier et Chamberlain ne me disent rien qui vaille. À part avoir permis à Hitler d'annexer la Tchécoslovaquie, ils n'éviteront pas la guerre. Inévitable à court ou moyen terme, j'en fais hélas le pari.

Leurs femmes n'en perdaient pas une miette.

— Je m'inquiète pour ma famille, en Vendée.

— Et tu crois, ma Louise, que je ne pense pas à mes parents restés en Charente ? ajouta Marius sur un ton de reproche.

Tobie donna une petite claque sur le mollet de Rose. Elle retira son pied de sa cuisse, il rejoignit Juliette qui les écoutait depuis le début sans broncher.

— Eh bien, moi, je ne veux pas m'éloigner de ma chère femme et de mon fils. Pas plus que je n'envisage de vous quitter. Arrêtons d'imaginer le pire et profitons du moment présent. Ne sommes-nous pas privilégiés ? Notre ptchite Rose est enfin rentrée à la maison.

Pelotonnée jusqu'au bout du nez sous les draps, Rose s'abandonnait à la paresse, tout au plaisir de retrouver ses habitudes de petite fille. Un rai de lumière filtrait dans l'interstice des rideaux occultants et nuançait la chambre d'un voile mordoré. Son frère, dans le petit lit, se retourna dans son sommeil et repoussa ses draps. Attendrie, Rose rabattit sur lui la couverte[1].

Lorsqu'ils s'étaient mariés, en pleine Dépression, Marius et Louise avaient quitté Saint-Claude pour s'établir à Saint-Pierre-Jolys, village rural au sud de Winnipeg. Ce choix n'avait pas été le fruit du hasard, mais d'une longue discussion entre Louise et Tobie. Ce dernier avait émis le vœu de s'établir dans cette paroisse où résidaient de nombreux Métis. Louise aurait préféré demeurer à Saint-Claude, ou même à Saint-Boniface, car le changement l'alarmait, qui lui ferait perdre ses repères et surtout ses amis, Léon et Gabrielle Boisvert, les premiers à les avoir accueillis au Manitoba. Elle s'inclina de bonne grâce, parce qu'il lui était inenvisageable de quitter Juliette, quand on leur proposa une terre qui permettait de réaliser un projet commun. Ils vivaient depuis sur le *homestead* acquis pour quelques dollars. Si le logement avait été scindé en deux pour préserver l'indépendance de chaque couple, les champs tout autour demeuraient exploités en commun. Louise s'était aménagé une salle de repas à destination des clients de passage dans son auberge, à l'enseigne *Chez Louise des cocottes*.

De la cuisine montaient des sons familiers, bols qui s'entrechoquent, crépitements de la bouilloire sur la plaque du fourneau. Les effluves aguicheurs du fumet de bouillon aux aromates lui firent plisser le nez. Comme à son habitude, sa mère avait dû se lever aux aurores et s'affairait déjà à préparer le repas des ouvriers des élevages locaux de renards argentés et de visons. L'odeur caractéristique du pain grillé dans le four acheva de taquiner son appétit. Elle noua autour de sa taille fine la ceinture de sa robe de chambre en lainage et rejoignit Louise. Elle affectionnait ce moment privilégié de la journée, quand mère et fille se retrouvaient en toute intimité, avant que la maison ne s'anime avec l'arrivée des autres membres de la famille puis des clients. Rose enlaça sa mère par-derrière, et frotta son nez dans son cou.

---

1. Synonyme canadien de couverture.

— Tu sens toujours aussi bon, ma petite maman chérie. Comme tu m'as manqué !

Louise lâcha sa cuillère et tourna vers sa fille un regard d'une profonde tendresse. Elle lui pinça affectueusement les joues, baissa les yeux vers sa taille et tira le cordon de la robe de chambre en fronçant les sourcils.

— Tu es sûre que tu manges suffisamment à la ville, ma Rosinette ? Je te trouve maigrichonne et pâlotte.

— Voyons, maman. Tu te fais des idées. Tu penses bien qu'avec Albertine je ne manque de rien. Et puis arrête de m'appeler sans cesse « ma Rosinette », je ne suis plus une enfant.

— Hum ! Ça, c'est une autre affaire.

— En tout cas, ces bonnes odeurs m'ont donné faim !

Le visage de Louise s'éclaira. Telle une fourmi travailleuse, elle versa le lait chaud dans le bol, déposa la motte de beurre sur la table, ouvrit le pot de confiture de poirettes et découpa une épaisse tranche dans la miche de pain. Rose protesta pour la forme qu'elle pouvait bien le faire elle-même, ce à quoi Louise ne prit même pas la peine de répondre. Toutes deux entretenaient ce rituel réconfortant du retour au bercail. Rose devinait que sa mère aimait reproduire les gestes qui lui donnaient l'illusion que sa petite lui appartenait toujours. Elle voyait juste, car Louise ne pouvait s'empêcher de penser que sa fille grandissait trop vite. La séparation imposée pour les études lui pesait, aussi, quand son enfant revenait le temps de vacances trop courtes, elle voulait en profiter.

— Maman, tu crois vraiment qu'il va y avoir la guerre en France ? Les propos de Marius m'ont empêchée de trouver le sommeil. Je pensais à tonton Gustave en Vendée. J'espère qu'il va pouvoir nous rejoindre.

Louise aussi songeait à son frère aîné dont le vœu était de les rejoindre. Depuis trois ans, il mettait jour après jour de l'argent de côté pour assouvir son désir de venir s'installer au Manitoba et construire sa propre maison à proximité de la leur. Dans sa dernière lettre, il disait avoir assez amassé et être enfin prêt à traverser l'océan. Il lui assurait être en mesure de faire le voyage dans les mois qui venaient ; elle voulait croire que les événements ne l'empêcheraient pas de réaliser son rêve. Elle pensait aussi avec inquiétude à sa mère, affaiblie par la mort de l'aïeule quelques mois auparavant, et à son plus jeune frère, Louis, qui par chance préférait rester près d'elle, dans leur bourrine de Vendée.

Le massage de Tobie, la veille, s'était révélé efficace. Rose ne ressentait plus la moindre douleur et sa cheville avait désenflé. Son déjeuner terminé, elle éprouva le besoin de se promener dans la campagne enneigée. Avant de partir, elle poussa la porte de chez Juliette. Bouts de tissus, écheveaux de fils, ciseaux et dés à coudre traînaient épars sur la table, sur un dossier de chaise et même par terre. Pelote, la petite chatte de la maison, s'étira et se frotta aux mollets de Rose en faisant le gros dos pour quémander quelques caresses. La jeune fille sourit, amusée. Elle reconnaissait bien là le désordre de sa chère marraine, estimée pour son immense talent de couturière. Le mannequin à taille humaine que lui avait confectionné Tobie étant dénudé, elle en déduisit que Juliette devait être partie livrer une cliente. Elle lui emprunta sans complexe l'élégante capeline de flanelle bleu turquoise pendue à la patère et, chaussée de ses bottes de neige, prit la direction de la rivière aux Rats.

Au blizzard qui avait rugi toute la nuit se substituait un ciel immensément bleu et pur, et toute la campagne s'était recouverte d'un épais manteau de neige scintillante. Rose aimait quand sévissait le blizzard, parce qu'il fallait fermer toutes les ouvertures de la maison et attendre bien au chaud que les rafales s'apaisent. Alors que beaucoup le craignaient, elle l'avait apprivoisé. Dès que se profilaient les premiers signes de la tempête, elle s'emmitouflait, se calfeutrait, lisait le journal, écrivait, en buvant un thé ou un lait chaud. Le chant puissant du vent, au lieu de l'angoisser, l'exaltait. Coulée au fond du lit, sous le poids de l'édredon, elle écoutait ronchonner ce vieux compagnon de ses hivers qui savait bercer son sommeil. Et après la tempête, quand les vents s'étaient assagis jusqu'à s'assoupir complètement, on pouvait alors ouvrir les rideaux, chausser les bottes et revêtir les manteaux pour sortir profiter du froid sec et découvrir le miracle : un ciel paisible, nettoyé de toutes nébulosités.

Après avoir parcouru deux milles, elle bifurqua sur le sentier Saint-Paul, s'arrêtant à chaque instant pour lever un regard ébloui vers le grand ciel azuréen, s'émerveiller devant des baies rouges de pommettes recroquevillées en bouquets sous les branches protectrices d'un sapin qui les avait épargnées comme par miracle de la poudrerie, en cueillir quelques-unes, les frotter pour en retirer la neige et les porter à sa bouche, encore gelées, en espérant retrouver leur parfum camphré mais les recracher aussitôt avec une vilaine grimace. Un peu plus loin, elle longea la coquette maison en rondins du vieux Moïse Goulet, s'en écarta pour traverser le bois, lequel s'ouvrit enfin sur une large prairie, au pied de la rivière. Elle connaissait les lieux, grâce à Tobie qui lui en avait montré tous les coins secrets et appris l'histoire ancienne. Au siècle dernier, ce chemin était un lieu de passage pour les fréteurs qui transportaient les marchandises en chars à bœufs, depuis le fort Garry de Winnipeg, à cette époque comptoir de la Compagnie de la baie d'Hudson, jusqu'à Saint-Paul au Minnesota. Du fort Garry, détruit au cours des années 1880, il ne subsistait que la grande porte et un pan de mur.

La prairie toute blanche scintillait d'une myriade de minuscules diamants. La température avait chuté de plusieurs degrés, mais Rose s'en accommodait bien. Parce qu'elle avait marché trop vite et que maintenant elle avait chaud, elle défit son écharpe et retira sa tuque en ébouriffant ses longs cheveux bruns du plat de la main. Si sa mère s'était trouvée là en cet instant, elle l'aurait à coup sûr enguirlandée pour son imprudence à se découvrir par ce froid.

Ses yeux rêveurs observaient l'horizon. Qu'ils étaient

beaux, ces paysages, magnifiés par le soleil hivernal ! Elle aimait tant ce pays. Plus que sa mère et même Juliette qui avaient fini, les années aidant, par s'accoutumer tant bien que mal à la rigueur des hivers. Elle, n'avait pas d'autres souvenirs pour comparer. Bien que née en France, elle était arrivée au Canada si jeune qu'elle avait le sentiment d'y être depuis toujours. Et ce n'était pas son dernier voyage sur les terres familiales en Vendée qui l'avait fait changer d'avis. Elle se sentait plus canadienne que française, même si la France avait pour elle le goût lointain et sublimé de ses racines profondes.

Une main se posa sur son épaule, la tirant de ses rêveries.

— Juliette ? Que fais-tu là ?

— Je t'ai vue partir mais je n'ai pas eu le temps de te retenir. Alors, je t'ai suivie de loin, pour ne pas te déranger dans tes pensées. J'avais envie de passer un moment avec toi, je te vois si peu souvent. Tu veux bien ?

Rose l'embrassa affectueusement et, en se reculant, jeta un regard gêné sur la vieille gabardine de laine grise qui épousait la silhouette toujours gracile de sa tante. Elle calcula mentalement qu'à trente-deux ans, puisqu'elle avait le même âge que sa mère, Juliette gardait l'allure d'une jeune fille. Celle-ci l'observait avec des yeux pétillants de malice.

— Je lis dans vos yeux, jeune demoiselle, de drôles de pensées !

— Hum ! Tu ne m'en veux pas de t'avoir chipé ton manteau, ma petite marraine chérie adorée ?

— Toi, tu es toujours aussi roublarde, ma fieffée petite chatte.

Elles éclatèrent de rire.

— C'est beau, n'est-ce pas ?

— Oh oui ! La campagne me manque tant à Saint-Boniface ! Et pourtant, quand je suis ici, il me tarde toujours de retrouver l'agitation de la ville. Je suis quand même bizarre !

Juliette sourit. Parfois, elle se disait que la jeune fille lui ressemblait par certains traits de caractère. Au fond,

Rose était un peu sa fille. Elle avait participé à son éducation, à sa manière, différente mais complémentaire de celle de Louise, et cela avait contribué à leur complicité. Elle la savait impulsive, impétueuse comme elle, souvent de mauvaise foi, là aussi un défaut commun, mais toujours attachante, généreuse et proche de sa famille. Elle la connaissait par cœur et devinait en ce moment précis, au mouvement nerveux de ses lèvres, qu'elle ruminait quelque pensée inavouable.

— Allez, viens, nous allons rentrer tranquillement, car j'ai du travail en pagaille qui m'attend, et tu me raconteras chemin faisant ce qui te tracasse.

En repassant devant le tapis de pommettes, Rose et Juliette balayèrent la neige et cueillirent avec précaution quelques poignées de baies que la jeune fille rangea dans sa tuque.

— J'ai besoin de ton aide, car j'ai peur de me faire gronder par maman.

Eh bien, voilà ! On y était. Elle était encore si enfant dans ses réactions, songea Juliette avec tendresse. Rose tourna vers elle un visage rougi par le froid.

— Je ne veux plus être infirmière ! Après les vacances d'été, je ne reprendrai pas les cours.

Bon sang ! Elle ne l'avait pas vu venir, celle-là. La jeune fille avait le nez fin. Cette décision, si elle se révélait ferme, ne serait pas du goût de sa mère.

— Ne prends pas cet air catastrophé, tu vas encore plus me tourmenter.

— Franchement, ma belle, y a de quoi en tomber sur les fesses ! Tu connais ta mère mieux que moi. Depuis le temps qu'elle se saigne pour te payer des études dont elle-même n'a jamais pu bénéficier, je ne vois pas vraiment comment elle pourrait bien prendre la plaisanterie. Moi, je te le dis, ça va jaser dur, prépare-toi aux cris.

— C'est pour ça que je compte sur toi.

— Holà ! Du calme, jeune fille, je ne possède pas de

baguette magique. Et puis, dis donc, ma jolie, faudrait peut-être assumer tes choix.

— Ce que vous pouvez être tannants, vous les anciens ! Pourquoi toujours devoir faire des choix ? J'ai le temps, bon sang !

Le sourire ironique de Juliette ajouta à son agacement.

— Je vois bien que tu ne me fais pas confiance. Finalement, tu es comme maman.

— Non, mais oh ! Mademoiselle qui vient de me renvoyer balader chez les anciens ! Admettons que tu ne veuilles plus t'occuper des malades. J'imagine que dans ta petite tête pas trop mal faite ça mûrit depuis belle lurette. Mais alors, c'est quoi tes projets d'avenir ?

Rose empoigna les mains de Juliette, les serra avec fébrilité contre sa poitrine.

— Ce n'est plus le métier dont je rêve, ce n'est pas le sens que je veux donner à mon existence. J'ai fait une erreur, un point c'est tout. Il est donc interdit de se tromper, de s'en apercevoir et de vouloir rectifier le tir ? Je ne peux pas continuer comme ça ou je le regretterai toute ma vie, c'est certain. Tu ne sais pas, toi ! Tu n'as jamais connu de tels sentiments, tu ne peux pas comprendre ce qu'on ressent quand on s'aperçoit qu'on n'est plus à sa place. Je suis jeune, j'étouffe et je rêve de tout quitter pour m'envoler ailleurs.

Exaltée par sa diatribe, Rose s'enflammait. Ses yeux brillaient d'une colère retenue.

— D'accord ! Arrête-moi si je me trompe, mais moi je suis vieille !... Bien ! Bien ! Tu ne m'arrêtes pas, donc je continue mon raisonnement. Tu dois avoir raison. Comme toutes les vieilles, comme ta mère aussi je suppose, je ne peux pas comprendre. Bien sûr que non, je ne peux pas savoir, je ne peux pas me mettre à ta place...

— Ce n'est pas ce que je voulais dire...

— Si, si ! Tu l'as dit. Et tu as tort. Enfonce-toi dans ta caboche de mule que je sais et comprends bien plus que tu ne le penses. J'ai eu une vie avant toi.

Ces derniers mots, évasifs mais lourds de sous-entendus, intriguèrent Rose. La fraîcheur, glaçante, chassait l'humidité sur sa peau. Elle enroula son écharpe autour de son cou et reboutonna son manteau. Juliette s'était tue, Rose eut peur de l'avoir blessée et cherchait comment se faire pardonner son mouvement d'humeur. Elle reprit avec une voix fluette de petite fille prise en faute :

— Tu as mal vécu d'avoir quitté la Charente avec maman, il y a quelques années, pour venir au Manitoba ?

— Mais non, voyons ! Je n'ai jamais regretté une seconde d'avoir suggéré ce choix à ta mère ni d'avoir franchi le pas, même si nous avons traversé ensemble des moments difficiles, et surtout connu d'énormes doutes. Si je n'étais pas venue au Manitoba, je n'aurais jamais rencontré Tobie. Lui et moi, c'est une telle évidence, je l'aime de tout mon cœur, nous avons eu ensemble un beau petit garçon, je suis heureuse...

— Oui... mais ?

Une pointe de tristesse traversa le regard de Juliette, ses beaux yeux bleus s'embuèrent. Rose s'en aperçut qui l'enlaça dans un geste impulsif :

— Pardonne-moi, marraine, je m'en veux de t'avoir rendue triste.

— Ne t'inquiète pas, ce n'est rien. Et puis, si, je vais quand même t'avouer un secret. Tu le gardes pour toi, d'accord ?

— Promis, juré !

— Eh bien... ce n'est pas facile à expliquer... mais voilà, il m'arrive parfois de rêver que je retournerai un jour dans le pays de mes ancêtres, et que j'y retrouverai quelque famille...

— Je ne comprends pas... Tu n'es pas française comme maman ?

— Si ! Nous nous sommes connues en Charente, où je vivais depuis de nombreuses années, mais mes parents étaient originaires de Pologne. Comme ils sont morts depuis longtemps, tu te doutes que ce serait une tâche quasiment impossible. Et maintenant, l'océan me sépare du vieux continent.

— Je l'ignorais. Maman sait-elle tout cela ?

— Oui, bien sûr. Mais ne te fais pas de souci pour moi. Ce n'est pas mon premier coup de cafard ni le dernier, ça doit être l'effet du blizzard. Tu me connais, ça ne dure jamais bien longtemps.

— Ma petite marraine chérie, dis-moi ce que je peux faire pour te redonner le sourire.

— Rien… Ah si, venir plus souvent ! Bordel, ne me regarde pas avec ces yeux de chatte éplorée, tu vas me faire pleurer comme une gamine.

— Juliette, cessez donc de dire des gros mots, vous offensez le bon Dieu !

Rose enfla sa voix pour imiter le père Joseph, prêtre de la paroisse de Saint-Claude, toujours prompt à fustiger la jeune femme pour ses fréquents écarts de langage. Juliette éclata de rire.

— Garde tes rêves, ne les perds jamais de vue, tout au long de ta vie, et crois en toi, belle enfant que j'aime comme si tu étais mienne. Et, s'il te plaît, ne me dis plus jamais que je suis vieille ou je t'étripe.

Elles reprirent leur marche, s'amusèrent en se remémorant de vieux souvenirs de Saint-Claude, convinrent de concert, avec une pointe de nostalgie, qu'elles n'avaient pas vu depuis trop longtemps Léon et Gabrielle Boisvert et regagnèrent la maison, bras dessus bras dessous, en rigolant comme des folles. Louise, qui les avait vues arriver, s'avança sur le chemin au-devant d'elles. Juliette chuchota à l'oreille de sa filleule :

— Attends encore un peu avant d'en parler à ta mère, laisse-moi le temps de réfléchir à la meilleure manière de préparer le terrain. Hum ! En supposant qu'il existe une bonne manière pour le faire.

— Que tramez-vous donc dans mon dos toutes les deux ?

31

Le sourire avenant de Louise démentait toute arrière-pensée dans sa question.

— Je disais à ta chapardeuse de fille que ce qui est emprunté est acquis. Elle repartira à Saint-Boniface avec ma capeline bleue, vu qu'elle semble tant lui plaire, et que tout compte fait elle lui va mieux qu'à moi !

2

De retour à Saint-Boniface, Rose reprit ses cours sans grand enthousiasme. Elle s'obligeait à faire bonne figure devant les sœurs, prenait son mal en patience, car il ne lui restait plus qu'un mois à tenir avant le retour dans le cocon familial, pour les fêtes de Noël.

Elle retrouva avec plus d'entrain ses habitudes chez Albertine Turcotte qui l'hébergeait. La vieille femme, ancienne cuisinière de la riche famille Landry, s'était liée d'amitié avec Louise quand celle-ci l'avait remplacée lors de son départ à la retraite quelques années auparavant. Un peu après, la crise de 1929 avait bouleversé la société et obligé Louise à changer de travail, mais elle avait continué à entretenir des relations amicales avec Albertine. Celle-ci ayant pris Rose en affection, elle prévenait le moindre de ses désirs, malgré ses maigres ressources. Rose amenait de la vie dans la maison, lui apportait en retour sa jeunesse et son exubérance rafraîchissante, tout en étant consciente des sacrifices consentis par la vieille femme pour lui faire plaisir. Aussi ne cherchait-elle pas à en abuser.

La discussion avec Juliette faisait son chemin dans la tête de Rose. Elle avait conscience qu'elle ne pouvait décevoir sa mère qui avait consenti de nombreux sacrifices pour lui assurer un avenir. Louise avait passé toute son enfance en France, dans les marais de Vendée, ce qui, ainsi qu'elle le répétait à qui voulait l'entendre, lui avait forgé le caractère.

— Chez nous, c'était déjà la misère, et pourtant nous n'avons pas subi de krach boursier. Nous n'avions pas grand-chose pour vivre, mais nous étions heureux malgré tout. Alors ce n'est pas cette crise financière qui va changer les choses. J'ai appris depuis que je suis petite à me contenter de peu.

Rose ne voulait pas être une charge pour sa mère, ni pour Albertine, aussi elle s'organisa pour travailler à l'hôtel-restaurant Fort Garry de Winnipeg en dehors de ses heures de cours. Deux heures le matin au service des déjeuners en chambre, deux heures en fin d'après-midi consacrées au service du souper en salle. Elle s'estimait chanceuse d'avoir trouvé ce travail, car la crise avait bouleversé le pays. Le Manitoba peinait à se sortir du marasme économique. Chômage accru à la suite des faillites bancaires qui mirent à la rue des grandes fortunes, mévente du blé pour les fermiers, touchés eux aussi de plein fouet, autant d'éléments qui avaient contribué à fragiliser la communauté francophone, constituée en grande partie de paysans. Cette crise avait particulièrement éprouvé les Canadiens français, notamment dans toutes les petites paroisses autour de Saint-Claude, comme à Notre-Dame-de-Lourdes, Haywood, Letellier ou Cardinal, et beaucoup, surtout chez les jeunes étudiants, abandonnaient le Manitoba pour se réfugier à l'est, vers le Québec, terre d'accueil économique offrant plus de possibilités d'avenir.

La misère était bien présente, en cette fin des années 1930. Bien que les autorités provinciales s'en défendent, il subsistait encore quelques baraquements rue Logan, des refuges de fortune mis en place pour nombre d'ouvriers canadiens français, hongrois, allemands, ruthènes, mal rémunérés dans des camps de travail aux conditions d'hygiène déplorables. Une situation qui affectait la jeune fille.

En tout cas, les heures effectuées à l'hôtel Fort Garry s'avéraient une source de profit non négligeable, suffisante pour payer une pension à Albertine. Dans un souci d'économie, et parce que son emploi du temps ne le lui permettait plus, Rose dut faire des concessions et se résoudre, à son grand dam, à déserter les cours de théâtre au Cercle Molière. C'est sur les planches du Cercle qu'elle avait croisé autrefois Gabrielle Roy, membre de la troupe depuis plusieurs années. Gabrielle, étudiante brillante à l'École normale, la subjugua à la fois par son talent et sa beauté. À l'exemple de la jeune femme, partie en Europe deux ans auparavant dans le but d'apprendre le métier d'actrice, elle ambitionnait elle aussi une autre vie et rêvait d'aller étudier à Paris.

Cette dernière année scolaire l'avait confortée dans son constat, le métier d'infirmière n'était pas fait pour elle. D'ailleurs, ses résultats s'en ressentaient. Elle s'ennuyait ferme pendant les cours et ne supportait plus de devoir assister les sœurs dans leurs soins. Alors que la raison tentait en quelques rares occasions de s'imposer, son corps désormais s'y refusait. Albertine s'en aperçut, après l'avoir vue plus d'une fois rentrer livide, et repartir aussitôt travailler à l'hôtel.

Rose ne se confia jamais sur le bouleversement qu'elle avait ressenti face à la détresse côtoyée à la suite du krach, et qui avait induit son choix d'études. Persuadée à ses débuts d'avoir trouvé sa vocation, exaltée par la tâche qui l'attendait, elle se figurait en guérisseuse de tous les maux. Impuissante, elle s'aperçut que le combat était perdu d'avance, elle ne pourrait jamais venir en aide à tous les miséreux. Les mois passèrent sans réussir à calmer ses doutes. Qui plus est, la vue des plaies tout comme celle du sang la révulsait, elle qui dans les premiers temps avait parfaitement surmonté cette difficulté.

Comment expliquer à sa mère l'inexplicable ? Comment lui faire comprendre un sentiment si intime, si complexe à exprimer ? Juliette demeurait son seul espoir, elle savait pouvoir compter sur elle pour l'assister dans cette démarche difficile. En attendant, le soir, elle fourbissait ses arguments, se les répétant inlassablement jusqu'à ce que le sommeil la gagne.

Peu avant le congé pour Noël, la mère supérieure la convoqua dans son bureau. Rose s'était préparée à recevoir des reproches, le sourire engageant de la sœur grise la déstabilisa.

— Je ne vais pas y aller par quatre chemins. Il me semble que vous n'êtes pas à votre place ici.

Sur la défensive dès les premiers mots, la jeune fille se demanda si cette remarque attendait une réponse.

— Vous êtes bien plus intelligente que la moyenne et vous vous dévalorisez en persistant dans une voie qui ne vous valorise guère.

Incrédule, Rose restait sur ses réserves. C'était presque trop beau.

— Alors, voilà ! J'ai des perspectives d'avenir exaltantes pour vous, chère enfant. N'avez-vous jamais songé à devenir institutrice ?

La mère supérieure se leva de sa chaise et appuya ses deux mains sur son bureau en se penchant vers Rose.

— Nous avons besoin de jeunes filles comme vous pour perpétuer la langue française. Ne perdez pas de vue que la langue est gardienne de la foi, et inversement la foi gardienne de la langue. Le métier d'institutrice est fait pour les jeunes filles, là est votre place pour sauver la race française, car vous faites partie de l'élite de relève requise pour les Franco-Manitobains. Un jour, vous vous marierez avec un jeune Canadien français et vous nous ferez de beaux enfants en leur transmettant nos valeurs. Il ne peut pas en être autrement, Dieu le veut.

La religieuse se rassit et reprit plus posément :

— C'est un combat de chaque jour que nous menons depuis des années et qui nécessite de ne pas baisser la garde. Alors, qu'en dites-vous, ma chère petite ?

Race française ! Rose l'avait déjà lu dans les pages de

La Liberté, quelque temps auparavant : un curé de la Saskatchewan voisine se disait fier de « sa race française dans les prairies ». Les prêtres encourageaient les familles nombreuses dans le seul but de poursuivre l'œuvre des premiers colons et d'asseoir la foi catholique au Manitoba. Il en était ainsi de ces grandes familles sur plusieurs générations qui s'affichaient régulièrement en photo dans le journal, avec aux premiers rangs ceux qui étaient entrés en religion.

Mais Rose n'avait nullement l'intention de se faire dicter son choix et encore moins d'entrer dans le carcan identitaire pesant. Il était hors de question d'envisager le métier d'institutrice qui lui avait déjà été suggéré à l'époque où elle avait gagné le deuxième prix du concours d'élocution. Dans l'immédiat, il valait mieux battre en retraite pour ne pas risquer de heurter son interlocutrice. Aussi lui suggéra-t-elle, avec une politesse affectée, qu'elle avait besoin de temps pour réfléchir à cette option et qu'elle ne manquerait pas de lui donner sa réponse avant la fin de l'année scolaire. Elle quitta la sœur grise en la remerciant de son obligeance, rassurée de n'avoir pas été réprimandée pour son manque d'attention aux cours.

Arrivèrent les préparatifs de Noël. Rose augmenta ses heures de travail à l'hôtel Fort Garry, ce qui lui permit d'économiser un peu en prévision de ses cadeaux. Chez Eaton, elle fit l'acquisition de pelotes d'une belle laine rouge chinée qui allaient lui permettre de tricoter des gants et une tuque pour Louise ainsi qu'une écharpe pour Marius ; à La Baie, elle acheta un reste de métrage d'étoffe de laine vendu au rabais, pour que Juliette se confectionne un châle, et en profita pour quémander à la vendeuse un peu plus du joli papier cadeau Hallmark rouge et vert, imprimé de pères Noël en traîneaux. Une demande très frivole en ces temps d'après-crise, elle aurait dû se contenter du papier journal habituel pour emballer ses paquets, mais ce papier était décidément trop joli. Tant pis s'il était un peu onéreux. Ensuite, elle se rendit chez le boucher et lui demanda de lui scier des petits os de mouton dont elle fit deux sacs d'osselets, un pour Noël, l'autre pour Aimé. Restait à trouver un présent pour Tobie. Elle se creusa la tête et finit par acheter au magasin général un paquet de tabac à chiquer de chez Macdonald Tobacco. La carte à collectionner cachée à l'intérieur ferait le bonheur de son jeune frère.

Son périple se termina chez Sasha, l'épicier ukrainien. Celui-ci se serait damné pour sa petite Française qu'il avait connue toute jeune. À chacune de ses visites, il ne manquait pas de lui demander des nouvelles de Louise et Juliette, surtout cette dernière dont il comparait les yeux bleus aux eaux de son Danube natal. Rose profita de l'ascendant qu'elle avait sur lui pour négocier âprement un sachet de paprika de Hongrie qu'elle destinait à Albertine et un paquet de chicorée pour sa mère. Grâce à une mine pateline à laquelle ne savait résister le vieux commerçant, elle obtint en supplément une boîte de pirojkis.

— Vous faites les meilleurs pirojkis au monde, Sasha, lui susurra-t-elle avec un sourire malin. Maman n'a jamais réussi à les préparer comme vous, malgré tous vos conseils !

Cette dernière estocade finaude, accompagnée d'un soupir de désolation à fendre l'âme, acheva l'homme généreux. Il gloussa de plaisir, sans se rendre compte qu'il s'était fait manipuler par la petite renarde qui avait réussi ainsi à lui extorquer ces boulettes de pâte farcies de viande dont elle raffolait. Mais au fond, à bien y réfléchir, était-il si dupe que ça ?

Le 24 décembre au matin, chargée d'un grand sac contenant tous ses paquets soigneusement emballés dans le papier de La Baie, Rose prit le train avec Albertine, invitée à se joindre à eux pour les fêtes.

Noël avait attrapé froid. Il ne quittait pas son lit, agité par une fièvre aiguë, son petit corps secoué de longues toux rocailleuses qui firent craindre à Louise que ça lui tombe sur les bronches. Inquiète, elle se rendit au magasin général du village et en revint avec un médicament supposément miracle, le Dr Wood's Norway Pine Syrup, un sirop au pin de Norvège dont elle avait vu la réclame dans *La Liberté*. Tobie fit des bonds en voyant l'élixir. Elle plaida :

— Ils disent que ça existe depuis quarante-huit ans, ça ne peut pas faire de mal.

— Mais ça ne lui fera aucun bien, lui rétorqua-t-il en ajoutant qu'elle n'était vraiment bonne qu'à gober toutes les bonimenteries des manufacturiers. Comme toutes les femmes, se permit-il d'ajouter.

Le mot de trop, qui provoqua une colère noire chez Louise. Juliette s'offensa elle aussi de tels propos et morigéna son mari.

— Tu n'es qu'un rustre, laisse-nous entre femmes… dit-elle tout en lui glissant discrètement à l'oreille qu'il ferait bien de préparer un cataplasme de baies de cerisier de Virginie pour se rendre utile au lieu de les achaler[1].

Tobie vira ses sabots[2] et partit s'exécuter, sous l'œil vigilant du petit Aimé à qui on avait interdit d'approcher le malade.

— Un à soigner, ça suffit ! gronda sa mère.

— Il va mourir, mon frère ?

Pour lui, Noël demeurait son frère, et personne dans la famille ne voulait démentir ce qui, dans les faits, de tous les jours y ressemblait.

— Mais non, petit. Ne t'inquiète pas. Fais-moi confiance, je sais comment le soigner.

Les coudes sur la table, le menton au creux de ses mains, le gamin ne perdait pas de vue la gestuelle habile de son

_____

1. « Fatiguer ».
2. « Tourna les talons ».

père pour réaliser une pâte visqueuse avec les petites baies dénoyautées et séchées après leur cueillette à l'automne, maintenant mises à bouillir dans un peu d'eau. La mixture recueillie, égouttée et enveloppée dans une bande de linge très fin, Tobie s'empressa de rejoindre Noël, toujours suivi par Aimé qui fut refoulé à la porte de la chambre. Louise terminait de faire ingurgiter à son fils une cuillerée de son breuvage officinal, pendant que Marius lui prodiguait ses encouragements pour avaler ce sirop qui le faisait grimacer. Elle dégagea la poitrine de l'enfant pour permettre au Métis de poser le cataplasme, qui fut renouvelé ainsi toutes les deux heures jusqu'au lendemain.

Noël, resté au lit avec des bouillottes, n'assista pas à la messe de minuit à l'église du village. Le lendemain matin, son état s'était déjà amélioré, les quintes diminuaient. La fièvre enfin tombée, il réussit à manger quelques bouchées de la tourtière confectionnée par Albertine, pendant que tout le reste de la famille se réunissait autour du magnifique sapin coupé dans la forêt par Marius et Tobie. Il se réjouit des osselets offerts par Rose, mais n'eut pas le droit d'y jouer tout de suite avec Aimé, que l'on préféra tenir à l'écart encore quelque temps.

Ce 25 décembre 1938 resterait pour tous un beau souvenir, les années noires étaient derrière, chacun reprenait un peu d'espoir, en occultant les menaces de conflit en Europe. À la Saint-Sylvestre, Noël était suffisamment requinqué pour aller courir la guignolée en traîneau avec Aimé, en agitant les grelots devant chaque maison du village, sous la protection bienveillante de Tobie, Marius et Rose, cette dernière bien trop heureuse de participer à une fête liée à de merveilleux souvenirs d'enfance. En revanche, elle n'aborda pas avec sa mère le délicat objet de ses préoccupations. Juliette l'en empêcha, arguant du fait que c'était prématuré, tout en la convainquant que décrocher son diplôme était la moindre des récompenses à offrir à Louise.

— Tu as toutes les cartes en main, fillette ! Ne gâche pas ton jeu.

Elle ne le contestait pas, sa marraine avait raison de l'inciter à la prudence. Les retrouvailles festives avec les siens lui offrirent une introspection bénéfique, elle puisa en elle l'énergie nécessaire pour poursuivre ses objectifs premiers.

3

En ce début d'année 1939, Rose adhéra à l'Alliance française de Winnipeg. Elle avait fait siennes les préoccupations des Canadiens français qui se sentaient envahis par les anglophones, un fait là aussi révélateur de la crise. Et puis, pensait-elle, voir d'autres Français en dehors de son contexte familial et étudiant ne serait pas un mal pour découvrir un peu mieux ses origines et se faire des amis. Elle proposa d'aider les membres dans l'enseignement de la langue française aux nouveaux arrivants. Ses années d'étude avec sœur Luc d'Antioche à l'Académie Saint-Joseph de Saint-Boniface avaient porté leurs fruits. Cette mère supérieure, passionnée et aux remarquables qualités de pédagogue, consacrait sa carrière à offrir un enseignement d'excellence de la langue française, faisant fi des querelles linguistiques provinciales, en prolongation du travail clandestin entamé depuis plus de vingt ans par l'Association d'éducation des Canadiens français du Manitoba. Rose le constatait autour d'elle, du moins en ville, le vocabulaire français s'appauvrissait, les mots et tournures anglaises s'immisçaient dans les conversations, et peu de personnes dans son entourage se passionnaient pour la littérature française.

— Si tu crois que j'ai le temps de lire ! s'insurgeait Louise.

— Vas-y, lis, et après tu nous raconteras, comme ça nous serons aussi instruits que toi, ajoutait Juliette.

Elle avait appris à lire à Saint-Claude, grâce entre autres aux ouvrages rapportés de France par le père Joseph, qu'il tenait à disposition dans sa cure pour ses paroissiens. Rose avait à cœur de parler correctement le français, par respect pour ses origines bien entendu, et par conviction personnelle surtout. Aussi ne se gênait-elle pas pour houspiller sa mère lorsque celle-ci laissait échapper par inadvertance une expression anglaise surprise dans une discussion avec ses clients. Et pourtant, assez paradoxalement elle devait se l'avouer, l'anglais prenait de l'importance parmi les Canadiens français, notamment dans la vie culturelle. Tout en ayant de profondes racines culturelles francophones, ceux-ci se distrayaient de plus en plus en anglais.

De ces années, Rose avait conservé le goût de la lecture et venait de terminer *Regain*, un roman de Jean Giono, dévoré en deux soirées. Et comme elle suivait de près la rubrique « Les livres qu'il faut lire » dans *La Liberté*, elle avait déjà parcouru les premières pages du dernier Prix Goncourt, *L'Araigne*, d'Henri Troyat.

— Tu vas t'abîmer les yeux à lire tard comme ça dans ton lit, rouspétait Albertine, sans grande conviction.

Rose devenait une ravissante et gracile jeune fille. À dix-sept ans, les rondeurs de ses premières années quittaient ses joues, son visage à l'ovale parfait s'était affiné, ses grands yeux noirs se portaient sur le monde avec une extrême acuité et même une certaine maturité affichée, renforcées par son allure générale et son physique qui trompaient bien du monde sur son âge. Et puis parfois, au détour d'un éclat de rire, l'enfance refaisait surface, rassurante surtout pour ses proches.

Elle répondit avec joie à l'invitation à la conférence dans les locaux de l'Alliance, sur le thème de l'influence de la littérature sur la langue française. Pour cette première sortie officielle, elle choisit de revêtir une robe en jersey gris, aux épaules élargies et la taille suffisamment marquée pour faire ressortir sa minceur, chaussa ses bottes de neige mais glissa ses souliers vernis noirs à talons hauts, qui lui donnaient l'air d'une vraie jeune fille, dans le joli sac en velours couleur prune serré par une fine cordelette. La capeline bleue de Juliette compléta la tenue. L'image reflétée dans le miroir lui plaisait, elle fit juste la moue parce que ses bas de laine grossière détonnaient mais ce n'était pas un temps à porter des bas de soie que toutes les élégantes s'achetaient chez Eaton, de toute manière bien trop dispendieux pour sa bourse.

La salle était comble pour recevoir l'auteur, un certain Pikes. Dans le vestibule où elle retira ses bottes humides au profit de ses escarpins, les autres femmes s'esbaudissaient sur le charme de ce professeur-conférencier. Comme elle s'étonnait de son patronyme anglophone, on lui expliqua qu'il était originaire de Dublin, en Irlande, et installé au Manitoba où il enseignait le français. Une dame un peu suffisante précisa, la bouche en cul de poule :

— Andrew est un fin lettré, amoureux de la France et de Paris où il a suivi ses études supérieures, il maîtrise parfaitement la langue de Molière qu'il enseigne à l'université.

Ah ! Paris ! Décidément, tout la ramenait à la capitale française, bien plus excitante que les marais vendéens de sa famille ou la prairie manitobaine. En attendant son intervention, Rose s'attarda à proximité d'un groupe d'hommes, attirée par leurs échanges verbaux autour de l'imminence d'une guerre. Ce risque évident la révulsait. Elle avait beau essayer de s'y préparer parce que les journaux titraient de plus en plus sur ce sujet, les conséquences, qu'elle avait peine encore à mesurer, l'angoissaient. L'un des protagonistes accusait le maire de Winnipeg de nourrir des sentiments médiocrement tendres envers le Führer, ce que ses voisins corroborèrent en opinant de la tête d'un air entendu. Puis la conversation prit un tour plus secret, les têtes se rapprochèrent pour ajouter à la confidence des propos. Bien que consciente d'être indiscrète, Rose tendit l'oreille. Et capta quelques mots comme « restriction des immigrants », « juifs ». Un homme s'emporta :

— Il faut leur interdire l'accès au Club.

Elle ne savait de quel club il parlait, mais elle n'ignorait pas qu'il existait depuis quelques années une montée en puissance de l'antisémitisme au Manitoba.

Louise s'était toujours étonnée de l'intérêt de sa fille pour la politique. Peut-être était-ce à force d'entendre Marius et Tobie s'animer à chaque lecture de journal, mais Rose se remémorait surtout les prises de bec de Léon Boisvert à Saint-Claude. Ardent anticlérical, il n'était pas pour autant à court de paradoxes et aimait recevoir à sa table, entre autres nombreux invités du village, le bon père Joseph. Cela provoquait des joutes réjouissantes mémorables.

Le groupe s'éloigna quand il s'aperçut que Rose les écoutait. Cette conversation l'avait agacée. Elle avait entendu une fois un prêtre certifier que le juif ne s'assimilait pas, qu'il était impossible de l'intégrer dans la vie d'une paroisse franco-canadienne. Certes, elle était trop jeune pour entrevoir toutes les subtilités de la politique, mais elle ne comprenait pas qu'un peuple, quel qu'il soit, ne puisse pas s'intégrer. Sa mère, sa marraine, et encore plus elle-même s'étaient bien « assimilées », comme ils disaient, alors pourquoi pas ces gens qu'on appelait des « Juifs » ? En novembre dernier, Marius avait relevé devant elle un article de *La Liberté* qui démontrait qu'ouvrir la porte à l'immigration juive serait tout simplement augmenter de gaieté de cœur le nombre de chômeurs et qu'il n'y avait de place au Canada pour aucun étranger.

Elle fut interrompue dans ses réflexions par l'organisatrice de la soirée qui engagea l'assemblée à prendre place dans la salle où le conférencier n'allait pas tarder à commencer sa présentation. Excitée à l'idée de vivre cette première expérience enrichissante, Rose s'engouffra dans la salle.

Andrew Pikes se présenta sur scène. Assise au dernier rang, derrière deux dames qui, en plus de lui boucher la vue, jasaient sans discrétion, Rose, énervée, se pencha au-dessus d'elles et leur enjoignit sur un ton aigre de se taire. Elles pincèrent les lèvres d'un air offusqué, choquées certainement d'être ainsi remises à leur place par une jeunette, mais comme leur voisin immédiat les tançait lui aussi d'un regard courroucé, elles s'enfoncèrent dans leur siège et on ne les entendit plus.

L'orateur était un grand et bel homme, ni trop jeune ni trop vieux. La quarantaine tout au plus, estima-t-elle en souriant intérieurement de s'attacher à ce détail puéril. Trop loin pour vraiment distinguer son visage, Rose lui trouva l'allure élégante d'un acteur de cinéma. Fascinée par sa voix rauque, agrémentée d'un charmant accent à peine perceptible, elle l'écoutait avec grand intérêt, avec par instants un sentiment intime de déjà-vu et entendu. Il débuta sa causerie en évoquant la littérature à travers les auteurs grecs, puis les grands poètes comme Verlaine et Baudelaire, et cita enfin quelques novellistes et romanciers : Maupassant, George Sand, Giono, Sartre. Un début passionnant dont Rose ne perdait pas une miette, subjuguée par le talent d'orateur de cet homme qui captait l'attention du public par un jeu de questions-réponses spontanées. À un moment, il se permit de railler malicieusement un individu à qui il venait de demander s'il connaissait tel ou tel auteur.

— Mais vous ne savez dire que non !

Alors Rose eut un déclic. Mais oui, bon sang ! L'inconnu du pont Provencher ! Elle se revit lui serrer convulsivement le bas du pantalon, affalée sur la neige glacée, et une bouffée de chaleur lui rougit les joues. Elle n'avait qu'une envie, se faire toute petite, puis elle réfléchit qu'elle n'était certainement pas au centre de ses pensées et que de toute façon elle était bien trop loin pour qu'il la remarque. Elle continua donc à l'écouter avec encore plus d'intérêt et de passion, et quand il eut terminé, elle se leva pour applaudir en regrettant que la prestation fût trop courte. Elle était la seule à s'être levée pour marquer son contentement. Ses voisins la regardaient étonnés, aussi, confuse, elle se rassit tout aussi vite. Le regard amusé que lui jeta Andrew Pikes leva ses doutes, il l'avait reconnue. Elle quitta la salle, glissée au milieu de la foule pour passer inaperçue.

— Mademoiselle, vous n'allez pas nous laisser comme

ça. Vous prendrez bien un cocktail offert par les membres de l'Alliance ?

Elle se figea. Il était trop tard pour s'esquiver, Andrew l'avait repérée alors qu'elle s'était imaginé rentrer chez elle sans s'attarder.

— Vous n'allez pas me dire non, une fois de plus ?

Rose devint cramoisie, sous les regards qui convergeaient vers elle.

— Non… enfin oui… je veux dire que je voudrais bien rester, mais je ne sais pas si…

Il lui prit le bras avec autorité et l'entraîna vers une table où étaient disposées diverses pâtisseries réalisées par ces dames de l'Alliance ainsi que des pichets de jus de fruits et de vin pétillant.

— Je vous offre un jus de fruits ?

— Nooon…

Il mit un doigt devant sa bouche avec un grand sourire.

— Vous alliez une fois de plus dire une bêtise. Prenez, voulez-vous ? Alors, qu'avez-vous pensé de ma conférence ?

Rose réfléchissait à sa réponse, quand un des hauts responsables de l'Alliance arriva sur ces entrefaites et s'interposa dans la conversation en se positionnant devant elle de façon impolie, la cachant de fait à la vue de son interlocuteur. Cela arrangeait bien la jeune fille qui estima in petto qu'elle devait en profiter pour se sauver. Mais Andrew en avait décidé autrement. Il interrompit le discourtois individu, l'abandonna et arrêta Rose en lui prenant le bras.

— Vous serez toujours la bienvenue si vous venez me voir à mon bureau. En tout bien tout honneur, bien sûr, jeune fille.

Rose sourit à cette dernière remarque. Elle n'avait aucun doute sur son honnêteté.

— J'apprécie votre intérêt pour la littérature française et ici, vous vous en êtes aperçue, c'est difficile d'en parler en toute tranquillité sans être interrompu par des importuns. Passez donc me voir à l'université du Manitoba.

Sa franchise amusait Rose. Il n'était pas sûr que ses

voisins, qui l'avaient peut-être entendu, apprécient d'être considérés comme des trouble-fête. Prise au dépourvu, elle se contenta de hocher la tête, pressée d'en rester là et de partir.

— Je ne vous ai pas entendue dire oui.

Elle répliqua, du tac au tac :

— Mais était-ce vraiment une question qui sous-entendait une réponse ou plutôt une invitation forcée ?

Il éclata de rire. Puis redevint sérieux.

— Je bénéficie, en toute modestie, d'une certaine influence ici à Winnipeg. Si je peux vous être utile en quoi que ce soit, je serai ravi de vous apporter mon soutien.

En quoi pouvait-il l'aider ? Elle n'avait pourtant émis aucune doléance. Et pourquoi donc lui manifestait-il autant de sollicitude ? La jeune fille en ressentit une petite pointe d'orgueil et retrouva un peu d'assurance pour lui répondre avec ironie :

— Je vous abandonne, cher monsieur Pikes, vos nombreux admirateurs vous attendent, ne les décevez pas.

Rose avait le cœur léger et le sourire aux lèvres en revenant à son domicile. Les bons moments de cette journée exceptionnelle défilaient dans sa tête. Andrew Pikes lui paraissait décidément un homme des plus charmants, son invitation très séduisante, mais elle se convainquit qu'elle ne trouverait jamais le courage d'aller le voir seule à l'université. Ce n'était pas grave, elle avait vécu des moments qui lui donnaient la sensation étrange d'être enfin entrée dans le monde des adultes.

4

— Maman, j'ai mon diplôme d'infirmière !

Rose brandissait le papier sous les yeux de sa mère. Submergée de bonheur, Louise s'effondra sur une chaise sans pouvoir contenir ses larmes.

— Merci ! Merci, ma fille, c'est le plus beau jour de ma vie.

Impassible, Juliette cligna de l'œil en direction de Rose :

— Tu vois, quand tu veux !

— Mais elle n'a jamais cessé de travailler, voyons, pro-testa Louise, avant de poursuivre, sans se départir d'un regard plein de fierté. Tu vas pouvoir officier à l'hôpital, maintenant.

Rose croisa le regard lourd de sous-entendus de Juliette. Ce n'était pas dans ses intentions de ternir l'allégresse de sa mère. Et puis, de toute manière, elle se perdait dans une incertitude la plus totale quant à son avenir, infichue de réfléchir posément.

— Marius, tu vas nous ouvrir une bouteille de ce vieux pineau charentais que Jeanne nous a offert à l'occasion de notre mariage.

Avant d'immigrer au Manitoba avec son amie Juliette, Louise avait travaillé comme cuisinière et femme de ménage chez Jeanne et Auguste, un couple de Charentais. C'est dans ce village de Saint-Simon qu'elle mit au monde la petite Rose, avant de rencontrer Marius. Et c'est aussi là qu'elle avait connu Juliette. Depuis, Auguste était mort, mais Jeanne continuait, de loin en loin, à donner de ses nouvelles.

Louise mit les petits plats dans les grands. Il fallait fêter l'événement. De temps en temps, elle reniflait bruyamment, incapable de maîtriser son émotion.

— Rose, n'oublie pas d'écrire à ta grand-mère en Vendée pour lui annoncer la bonne nouvelle.

Son euphorie déteignit sur tout le reste de la famille. Devenue la reine du jour et objet de toutes les attentions, Rose en profita sans complexe. Marius partit pêcher à la rivière aux Rats, bien décidé à faire honneur à sa fille adoptive, et revint dès le milieu d'après-midi avec une prise exceptionnelle, un énorme brochet de près de cinq livres. Louise applaudit avec frénésie, toute à la joie de préparer la sauce au beurre blanc des grandes occasions dont elle avait le secret.

Au souper, un paquet enveloppé de papier journal froissé, déposé dans son assiette, attendait Rose. Elle s'énerva à tenter de dénouer la grosse corde, finit par la trancher au couteau et fondit en larmes devant le petit canard gossé[1] au canif dans du bois d'épinette, émue par l'attention si touchante de Tobie. Un présent lourd de souvenirs, qui la ramenait une fois de plus à son enfance au village de Saint-Claude, à une époque où le Métis lui offrait très souvent des jouets en bois pour barboter dans l'eau de la bassine, au milieu de la cour.

Le lendemain de cette belle soirée, elle se leva aux aurores et rejoignit sa mère dans la cuisine.

— Maman, quand tu étais jeune, il t'arrivait de rêver toi aussi ?

La question prit Louise au dépourvu. Rose lapait son lait comme un chat, perdue dans ses réflexions.

— J'imagine que oui… Je ne me souviens plus.

Louise se concentra sur la cuisson du riz au lait, malmenée par cette interrogation qui la renvoyait à ses vieux démons. Mais Rose n'était pas décidée à lâcher l'affaire.

— Et tu rêvais à quoi ?

---

1. Mot québécois signifiant « taillé ».

La question la taraudait sans qu'elle puisse y trouver de réponse immédiate. Elle la tournait dans son esprit, se remémorant son enfance dans la bourrine des marais de Vendée. Lui revinrent à l'esprit des moments occultés depuis longtemps. Le lait qui débordait de la casserole la tira de ses pensées.

— C'est malin, ça ! Avec tes questions idiotes, tu me fais faire des bêtises.

Rose accourut pour enlacer sa mère avec tendresse.

— Pardonne-moi, ma petite maman. Je ne suis pas ben fine de venir t'achaler comme ça avec mes demandes tannantes !

Sa façon d'accentuer le parler manitobain détendit l'atmosphère. Louise s'esclaffa, heureuse que la conversation prenne un autre ton pour échapper à des questions dérangeantes.

— J'ai mal dormi cette nuit, mais en tout cas j'ai au moins compris une chose. Il faut que je fasse le voyage pour revoir Léon, Gabrielle et même le père Joseph. Et aussi Zoé, ma copine d'école. Tu comprends, maman, j'ai besoin de ce retour aux sources pour avancer. Tu veux bien que j'aille passer quelques jours à Saint-Claude ? Il sera temps ensuite de songer à postuler à l'hôpital. De toute manière, la directrice m'a dit qu'elle était prête à me proposer un poste, ils sont débordés.

Louise, tellement heureuse, se sentait prête à lui céder le moindre caprice.

— C'est une excellente idée, même si j'aurais préféré te garder un peu plus avec moi. L'air de la campagne te requinquera, car tu ne m'enlèveras pas l'idée que celui de la ville ne te convient pas. Et tu passeras bien le bonjour de ma part à tout le monde.

Le cœur de Rose battait la chamade lorsque se dessinèrent les lettres blanches de *Saint-Claude* sur les murs de la gare. L'imposante tour à eau à l'arrière des voies déployait toujours ses longues ailes sans pour autant l'effrayer comme lorsqu'elle était petite, mais n'en demeurait pas moins un symbole immuable. Louise ne manquait jamais une occasion de lui rabâcher ce souvenir.

— Te souviens-tu, ma Rosinette, comme tu avais eu peur en découvrant pour la première fois les ailes de la tour que tu pensais être celles d'un oiseau ?

Ce à quoi Rose répondait avec exaspération :

— Mais oui, maman, je me souviens !

Dix ans d'une vie, ça fait beaucoup pour une petite fille en construction. À Saint-Pierre-Jolys, pas grand-chose ne la retenait parce que leur arrivée avait coïncidé avec son départ pour la pension à Saint-Boniface. Mais à Saint-Claude, tellement chargé affectivement, c'était différent. C'est ici qu'elle avait connu Tobie, le Métis si cher à son cœur qui avait épousé ensuite Juliette ; ici encore qu'elle avait été adoptée par cette seconde famille, Léon et Gabrielle, propriétaires d'une ferme-laiterie, à la fois hébergeurs et patrons de Louise. Il y avait aussi Guillaumette, la pétulante couturière devenue par la suite la patronne de Juliette, et son mari Édouard Arbez qui tenait le magasin général. Oui, tous ces gens représentaient une famille de cœur que la distance ne pourrait jamais occulter. Elle savait que sa mère et Juliette partageaient son sentiment. La paroisse de Saint-Claude avait renforcé leurs liens déjà très forts. Ensemble, elles avaient su trouver la force pour bâtir leur nouvelle vie au Canada.

À chacun de ses pas sur le chemin qui menait au bourg, le long de ces rues tant et tant de fois arpentées, des bouffées chavirantes d'émotions trop longtemps contenues l'inondaient. Au magasin Arbez, elle salua Édouard qui lui offrit une poignée de bonbons lui rappelant l'époque où elle venait en acheter en cachette de sa mère. Guillaumette, dans la pièce contiguë, l'entendit, abandonna toutes affaires cessantes l'essayage d'une robe sur sa cliente et se jeta sur la jeune fille en la plaquant sur son opulente poitrine.

— Édouard ! Regarde ! Notre petite Rose est revenue !

Édouard était habitué à la faconde parfois outrancière

de son épouse. Rose ne s'éternisa pas, elle voulait poursuivre sa route. Devant l'école, elle se remémora les fois où Tobie l'y conduisait dans sa charrette. Plus loin, la vue de la geôle la fit sourire, lui renvoyant le souvenir cuisant d'une punition assortie d'une menace étouffée dans l'œuf de passer la nuit entre ses quatre murs.

La physionomie du village s'était quelque peu transformée. Rose ne reconnut pas le nouveau garage de matériel agricole, au coin de la route 240 ; à l'angle de la First Street et de l'avenue Birch, le grand magasin affichait le nom d'un nouveau propriétaire ; quant au central téléphonique, il avait déménagé un peu plus loin. Des maisons d'habitation avaient été construites, comblant les vides sur les terres.

À la sortie du village, elle bifurqua vers le long chemin qui menait à la ferme, respira à pleins poumons les odeurs de foin coupé, salua de la main les ouvriers dans les champs. Ne pas arriver trop vite, s'imposer une halte pour soulager le poids de son sac, et surtout prolonger le bonheur qui la gagnait au fur et à mesure qu'elle approchait. Elle s'engagea dans la cour vide et songea que Gabrielle devait être occupée à travailler dans la laiterie. D'un pas sûr, elle se dirigea vers la porte grande ouverte de la cuisine.

— Gabrielle ! Léon ! Vous êtes là ?

Faute de réponse, elle prit la direction de la laiterie. Arrivée à proximité, elle se figea. Une petite bonne femme, toute fluette et voûtée, s'avançait vers elle, le pas hésitant, en s'appuyant sur une canne.

— Qui est là ?

Parvenue à quelques pas de la jeune fille, la vieille femme poussa un grand cri.

— Rose ! Ma petite Rose ! C'est pas Dieu possible !

Elle laissa tomber sa canne, caressa les cheveux de la jeune fille, sans cesser de répéter son prénom.

— Rose, ma petite Rose… Ce que tu as grandi… Léon, nom d'une pipe ! Viens-t'en là tout de suite pour voir qui nous rend visite.

Léon sortit de la grange et vint à leur rencontre. Qu'ils

avaient vieilli tous les deux ! songea Rose. Toute la lassitude du monde transparaissait dans le visage éteint de Gabrielle ; ses petits yeux naguère si vifs s'étaient creusés de cernes violacés qui semblaient vouloir transpercer sa peau diaphane couverte de taches de vieillesse. Léon n'était pas mieux, lui le jovial et imposant bonhomme ventru qu'elle comparait, petite, à un gentil ogre. Amaigri, il traînait sa grande carcasse terriblement rapetissée et sa fidèle jambe de bois, vestige tragique de la Grande Guerre qu'il aimait tant rappeler à une époque. Des larmes coulèrent sur ses joues ravinées lorsqu'il arriva à hauteur de la jeune fille. L'émotion le rendait muet, lui d'ordinaire si jacasseur. Mais très vite il se ressaisit. Son visage s'illumina, il s'essuya brusquement les joues. La cour s'emplit de sa voix puissante et Rose retrouva enfin le Léon qu'elle connaissait et chérissait tant.

— Pourquoi ne nous as-tu pas prévenus de ta visite ?

— Je voulais vous faire la surprise.

— Pour une surprise, c'est une surprise ! Quelle joie de te revoir, chère petite.

Rose se débarrassa du pâté, de la brioche et de la bouteille de racinette, apportés en cadeau. Puis elle demanda, d'une voix mal assurée :

— Est-ce que je peux revoir la chambre où nous dormions, maman, Juliette et moi ? Elle est peut-être occupée ?

Gabrielle soupira.

— Hélas non. Nos enfants y ont habité quelque temps en revenant de la Saskatchewan. Nous avions espoir qu'ils reprennent la ferme, mais depuis ils sont repartis au Québec, et nous voilà à nouveau seuls.

Léon et Gabrielle l'accompagnèrent à l'arrière de la cour jusqu'à la chambre. Ils passèrent devant les bécosses où Rose adorait se cacher pour faire bisquer sa mère. Même le bac où elle barbotait durant les journées d'été était toujours à sa place. Des géraniums flamboyants l'occupaient. Elle s'arrêta sur le pas de la porte, une larme perlait au coin de son œil. Les deux aînés se serrèrent un peu plus contre elle. Léon tonna :

— Ça te ferait plaisir de dormir là cette nuit ?

Rose n'avait pas entendu. Elle ne les écoutait plus. Ses yeux émerveillés parcouraient la pièce. Hormis le lit d'enfant que lui avait confectionné Tobie, conservé par Louise pour le petit Noël, tous les meubles étaient demeurés à leur place. Le grand lit où dormaient Louise et Juliette, la berceuse à côté, la table au centre. Et puis le poêle à bois. Elle eut l'impression de revoir sa mère y faire sauter les crêpes, certaines fois quand le cafard les prenait durant les longs hivers. Non, rien n'avait changé, seule une odeur persistante de renfermé prouvait que cette chambre qui leur avait servi d'habitation n'avait pas dû être ouverte depuis longtemps.

— Dis, tu ne voudrais pas rester un peu avec nous ?

Rose revint à la réalité. Elle leva des yeux éperdus de reconnaissance vers Gabrielle.

— Oh oui !

— Tu ne pouvais nous faire plus plaisir.

La vieille femme se retourna vers Léon.

— Ne reste pas là comme un idiot, mon gros bum ! Qu'attends-tu pour aller inviter le père Joseph et les Arbez ? Dis-leur que nous fêtons les retrouvailles avec Rose.

Rose applaudit des deux mains, quant à Léon il bougonna pour la forme, mais s'exécuta avec empressement. Le soir même, autour de la table, se retrouvèrent une partie des habitués que Rose appréciait le plus. Même Zoé, venue avec ses parents, qui regardait son amie avec des yeux subjugués, comme si celle-ci revenait d'un autre monde.

— Comme tu es jolie, Rose ! Tu en as de la chance de vivre à la ville. Moi, jamais je ne pourrai quitter Saint-Claude.

— Et alors, la bonne affaire, lui rétorqua le père Joseph. Au moins à Saint-Claude tu ne risques pas d'être pervertie par tous ces païens anglophones.

Rose s'avisa que le vieil homme d'Église n'avait rien perdu de sa diatribe fanatique.

Tous félicitèrent la jeune fille pour sa réussite aux examens et la pressèrent de questions sur leur nouvelle vie à Saint-Pierre-Jolys. Le père Joseph ne tarissait pas d'éloges sur sa bonne élocution.

— Je me réjouis de t'entendre parler un français châtié, chère petite, sans te laisser influencer par l'invasion néfaste des vocables anglais. Tes maîtresses t'ont inculqué une éducation remarquable qui fait honneur à l'Association d'éducation.

Au cours de la soirée, Rose apprit que Léon, très affaibli, se remettait tout doucement d'une angine de poitrine qui avait bien failli lui coûter la vie. À la maladie s'étaient ajoutés les problèmes matériels : Gabrielle, durant cette période difficile, n'avait pas eu d'autre choix que de faire tourner la laiterie toute seule et de tenter de poursuivre le travail aux champs, pour contrer les désistements de plusieurs ouvriers leur ayant fait faux bond en partant pour la ville. Les invasions de sauterelles dans les champs durant l'été caniculaire de 1936, la mévente du blé consécutive à la crise financière, avaient concouru à les mettre sur la paille. La vieille femme ne lui cacha même pas qu'ils n'arrivaient plus à payer leurs traites.

— Il serait grand temps que nous trouvions un repreneur. Nous sommes endettés jusqu'au cou. Quelle misère que nos enfants s'en soient allés ailleurs !

— Ma brave femme, le jour où quelqu'un se présentera, les poules auront des dents ou bien nous serons déjà morts. Avec la guerre qui va arriver, ne compte pas trouver des mains. À c't' heure, y aura plus d'hommes au pays. Viendra un temps où nous serons acculés au pied du mur, et là je ne réponds plus...

— Cesse de jaser pour dire des bêtises !

Tous, dans l'assistance, savaient au fond d'eux-mêmes que Léon voyait juste, la menace de guerre n'ayant jamais été aussi proche. Rose s'en préoccupait mais, avec la frivolité de la jeunesse, persistait à croire que ça ne pouvait pas les toucher. Le prêtre orienta la conversation sur un autre sujet, moins pesant.

— Alors, Rose, dis-nous dans quel hôpital tu vas aller travailler, maintenant que tu es diplômée.

La jeune fille avait espéré faire l'impasse sur ce sujet. Mais il était inévitable que ça revienne sur le tapis. Elle confirma qu'un poste l'attendait à Saint-Boniface et, bien que peu séduite par cette idée, plus elle y réfléchissait et en parlait, plus elle parvenait à se convaincre que c'était une belle opportunité. Les yeux de ses hôtes confirmèrent leur fierté devant la réussite de leur petite protégée.

— Peut-être qu'un jour tu viendras t'installer à Saint-Claude, qui sait ? Ce serait quand même mieux de se faire soigner par une ravissante jeune infirmière.

— Léon, voyons, vous devenez grivois.

L'intéressé prit un air contrit, que démentait son regard malicieux.

— Qu'allez-vous me chanter, cette petite pourrait être ma fille ! Arrêtez de voir le mal partout chez vos ouailles, père Joseph.

— Notre bon père a raison. Au moins, quand tu étais malade, j'étais au calme. Tu redeviens tannant, Léon.

— Et toi, vile créature, cesse de jouer à la reine des bécosses[1] ! Il est grand temps que je reprenne mon rôle dans cette maison où tout part à vau-l'eau. C'est moi l'homme, nom de nom !

Rose savoura le bonheur de ces retrouvailles avec Léon et Gabrielle, se coulant avec délice dans la bienveillante affection dont ils l'entourèrent durant les deux journées de son séjour.

Dans le train qui la ramena à Saint-Pierre-Jolys, elle se

_____

1. De l'anglais *back house*, pour désigner la cabane extérieure qui abrite les toilettes. Jouer à la reine des bécosses, c'est jouer au petit chef. De nos jours, les Canadiens francophones utilisent beaucoup l'anglicisme « boss des bécosses ».

repassa les propos inquiétants qu'ils lui avaient tenus, soucieuse de leur situation précaire. L'idée qu'ils en viennent à perdre toute une vie de labeur lui était insupportable, la révoltait. Elle se promit d'en parler à sa mère et à Juliette dès qu'elle en aurait l'occasion et s'enfonça dans son siège, l'esprit enfin apaisé. Ces deux jours en immersion dans son passé lui avaient insufflé toute l'énergie dont elle avait besoin pour aborder l'avenir. Elle était sereine.

5

La nouvelle tomba brutalement. Début septembre, Rose découvrit le titre en première page de *La Liberté* : « Chez les Français du Manitoba », et parcourut l'article avec effroi. Le vice-consul de France informait ses compatriotes que la France venait de déclarer la guerre à l'Allemagne, aux côtés de la Grande-Bretagne, suite à l'agression germanique envers la Pologne. *C'est avec le calme le plus absolu et une farouche détermination que le peuple français entend défendre l'idéal de justice, de droit et de liberté dont il s'est toujours fait le champion.* De ce fait, il convoquait tous les Français de la ville et de la campagne manitobaines à une grande réunion publique à l'Institut collégial Provencher, en insistant sur le fait que *les Français du Manitoba et de la Saskatchewan sauraient affirmer leur attachement à la Mère-Patrie et leur foi dans la destinée du pays, lorsqu'il serait fait appel à eux.* De même, un peu plus loin sur la même page, elle lut que le gouvernement fédéral convoquait le Parlement canadien pour une session d'urgence à Ottawa. Le roi George VI, en personne, délivrait lui aussi un message solennel. L'heure était grave.

Ses pensées convergèrent vers Marius et Tobie. Elle regretta de ne pas être proche de sa famille en cet instant dramatique, car depuis un mois elle avait pris ses fonctions à l'hôpital Saint-Roch de Saint-Boniface. Louise s'était inquiétée que sa fille entre dans cet établissement spécialisé pour les malades atteints de maladies contagieuses.

— J'ai déjà eu la picote, maman. Je ne l'aurai pas deux fois.

Louise craignait plus la diphtérie ou la tuberculose que la rougeole. En tout cas, la charge de travail ne laissait guère à Rose le temps de s'appesantir sur ces considérations. La convocation du vice-consul étant pour le jeudi matin qui suivait la parution du journal, elle obtint malgré tout de la mère supérieure un droit de sortie afin de se rendre à l'Institut collégial où elle était certaine de retrouver Marius.

Ils étaient des centaines à avoir répondu à l'appel. En cette fin de matinée, les hommes déferlèrent de l'édifice. De tous les âges, jeunes tout juste sortis de l'enfance aux plus anciens, leurs visages trahissaient une gravité extrême. Rose attendait à quelques mètres de là et ne quittait pas des yeux les attroupements qui se formaient pour être certaine de ne pas louper Marius et Tobie. Elle vit enfin leurs visages au milieu d'un groupe en grande conversation. Marius leva les yeux et marqua un temps de surprise en voyant la jeune fille. Elle s'étonna de son sourire détaché lorsqu'il la rejoignit, alors qu'elle se morfondait depuis une demi-heure dans une attente oppressante.

— Voyons, ce n'est pas raisonnable d'avoir quitté ton travail.

Tobie, qui lui emboîtait le pas, renchérit :

— Ma ptchite Rose, ce n'est pas ta place ici. Retourne vite à l'hôpital.

Ils n'allaient certainement pas lui dicter ce qu'elle avait à faire ! Elle n'était pas dupe, ça ne servait à rien qu'ils la préservent, tôt ou tard elle saurait. Alors, autant crever l'abcès tout de suite. Elle haussa le ton, insista sans se laisser démonter, Marius ne savait pas mentir et encore moins résister à ses demandes pressantes. Oui, il allait s'enrôler sous les drapeaux, parce qu'il ne voyait pas comment il pouvait en être autrement. Il était français avant tout, donc il se devait de se mobiliser pour sa patrie. Et Tobie abonda dans son sens, en déclarant qu'il était de son devoir de

62

déclarer fidélité à la couronne britannique. C'était ce que Rose ne voulait pas entendre. Accablée, elle imaginait déjà le chagrin de sa mère et de Juliette en apprenant cette décision dramatique.

Deux jours de congé lui furent accordés fin septembre, lui permettant de rentrer dans sa famille. Marius et Tobie lui confirmèrent leur choix. Comme beaucoup de Canadiens français et de Métis canadiens français, ils se préparaient à rejoindre le contingent du corps expéditionnaire canadien.

Le lendemain de son arrivée, Louise ne se leva pas de bonne heure comme à son habitude. Inquiète, Rose frappa à sa porte. N'obtenant pas de réponse, elle l'entrebâilla avec précaution, s'avança sur la pointe des pieds jusqu'au lit et se glissa sous les draps tout chauds pour s'enrouler en chien de fusil contre le corps secoué de sanglots de sa mère.

— Ça va aller, maman, ne t'inquiète pas. Je veillerai sur toi, je t'en fais la promesse. Et quand Marius et Tobie seront revenus, tous ces mauvais moments seront loin derrière nous.

Rose, malgré ses propos qui se voulaient réconfortants, n'était pourtant guère plus rassurée. Elle reprit son travail à l'hôpital en essayant de ne pas se laisser gagner à son tour par la panique.

Quand elle s'habilla ce matin-là, elle s'étonna de ne pas entendre les pas feutrés d'Albertine dans la cuisine, qui d'habitude la précédait pour lui préparer son déjeuner. Seul le tic-tac de la pendule l'accueillit. La vieille femme s'était assoupie sur sa chaise, la tête inclinée sur une épaule, ses mains serrant encore le journal *la Liberté*, grand ouvert sur la table. Rose caressa ses cheveux gris roulés en chignon, tout en prenant conscience que la vieille femme devrait un peu plus se ménager. Six coups sonnèrent à la pendule. La jeune fille se pressa d'avaler son lait, engloutit sa tartine, attrapa son sac au vol et referma la porte derrière elle sans faire de bruit. Alors qu'elle parvenait au bout du boulevard, un mauvais pressentiment lui traversa l'esprit. Elle fit volte-face et courut vers la maison. Albertine n'avait pas changé de position. Rose secoua ses épaules sans obtenir de réaction, prit alors dans les siennes une de ses mains, froide et inerte. Et poussa un grand cri de terreur. Albertine avait quitté ce monde.

Rose tout comme Louise et Juliette en conçurent un immense chagrin. La vieille femme n'avait pas de famille, mais s'était fait apprécier par les commerçants du quartier qui l'accompagnèrent lors de la mise en terre. Afin de régler le problème du logement, loué à un homme d'affaires qui vivait à Montréal, Rose fouilla la maison pour trouver les papiers nécessaires et mit la main, sous une pile de draps dans l'armoire, sur deux boîtes à gâteaux en fer-blanc ; dans chacune, des liasses de billets et des pièces. Dans la première, un papier recensait, semaine après semaine, l'argent versé par la jeune fille pour participer aux frais ; l'intégralité des sommes déboursées y était. La seconde contenait ses propres économies que depuis la faillite des banques, en 1929, Albertine n'avait plus voulu confier aux établissements financiers, ainsi qu'une attestation contresignée par un notaire de Saint-Boniface, léguant à Rose tous ses biens.

Les jours, les semaines qui suivirent passèrent comme dans un cauchemar éveillé. Le pays était en ébullition. Alors qu'il sortait tout juste de dix ans de dépression économique, il devait à nouveau trouver des fonds pour financer la guerre. Des associations et certains groupes se mobilisèrent pour cette quête, comme les Chevaliers de Colomb[1] qui battirent les rues de la ville et les chemins

---

1. Les Chevaliers de Colomb – *Knights of Colombus*, en anglais – est une société fraternelle catholique conservatrice fondée en 1882 aux États-Unis, dans le Connecticut, par un prêtre catholique d'origine irlandaise. Son credo était de concurrencer les organisations paramaçonniques anglophones et protestantes. L'organisation essaima rapidement dans l'Ouest canadien, notamment au Québec.

de campagne afin de lever des fonds destinés à l'achat de huttes pour les soldats.

Décembre 1939. Louise se leva dans la nuit, car elle ne parvenait pas à trouver le sommeil. Elle farfouilla dans les tiroirs du buffet, agacée de ne pas retrouver le bout de papier sur lequel elle était certaine d'avoir griffonné les ingrédients du gâteau-éponge repéré dans *La Liberté*. C'est entre deux pages de son livre, *La Cuisine raisonnée*, qu'elle finit par le récupérer. Après avoir réuni tout ce dont elle avait besoin sur la table, elle entreprit de mélanger avec rage les jaunes d'œufs au sucre, versa d'un trait la tasse de farine et la demi-cuillère à café de sel, fouetta jusqu'à s'en faire mal aux bras les blancs pour les ajouter à la préparation. Elle mit la touche finale par une rasade beaucoup trop généreuse d'eau-de-vie charentaise, en marmonnant entre ses dents.

— Autant qu'elle serve. Qui sait dans combien de temps tu pourras à nouveau en boire, puisque tu m'abandonnes, Marius Coupaud !

Enfin, elle plaça le moule dans le four chaud. Les arômes du gâteau envahirent la cuisine. Rose entra sur ces entrefaites, suivie de près par Juliette. Elles aussi avaient les traits tirés par le manque de sommeil. Les trois femmes se tourmentaient pour les mêmes raisons. Rose, quant à elle, avait le sentiment qu'une page de sa vie se tournait. Elle entrait de plain-pied dans le monde des adultes, avec tous ses tracas et ses incertitudes.

Louise avait décidé de rassembler la famille pour célébrer le départ des hommes, mais surtout pour conjurer les mauvaises pensées qui l'assaillaient. Réunir les siens autour d'elle la rassurait en plus de la mettre en joie, et cuisiner l'empêchait de broyer du noir. Elle organisa un véritable banquet, qu'elle justifia en arguant que cela mettait un terme aux années passées de dépression. Elle s'affaira en cuisine pendant deux jours, ne laissant à personne le soin de l'aider.

— Ne reste pas dans mes jupes, Marius. Tu vois bien que tu me gênes pour préparer mon ragoût de pattes de cochon !

— Bon sang, Juliette, tu as assez de travail avec ta robe à finir de confectionner pour Zina Delcroy et tu ne sais même pas cuire un œuf ! Rose a hérité de toi, d'ailleurs.

— Rose, tu vas me faire tourner le lait, tu es dans ta mauvaise période, va-t'en ! Fichez-moi la paix, tous, je veux être seule dans ma cuisine !

Le matin du départ, sur le quai de la gare de Winnipeg, Rose enlaçait les épaules de Louise et Juliette, éplorées devant le train qui s'éloignait à l'horizon. Devant elles, les deux garçons secouaient leurs petites mains pour saluer leurs pères, imitant les adultes autour d'eux, mais sans prendre vraiment conscience du tragique de la situation. Marius emportait dans son sac plein à craquer un gâteau-éponge. Ses protestations, quand Louise glissa à l'intérieur les parts de gâteau soigneusement enveloppées dans des feuilles de journal, n'y firent rien. Elle n'était pas d'humeur à supporter la contradiction. Le clin d'œil complice de Rose montra à Marius qu'il valait mieux s'abstenir. Tous deux avaient eu une longue discussion, la veille.

— Ne vous inquiétez pas, papa Marius, je veillerai sur maman.

— Ce n'est pas ton rôle, petite.

Rose lui vouait une véritable affection. Elle ne parvenait pas à se projeter dans l'avenir sans la présence réconfortante de ses deux piliers tutélaires, les deux hommes de sa vie, Marius et Tobie, sur qui elle avait toujours su compter, quelles que soient les circonstances. Elle insista, avec gravité :

— Bien sûr que si, c'est aussi aux enfants de prendre le relais, lorsque le besoin s'en fait ressentir.

Les deux hommes leur en avaient fait le serment, juste avant que le train ne s'ébranle :

— Nous reviendrons vite. Ce conflit ne durera pas, la

Grande-Bretagne et la France réunies viendront vite à bout des Allemands.

Rose, Louise et Juliette voulaient y croire. Toutes trois se retrouvaient une fois de plus seules et unies dans l'adversité.

6

Cove dans le Hampshire, Angleterre – Le 1er janvier 1940
Ma petite femme chérie,
Ne t'inquiète pas, je me porte bien. Patricia prend bien soin de moi…

La pointe d'humour dans le courrier de Marius était censée adoucir l'affliction de son épouse, en la faisant sourire. Un humour que ne goûtait pas Louise, tourmentée depuis son affectation avec Tobie dans le Princess Patricia's Canadian Light Infantry, le régiment d'infanterie légère de la princesse Patricia. Leur régiment était parti de Halifax en octobre de l'année précédente et cantonnait au sud de la Grande-Bretagne où il s'entraînait. Patricia ne la rendait pas jalouse, parce qu'elle savait bien qu'il s'agissait du nom des militaires engagés dans cette troupe.

Tu te rends compte, ma Louise chérie, que je vais toucher une solde de 1,30 dollar par jour et que je bénéficie gracieusement de tous les avantages de soins médicaux et dentaires en plus d'être logé et nourri. Avec cet argent, je te promets de t'offrir la laveuse électrique qui te fait tant envie sur le catalogue Eaton.

Elle s'en fichait bien de la laveuse et n'avait cure de s'échiner à brosser draps et couvertes ! Que son homme rentre au plus vite de cette satanée guerre l'obsédait. Juliette et elle suivaient avec inquiétude l'évolution du conflit mondial en priant pour qu'il prenne fin au plus vite. Au tout début, persuadées qu'elles auraient plus d'informations, elles firent l'acquisition d'un poste de radio. Mais déchantèrent rapidement car la plupart des émissions diffusées sur les ondes depuis Ottawa ou l'Amérique étaient en langue anglaise. Les deux femmes payaient leur manque d'intérêt pour l'apprentissage de l'anglais que les règles d'immigration avaient pourtant exigé d'elles à leur entrée sur le territoire. Elles possédaient quelques rudiments, des mots courants, des expressions entendues auprès de la population anglophone dont elles émaillaient parfois leurs conversations, et parvenaient à se faire comprendre des fonctionnaires des administrations en alignant tant bien que mal leur maigre vocabulaire. Ce n'était pas le cas de Rose, qui s'était pliée de bonne grâce aux règles d'enseignement en anglais, tout en menant de front, et en cachette grâce aux enseignants de l'Association, ses études dans la langue française qu'elle chérissait.

Pourtant, depuis les prémices du conflit, le gouvernement canadien, soucieux de préserver l'unité nationale, montrait des signes de bonne volonté, et avait proposé d'adopter une mesure qui redonnerait à la minorité française et catholique de cette province le libre exercice de ses droits en matière de langue et de religion. Était-ce un signe d'apaisement ? Même le roi d'Angleterre George VI et son épouse, en visite au Manitoba et à Saint-Boniface, avaient eu la courtoisie de s'exprimer en français à plusieurs reprises durant leur séjour ; la population francophone y avait vu tout un symbole positif, alors que la langue française était interdite, aussi bien sur le plan juridique que scolaire. Minorité française et catholique ! Cette expression si souvent lue et entendue faisait bouillir Rose et lui donnait des envies furieuses de combat pour obtenir les mêmes droits que les anglophones.

— C'est bien, ma fille, lui disait Louise avec fierté, au moins tu as du caractère. Mais il ne sert à rien que tu te battes, nous resterons toujours, quoi qu'il en soit, des minoritaires.

Rose fulminait contre ce fatalisme.

Elle était depuis quelques semaines en poste au

sanatorium de Saint-Vital, sur la rive droite de la rivière Rouge, au sud de Winnipeg. À regret, elle abandonna la maison d'Albertine au loyer trop onéreux pour elle toute seule, au profit d'un pensionnat de jeunes filles. Elle partageait sa chambre avec Lucille, originaire de Bruxelles, paroisse située dans la montagne Pembina, un lieu qu'elle connaissait bien grâce à Tobie qui avait vécu de nombreuses années dans ces montagnes et possédait encore là-bas un *log cabin*[1].

Petite de taille, un visage aux joues rondes auréolé d'une épaisse crinière brune qui lui mangeait ses yeux rieurs, Lucille irradiait la joie de vivre. Il fallut peu de temps aux deux jeunes filles du même âge pour se découvrir de nombreux points communs qui scellèrent définitivement leur amitié. Quand Lucille se regardait dans le miroir en gonflant démesurément les joues :

— Non mais regarde-moi, j'ai l'air d'une boule, jamais je ne trouverai un mari.

Rose, hilare et moqueuse, concluait en la mimant :

— Et je finirai bonne sœur dans un couvent des sœurs grises au fin fond du Manitoba.

Lucille prenait un air éploré.

— Tu vois bien que je ne peux pas compter sur toi pour me remonter le moral.

Et toutes deux pouffaient avant d'engloutir une large part de tarte aux poirettes. Le soir, allongées sur leurs lits, elles s'évadaient de leur quotidien, esquissaient les yeux rêveurs un futur aux contours encore incertains, idéalisaient leur avenir en feuilletant les pages des magazines de mode, confortées par l'impertinence et l'insouciance de leur jeune âge.

— Jamais je ne revivrai la même vie que maman. Je ne veux pas ressembler à une vieille femme à son âge.

Lucille, aînée d'une fratrie de quatorze filles, avait toujours connu sa maman le ventre rond. Les grossesses

---

1. Cabane en rondins.

71

successives et les difficultés financières l'avaient usée avant l'heure. Ses parents, de fervents catholiques, destinèrent Lucille dès son plus jeune âge à la religion. Elle s'y opposa avec opiniâtreté, s'accrocha à ses études et travailla d'arrache-pied pour se hisser à la première place. Sa persévérance porta ses fruits, le prêtre de la paroisse dicta doctement son avenir à des parents comblés : leur fille serait institutrice pour porter la bonne parole française. Enorgueillis d'avoir mis au monde une enfant aussi instruite, ils décidèrent, en contrepartie, du sort de la cadette, parce qu'il était inconcevable qu'un de leurs rejetons ne soit pas offert à Dieu. Ce choix réjouissait le prélat, qui faisait ainsi coup double.

— Tu imagines, Rose, c'est ma dernière année d'études ! L'année prochaine j'aurai une classe pour moi toute seule. Des tas d'enfants qui m'écouteront avec un sourire béat sur les lèvres, ce sera à mon tour de leur construire un avenir meilleur. Crois-moi, il n'y a que l'instruction pour aider à s'en sortir, j'en suis le bon exemple.

Rose n'en doutait pas, mais le métier d'institutrice ne l'avait jamais attirée. Elle n'ambitionnait pas de se retrouver dans une paroisse perdue, loin de tout, et rêvait plutôt de grands voyages à travers le monde. Pragmatique, Lucille la faisait descendre de son petit nuage.

— Avec quels sous tu paieras tes voyages ? Ce n'est pas ton travail d'infirmière qui va t'enrichir. Ah ! J'ai compris, tu veux épouser un homme très riche. Tiens ! Un ambassadeur que tu accompagneras dans chacun de ses séjours diplomatiques. Tu as réfléchi, ma grosse, qu'un ambassadeur ça ne se trouve pas à tous les coins de rue de Saint-Boniface ou de Winnipeg ? À moins que tu n'aies des vues sur ton beau conférencier ?

— Ça ne va pas la tête ! Il a l'âge d'être mon père.

— Et alors ? Le menu, d'après ce que tu m'en as répété, n'a rien de périmé.

Lucille esquiva l'oreiller qui venait de valser dans les airs et tout se termina comme à leur habitude dans des rires complices, avant qu'elles ne finissent par trouver enfin le sommeil, perdues l'une et l'autre dans des songes plus ou moins extravagants.

Un jour, Rose montra à son amie un encart dans le journal, et pointa du doigt la photo sous l'article. On y voyait une femme, revêtue d'un costume de soldat et du petit chapeau.

— Que t'inspire cette photo, Lucille ?

— Que cette jeune fille, épaisse comme un haricot, ne doit pas manger souvent des tartes aux poirettes !

— Tu ne peux pas être sérieuse pour une fois ?

— Ah ! Mais tu m'agaces avec tes questions idiotes, Mademoiselle Mal-Aimable. Et depuis quand tu lis un journal anglophone, toi ?

— Je suis passée dire bonjour à mes anciens collègues de l'hôtel Fort Garry, et j'ai récupéré ce vieux numéro. Entre nous soit dit, il n'est pas inutile de lire un journal non catholique, autre que *La Liberté*, pour se tenir informé des événements dans le monde.

— Mais quelle hérésie ! Aurais-tu oublié que les lois de l'Église interdisent la lecture de journaux dangereux ?

C'était dit sur le ton du persiflage, mais Rose n'avait pas envie de rire et haussa les épaules. Elle découpa l'article, pendant que son amie se retournait dans son lit en maugréant contre son mauvais caractère.

— Je sais enfin ce que je vais faire…

Silence.

— Je vais m'engager.

Lucille leva la tête au-dessus de la couverte.

— Le pays a besoin de toutes les bonnes volontés, aussi bien des hommes que des femmes. Alors je vais m'enrôler à mon tour.

— Tu es sérieuse ?

— Ai-je l'air de plaisanter ? Ce n'est pas une décision en l'air, j'y réfléchis depuis déjà longtemps.

Lucille tombait des nues. Que son amie lui ait tu ses intentions lui paraissait de la plus haute trahison. Toute à son enthousiasme, Rose se lança dans une longue diatribe pour expliquer ses motivations.

Les angoisses de Louise à la suite de l'enrôlement de Marius et Tobie avaient dans les premiers temps déteint sur Rose. Avide de recueillir les moindres informations sur le conflit en Europe à même d'atténuer leurs craintes, elle avait vite compris qu'il lui fallait s'ouvrir à des lectures différentes. À Saint-Pierre-Jolys, chez sa mère, elle appréciait *La Liberté*, journal qui appartenait aux pères oblats. Elle se passionnait pour les articles de l'éditorialiste Donatien Frémont, un vieil ami de Louise – originaire comme elle d'un village proche de sa Vendée natale – avec lequel sa mère avait par le passé eu de longues discussions, car Donatien était un passionné d'histoire et de politique. Parfois, Rose devait quérir le journal chez un voisin ; en effet, faute de moyens, certains paroissiens ne pouvaient pas se permettre de s'abonner et il était donc courant que les familles se passent les journaux, échangeant *La Liberté* contre *Le Devoir*, autre journal francophone catholique, édité à Québec, donc expédié par la poste, ce qui coûtait de l'argent et occasionnait du retard dans la lecture. Mais dès qu'elle était de retour à Saint-Boniface, Rose s'arrangeait avec le maître d'hôtel de Fort Garry pour emprunter les anciens numéros du *Winnipeg Free Press*.

La couverture médiatique de la guerre n'était pas traitée de la même manière. Le périodique anglais, propriété du parti libéral, titrait notamment en une, à grand renfort de manchette et de photo, comme sur celui du 28 mars où l'éditorialiste, John Wesley Dafoe, écrivait que le risque de guerre tournait à la neutralité ; à la même période, *La Liberté* faisait son grand titre du maintien au pouvoir du Premier ministre canadien, William Lyon Mackenzie King, ne parlant que très peu de la guerre, et en continuant de mettre en avant la vie quotidienne des paroisses francophones. Si le premier incitait le Canada à s'engager dans le conflit par fidélité vis-à-vis de l'Empire, le second demeurait plus prudent et mitigé, car beaucoup de francophones étaient partagés sur la question de l'engagement. Quant au *Devoir*, il évoquait le conflit mais en restant sur la réserve, car échaudé par la crise de la conscription de 1917 qui avait divisé le Québec. Pour les Canadiens français, la Grande-Bretagne était un pouvoir colonial dont ils ne reconnaissaient pas la légitimité. Se battre en Europe pour défendre l'Empire britannique ne correspondait pas à leurs valeurs nationales, justement parce que le Québec avait été cédé à l'Angleterre en 1763.

Petit à petit, les capacités de jugement de Rose s'affirmèrent. Sa jeunesse nourrissait un fort sentiment patriotique. Elle ne s'en était ouverte à aucun de ses proches, par crainte de leurs réactions, mais elle entrevit clairement ce qu'il lui restait à faire.

— Je vais rejoindre le Canadian Auxiliary Territorial Service, la branche féminine de la British Army. Ma demande est déjà partie.

Comme Lucille ne réagissait pas, Rose s'impatienta :

— C'est tout ce que ça t'inspire ?

— Il y a quand même de quoi être surprise ! Qu'est-ce qui te prend ?

— Mais je suis sérieuse ! Je veux participer de manière active à l'effort de guerre. Le pays a besoin aussi bien des hommes que des femmes.

— Et pourquoi ne pas y participer ici, à l'effort de guerre ? Tu oublies que le pays a surtout besoin que les femmes fassent tourner les fermes pour donner à manger à la population, et que ces femmes continuent à élever les enfants.

— Je n'ai pas de ferme et pas d'enfants ! Tu me déçois, je te croyais d'une plus grande ouverture d'esprit, toi qui ne cesses de répéter que tu ne veux pas vivre le même destin que ta mère.

Lucille tiqua à cette dernière estocade.

— Tu deviens méchante ! Et ta famille à Saint-Pierre-Jolys, tu l'as oubliée ? Et tes promesses quand Marius et Tobie sont partis, qu'en fais-tu ? Eh bien, moi, mon choix est fait. Ma place est au Manitoba pour promouvoir la langue française et assister les miens dans la montagne Pembina, en espérant que je puisse être affectée le plus près possible.

— C'est tout à ton honneur, nous n'allons pas nous fâcher pour ça. Pardon, Lucille chérie, je m'en veux de t'avoir peinée.

Elles ne dormirent pas beaucoup cette nuit-là, ruminèrent chacune sur l'oreiller leurs pensées intimes. Lucille était partagée entre la rancœur envers son amie et la crainte, beaucoup plus forte, que leurs chemins se séparent de façon prématurée ; Rose se savait coupable de son manque de franchise, et elle aussi était triste de s'éloigner des êtres qui lui étaient le plus chers. Mais le désir était tel, la conscience si forte d'avoir enfin trouvé un sens à sa vie, qu'elle ne voulait pas se laisser submerger par les remords.

Quelques jours plus tard, c'est d'un pas décidé que Rose se rendit à l'université du Manitoba. Elle perdit beaucoup de son assurance en franchissant le porche à colonnades, avec l'inscription en fronton « University of Manitoba ». Elle patienta pendant presque une heure, intimidée par les allées et venues des professeurs et des élèves, avant d'entrer, deux heures plus tard, dans le bureau d'Andrew Pikes. Elle s'était remémoré son étrange proposition, à laquelle elle n'avait pas donné suite jusqu'à maintenant. L'occasion se présentait enfin, et en tout cas un alibi pour aller à sa rencontre. Une petite voix intérieure lui murmura que son initiative était farfelue, mais il était trop tard pour faire marche arrière et elle prit une profonde inspiration pour rester maîtresse d'elle-même, une fois assise en face de lui.

— Quel plaisir de vous revoir, Rose !

Son accueil enthousiaste la soulagea. Au moins il ne l'avait pas oubliée. Il se désola du peu de temps qu'il pouvait lui consacrer et lui proposa de repasser à un autre moment. Contrariée, et parce qu'elle n'était pas venue ici pour se voir congédiée aussi vite, elle s'arma de courage pour lui confier qu'elle avait quelque chose de très important à lui demander. Andrew perçut la gravité de sa requête.

— Très bien ! Alors je vous invite à dîner samedi. Nous pourrons discuter plus librement, qu'en pensez-vous ?

L'inviter à dîner ! Rose ne s'était pas attendue à une avance aussi osée, ce n'était pas très catholique de sortir seule avec un homme, qui plus est d'âge mûr. Mais très vite elle chassa cette pensée. Elle se fichait bien après tout que ça jase, les préséances lui importaient peu. Ses yeux s'illuminèrent ; pour un peu, elle lui aurait sauté au cou. Voyons, Rose, se morigéna-t-elle, calme-toi !

Bien entendu, elle tut ce rendez-vous à Lucille. Le surlendemain, Andrew l'attendait à la descente du tramway. Ce n'était plus tout à fait l'hiver, mais pas encore le printemps. Le tapis neigeux qui s'effilochait sous la pluie fine et persistante charriait une boue souillée. Rose maudissait cette saison intermédiaire, quand la ville perdait toute sa beauté glacée. Heureusement, très bientôt toute cette neige aurait fondu, les arbres se couvriraient de feuilles et de bourgeons odorants, les rues redeviendraient proprettes et la ville retrouverait une lumière éblouissante. Le Waldorf Lunch Bar sur Main Street n'était pas très éloigné. Rose apprécia l'endroit, beaucoup plus simple que le restaurant de l'hôtel Fort Garry, trop huppé à son goût. Et puis là-bas, elle était connue alors qu'ici personne ne s'étonnerait de sa présence avec le conférencier. Elle avait longuement hésité sur la tenue à adopter. Son choix se porta sur la jupe écossaise en laine, que Juliette lui avait confectionnée dernièrement. On commençait à parler rationnement de tissus pour répondre à l'effort de guerre, aussi sa marraine couturière avait fait des merveilles avec un métrage acheté au rabais sur le catalogue Eaton. Elle l'avait évasée légèrement pour lui donner un joli mouvement, ramené la longueur juste sous les genoux afin d'économiser le tissu et réduit l'ourlet à deux pouces.

— Tu as des jambes fines, ma poulette, ce serait un péché de les cacher. Tu pourrais faire mannequin pour Eaton.

Rose glissa le pull-over de couleur crème sous la jupe, entoura sa taille d'une fine ceinture noire qui complétait la tenue de manière élégante et lui donnait une belle allure, à son avantage tout en restant respectable, et jeta par-dessus son épaule un regard appréciateur à son double dans le miroir. Oui, Juliette avait raison, ses jambes étaient bien faites ; elle se trouvait plutôt jolie. Elle aurait aimé reproduire le geste gracieux des élégantes et appliquer délicatement quelques gouttes subtiles de parfum dans le creux du cou, mais elle n'avait hélas pas les moyens de s'offrir le raffiné flacon de Carnet de bal, le parfum lancé par la maison Revillon, dont elle humait voluptueusement les fragrances fleuries dans les allées de La Baie, en espérant qu'un voile léger imprègne sa peau. Et, de toute façon, conflit oblige, aux parfums liquides rationnés eux aussi parce que l'alcool servait pour la fabrication des explosifs, se substituaient des crèmes, moins dispendieuses. Elle chassa vite fait cette envie futile. Voyons ! Ce n'était quand même pas un rendez-vous galant, comment pouvait-elle avoir des idées aussi saugrenues ? Le manteau par-dessus le blazer, les bottes à enfiler sans oublier de prendre le petit sac de velours avec les chaussures de ville, et voilà, elle était fin prête pour accompagner Andrew sans passer pour une cocotte.

Rose le laissa commander le repas, des filets fumés de hareng en provenance du lac Manitoba, avec des pommes de terre à l'eau et des carottes râpées. Il y avait affluence dans la salle, surtout des employés d'administration et de banque, tous anglophones, ce qui l'arrangeait bien. Andrew voulait savoir ce qu'elle avait pensé de sa conférence, puis il l'interrogea sur ses lectures favorites parmi les grands auteurs français. Elle en avait peu lu, lui avoua-t-elle. Avec franchise, elle expliqua que c'était très compliqué et surtout très onéreux de se procurer des livres venant de France, qui dans tous les cas étaient expédiés de Montréal. Lors de son dernier séjour à Saint-Claude, elle avait emprunté dans la bibliothèque du père Joseph le roman de Louis

Hémon, *Maria Chapdelaine*. L'enthousiasme se lisait dans ses yeux quand elle lui relata sa passion pour le personnage de Maria, la jeune Québécoise du lac Saint-Jean au destin si triste.

— Jamais je ne pourrai épouser un homme que je n'aime pas.

Il sourit de son exaltation, et elle se rendit compte qu'elle allait trop loin. Alors elle ajouta, dépitée, qu'elle se contentait maintenant de lire les feuilletons dans le journal.

— Mais, c'est passionnant aussi, vous savez.

Il n'en doutait pas. Elle s'étonna de sa liberté de ton envers cet homme. Il l'écoutait avec une attention bienveillante.

— J'ai beaucoup de livres, Rose. Je pourrais vous en prêter.

— Pourquoi feriez-vous ça ?

— Je vous fais confiance, et il me plaît de voir une jeune fille aussi jeune et ravissante que vous s'intéresser à la littérature.

Le compliment la toucha. Son éternel sourire en coin, qui pouvait laisser supposer de la moquerie si on le connaissait mal, ajoutait à sa séduction naturelle. Louise n'aurait su dire pourquoi, elle croyait en sa sincérité et en son honnêteté. Et puis, il y avait en lui ce petit quelque chose de tellement craquant, quand ses yeux gris se posaient sur elle avec une attention soutenue, comme s'il cherchait à sonder ses sentiments. Un pincement inhabituel lui serra le cœur, qu'elle chassa immédiatement. La chevelure brune parsemée de minces fils gris lui rappelait qu'Andrew n'était pas un perdreau de l'année. Elle sourit à cette expression délurée que n'aurait pas désavouée Juliette. L'alliance au doigt de son compagnon la ramena à la réalité. Quelle sotte tu fais, songea-t-elle ! Évidemment qu'il est marié, peut-être même qu'il a des enfants qui ont certainement ton âge. Tu n'es vraiment pas fine de t'afficher avec un homme marié.

— Ai-je dit quelque chose d'inopportun pour que vous souriiez ainsi, aussi joliment, chère Rose ?

Le rouge empourpra ses joues. Perdue dans ses pensées,

elle l'avait oublié. Il était temps d'aborder ce qui la tourmentait. Comme à son habitude, elle alla droit au but. Puis une fois qu'elle eut fini, elle guetta sa réaction. Andrew commanda deux tasses de thé, réfléchit durant quelques secondes qui lui parurent interminables.

— Vous me demandez d'aider votre amie à décrocher un poste d'institutrice près de Bruxelles. Hum ! Vous me prêtez une influence que je n'ai pas, malgré mes accointances au ministère de l'Éducation.

Une ombre passa sur le visage de la jeune fille. Comment avait-elle pu être aussi sotte de croire qu'il pouvait la soutenir ?

— En réalité, c'est beaucoup plus complexe que vous ne le supposez. Il aurait été plus judicieux que vous vous adressiez à Honorius Daigneault, le responsable de l'Association d'éducation, lui seul en mesure d'entreprendre les démarches nécessaires auprès des commissions qui gouvernent les divisions scolaires et recrutent les enseignants. De plus, les conditions d'emploi, de travail et les salaires varient d'une division à une autre.

Andrew avait un air perplexe en observant Rose. Elle était si attendrissante avec sa moue dépitée de petite fille qu'il ne voulait pas la laisser partir sans lui laisser un espoir.

— Je ne vais pas renier ma parole, chère Rose. Je vous propose de prendre moi-même contact avec Honorius Daigneault, que je connais très bien, en lui suggérant de rencontrer votre amie Lucille. Il pourra peut-être lui soumettre, en accord avec le commissaire de la paroisse de Bruxelles, un plan d'embauche.

Le sourire de Rose s'élargit. Toute à sa joie, elle ne remarqua pas le regard troublé d'Andrew. Il se ressaisit très vite :

— Allons, buvez donc votre thé, avant qu'il ne soit froid !

Ils cheminaient côte à côte en direction de la station de tramway, tout aussi gênés l'un que l'autre. Ils se quittèrent sur une franche poignée de main. Rose ne répéta rien de son rendez-vous à Lucille. Cela resterait son secret, et de toute manière elle n'était pas sûre que cela fonctionne, même si elle se persuadait qu'il fallait y croire.

Un mois plus tard, Rose était convoquée au bureau central de recrutement des bénévoles, à Winnipeg. Deux semaines plus tard, l'acceptation pour son intégration dans le corps militaire féminin lui parvenait, ne lui laissant que quelques jours de répit pour régler tous les problèmes. Tout allait trop vite, et elle n'avait même pas parlé de son projet à Louise. À force d'avoir attendu le dernier moment, elle se trouvait au pied du mur. Le plus difficile restait à faire.

Rose retourna à Saint-Pierre-Jolys pour la Saint-Jean-Baptiste, en même temps qu'était décrétée la mobilisation générale à la suite de la capitulation surprise de la France et d'autres pays européens. Marius et Tobie étaient partis depuis dix mois, mais Louise et Juliette n'avaient pas le temps de s'apitoyer sur leur sort. La clientèle du restaurant se réduisait comme peau de chagrin au fur et à mesure que les ouvriers étaient appelés sous les drapeaux. Alors il fallait travailler, là où il y avait des besoins, pour compenser le départ des hommes. Juliette apprit à conduire et devint chauffeur de l'autobus qui reliait les paroisses jusqu'à Winnipeg. Louise s'échinait dans les champs. Elle labourait, perchée sur son tracteur ; d'ici à quelques semaines, elle engrangerait le foin, transporterait les grains de maïs dans les silos. Et en même temps, elle veillait sur les volailles, les cochons et les quelques bœufs, récoltait les légumes pour préparer les conserves. Elle avait prévu d'aller aider les bûcherons pour couper le bois et en amasser en perspective de l'hiver. Juliette pendant les quelques jours de son absence garderait les deux garçons.

Rose trouva sa mère très fatiguée, les traits tirés, et pourtant guidée par une énergie décuplée.

— Ma Rosinette, je suis tellement contente de te voir !

Comment lui annoncer la nouvelle sans ajouter à son tourment ? Le poids de cette révélation lui tombait sur les

81

épaules, comme une charge beaucoup trop lourde. Elle payait aujourd'hui son manque de courage. Pour s'occuper l'esprit et soulager Louise, elle prépara les légumes de la soupe, fit la toilette de Noël et d'Aimé, leur donna à manger et les envoya au lit de bonne heure. Enfin, elle dressa le couvert pour elles trois.

— Je te trouve bien silencieuse. Tu as des problèmes à l'hôpital ?

Louise, qui venait de rentrer du jardin, perçut le malaise de sa fille. Sa mère lisait en elle comme dans un livre. Juliette arriva sur ces entrefaites. Elle bourdonnait autour des deux femmes, affichant une désinvolture qui ne dupait pas Rose. La fatigue se lisait également sur son visage.

— Maman, Juliette, il faut que je vous dise.

Elle avait commencé, il était trop tard pour s'arrêter. Les mots tombèrent comme un couperet, c'était le coup de grâce fatal pour Louise, déjà traumatisée par le départ de son mari. Elle ne se contenait plus, gronda sa vindicte à la face de Rose avec une rage que la jeune fille ne lui avait jamais vue. Elle prit peur. Juliette aussi qui tenta de calmer le jeu, mais son amie ne l'écoutait pas. Elle criait sa colère, renversa une chaise d'un coup de pied tant et si bien qu'elle réveilla les petits qui entrèrent dans la cuisine en pleurant. Lorsque Rose voulut les consoler, Louise jura qu'elle ne faisait plus partie de la famille puisqu'elle les abandonnait.

— Tu n'es qu'une égoïste, tu ne penses qu'à ta petite personne. Je ne t'ai pourtant pas élevée comme ça. Va-t'en, enrôle-toi puisque c'est ce que tu veux, je ne veux plus te voir. Tu m'entends ! Si tu franchis cette porte, c'est définitif, tu ne remettras plus les pieds ici.

Effondrée par tant de violence, Rose courut se réfugier dans sa chambre. La tête enfouie sous l'oreiller, elle laissa libre cours à son chagrin. Quelques minutes plus tard, des coups timides furent frappés sur son épaule. Les garçonnets se hissèrent à côté d'elle en silence. Noël avança la main pour essuyer ses larmes :

— Faut pas pleurer, Rose. Tu as fait une grosse bêtise ?

Au lieu d'adoucir son chagrin, l'attention touchante des enfants la bouleversa et accrut ses larmes. Dépités, les deux petits ne savaient plus comment la réconforter. Ils se pelotonnèrent contre elle en l'entourant de leurs bras.

— Tu veux qu'on te chante une chanson pour te consoler ?

Mon Dieu ! Qu'ils allaient lui manquer ! Pourquoi fallait-il qu'elle leur fasse autant de mal ? Et pourtant, la colère de Louise n'avait en rien fissuré sa détermination. Les garçons s'endormirent à ses côtés. Bien qu'engourdie à cause de son bras coincé sous Aimé, Rose ne fit pas le moindre geste pour les écarter, la chaleur de leurs jeunes corps pénétrait en elle et lui insufflait tout le calme dont elle avait besoin après la tempête qu'elle avait provoquée. Elle entendit sonner la grande horloge. Minuit, puis une heure dans le silence angoissant de la maison. Aimé se retourna dans son sommeil, lui permettant de dégager son bras et de sortir de la chambre sans faire de bruit. Louise et Juliette n'avaient pas quitté la cuisine. Assise sur le banc devant la table avec les assiettes propres et les couverts toujours à leur place, sa mère leva vers elle un visage ravagé par les larmes, déclenchant chez Rose un élan de tendresse. Juliette mit la soupe à chauffer en reniflant bruyamment.

— Et si on mangeait ? Toutes ces émotions m'ont donné faim. Je vous fais des crêpes, comme au bon vieux temps à Saint-Claude.

Début septembre, Rose intégrait les services du CATS. Entre-temps, Lucille apprenait son affectation à l'école de Saint-Alphonse, commune rurale francophone au sud de Bruxelles, là où résidait toute sa famille.

Quand souffle le vent de l'histoire

1942

Province de Québec

7

La douleur, lancinante, la torturait sans répit depuis une heure. Rose se comprima le bas-ventre avec les mains, sans pouvoir contenir le flux chaud qui coulait entre ses cuisses. La contremaîtresse s'approcha d'elle en fronçant les sourcils.

— Ça ne va pas, mademoiselle ?

— Ce n'est rien. Ça va passer, répondit Rose alors même que la pâleur de son teint démentait sa réponse rassurante.

Elle jeta un regard furtif à la pendule à l'extrémité de la grande chaîne de production. Il lui fallait encore tenir plus de deux heures.

— Encore une qu'serait mieux à la maison à s'occuper de ses flos[1] !

L'homme devant elle pouffa à la remarque persifleuse de son voisin.

— Encore un qui serait mieux au front avec ses frères d'armes plutôt qu'à se planquer à l'usine !

Piqué au vif par la réplique de Rose, l'individu se redressa, prêt à monter sur ses grands chevaux, mais la contremaîtresse rétablit l'ordre d'un ton péremptoire. Rose serra les dents, croisa les jambes, honteuse, pour tenter de contrôler l'arrivée inopinée de ses menstruations et concentra son attention sur les roulements de sa chaîne de travail.

Depuis un peu plus d'un an, elle était employée à l'usine Angus du Canadien Pacifique à Montréal. Ce

---

1. « Enfants » au Québec.

n'étaient pas les conditions idéales pour découvrir la capitale québécoise, mais la jeune fille était déterminée à participer activement à l'effort de guerre. Elle travaillait six jours sur sept, pour un salaire mensuel de vingt dollars, dans les shops où la production des locomotives avait été stoppée pour se consacrer à la fourniture des Valentine, les chars d'assaut destinés aux soldats canadiens et britanniques. Elle se savait chanceuse d'avoir trouvé un emploi chez Angus, car les conditions de travail n'y étaient pas trop pénibles. De nombreuses fenêtres inondaient l'atelier de lumière tout au long de la journée, le chauffage et la ventilation fonctionnaient correctement ; il y avait des toilettes à l'intérieur même de l'usine, et non pas des bécosses ; une vaste salle servait de réfectoire. Et, avantage exceptionnel, une bibliothèque était mise à la disposition des employés, un hôpital offrait les soins, et il était possible d'acheter tout ce dont on avait besoin dans le grand magasin.

En plus de ce travail, chaque soir et tous les dimanches matin, Rose prenait la ligne 7 du tramway qui la déposait à proximité de Westmount, pour rejoindre le Women's Volunteer Reserve Corps[1]. Une double activité qui ne lui laissait aucun temps libre. Aussi, quand elle regagnait, très tard dans la soirée, la chambre louée par la direction d'Angus dans le quartier Rosemont, à proximité de l'usine, bien souvent elle dînait chichement d'une boîte de soupe aux pois Habitant de chez Campbell ou d'un morceau de pain trempé dans un peu de lait chaud, avant de s'effondrer, exténuée, dans son lit.

Un choix de vie totalement assumé. La voie normale aurait consisté à postuler dans un hôpital où elle n'aurait eu aucune peine à être embauchée, mais elle avait exclu catégoriquement cette hypothèse. Aussi, quand elle avait

---

1. Un des organismes paramilitaires non officiels qui ont intégré dans leurs rangs des volontaires femmes au début de la Seconde Guerre mondiale.

lu dans *Le Devoir*, alors qu'elle venait juste d'intégrer le CATS à Winnipeg, qu'Angus recherchait des femmes pour pallier l'absence des hommes partis se battre elle avait su qu'elle tenait la solution pour enfin fuir un avenir tout tracé comme infirmière, et surtout assouvir son rêve de quitter le Manitoba pour le Québec.

Elle rompit son contrat avec le CATS au profit du Women's Volunteer Reserve Corps de Montréal, mouvement militaire proche du précédent, où une modeste rétribution lui était attribuée. Le gouvernement fédéral se refusait à officialiser ces mouvements. Les salaires demeuraient donc beaucoup plus bas que ceux des hommes dans l'armée. Mais Rose s'en fichait. Elle acheta de ses propres deniers son uniforme : une jupe et une tunique bleu-gris ornées de feuilles d'érable couleur or, un béret noir, des bas gris et des chaussures noires. Toutes n'étaient pas logées à la même enseigne ; faute de moyens, certaines se contentaient du brassard.

Dans l'organisation, elle apprit la sténographie, la dactylographie, le morse ; mais aussi à conduire un véhicule, l'entretenir, tenir les stocks d'un magasin ou un standard téléphonique. Elle se forma aux exercices et à la marche militaires, reçut un entraînement physique intense. Ses jambes se galbèrent, ses traits perdirent définitivement les derniers signes de l'adolescence. Elle se fondait avec une ferveur exaltée dans cet univers féminin où toutes n'avaient qu'un seul objectif en tête : apporter leur contribution à l'effort de guerre et libérer leurs frères d'armes des nombreuses activités militaires vitales. Elle appréciait par-dessus tout l'esprit de corps, la camaraderie et la bonne humeur qui régnaient entre les filles, ce qui la changeait de l'ambiance pas toujours agréable de l'usine où il lui fallait supporter, comme d'autres ouvrières, les remarques pénibles de certains hommes hostiles à la mixité imposée par l'état de guerre. Heureusement, ils n'étaient qu'une minorité à réagir ainsi, mais lorsqu'elle y était confrontée, cela la mettait à chaque fois dans des colères noires.

Ses échanges épistolaires avec Louise et Juliette lui donnaient des nouvelles de tous. Les deux femmes étaient encore toutes retournées d'avoir vécu en février le *If Day*, l'opération *Si un jour*, une simulation d'invasion nazie à Winnipeg :

C'était impressionnant de voir tous ces hommes défiler dans les rues de la capitale, déguisés en soldats allemands. Ils ont même procédé à de fausses arrestations de politiques. Nous avions beau savoir que c'était un exercice militaire, nous étions tous oppressés par l'envergure de cette opération.

L'aigreur de sa mère au moment de son départ du Manitoba s'était transformée en amertume qu'elle laissait parfois transparaître dans ses lettres. Elle faisait contre mauvaise fortune bon cœur, mais souffrait de cette guerre qui l'éloignait de ceux qu'elle chérissait. Les régiments de Marius et Tobie stationnaient toujours en Angleterre. *Heureusement que Juliette ne m'abandonne pas, elle !* Rose retrouvait bien dans cette remarque acide toute la mauvaise foi de sa mère, tout en admettant qu'elle-même se comportait bien souvent de la même manière. Elle la rassurait du mieux possible, lui jurant de revenir dès qu'elle le pourrait. Elle avait tenu promesse une seule fois, à l'automne 1941, depuis elle n'avait pas eu un seul jour de liberté. Elle prenait aussi des nouvelles de Lucille qui avait réussi très vite à surmonter ses difficultés des premiers jours pour assouvir totalement la passion de son métier dans sa petite école de Saint-Alphonse.

Avril 1942. Le printemps s'installait dans Montréal. Les avenues et les trottoirs se débarrassaient de la désagréable gadoue, consécutive à la fonte des neiges en ville. Ce dimanche matin, Rose se rendit dès sept heures, comme à son accoutumée, au corps de femmes militaires. En fin de matinée, la capitaine vint la trouver :

— Je vous donne congé pour votre après-midi. Vous êtes libre.

Rose ne manifestant aucun signe de contentement, elle se méprit :

— Ça ne vous fait pas plaisir ?

— Oh, mais si, c'est juste que je ne m'y attendais pas. C'est nouveau pour moi. Je ne sais guère comment m'occuper.

— Allons bon, ne faites pas votre enfant ! Profitez-en donc pour aller vous promener dans Montréal, ça vous fera le plus grand bien de prendre l'air.

La capitaine remarqua le coup d'œil que la jeune fille portait à son uniforme.

— À la bonne heure ! Gardez votre tenue, elle est très seyante sur vous, et je ne serais pas étonnée que cela produise de l'effet auprès de ces messieurs.

Rose rougit et s'empressa d'obtempérer, sous le regard amusé de sa chef. Dehors, la lumière l'éblouit. Des gamins jouaient sur le trottoir ; leur ballon atterrit près d'elle, elle le renvoya d'un coup de pied énergique. Ils la remercièrent en pouffant. Un voile de tristesse assombrit son visage : Noël et Aimé lui manquaient. Elle aurait aimé à cet instant précis les tenir dans ses bras, se couler dans ceux de Louise, chahuter avec Juliette, mais ils étaient trop loin pour qu'elle puisse leur faire la surprise d'une visite.

Elle se ressaisit très vite, il faisait trop beau pour se laisser gagner par le cafard. Puisque l'opportunité lui était offerte de flâner dans la grande ville, autant profiter de cette aubaine. En un an, elle n'avait guère eu le loisir de découvrir cette ville dont elle avait tant rêvé. Elle faisait chaque jour le même trajet, de sa chambre à l'usine, et de l'usine à l'association paramilitaire de Westmount. Elle chemina sans but particulier, remonta vers le belvédère du parc du Mont-Royal, demanda son chemin à un groupe de jeunes étudiants anglophones ; puis elle descendit l'avenue du Parc, bordée de splendides bâtisses, de maisons d'appartements et, en abordant l'avenue Laurier, les boutiques et restaurants se firent plus nombreux. Elle admira la façade du théâtre Régent en regrettant de ne pas avoir assez d'argent sur elle pour s'offrir une séance de cinéma. Des effluves lui titillèrent les narines. Rose fouilla dans son porte-monnaie, compta ses sous et s'acheta une brioche à la crème dans une boulangerie tenue par un commerçant juif. L'effervescence joyeuse de la rue la gagnait, elle se sentait heureuse, bousculée par les passants qui ne lui prêtaient aucune attention, et ce gâteau qui lui barbouillait les lèvres de crème était diablement bon. Sur le trottoir en face du cinéma, elle remarqua un grand café dont les portes s'ouvraient pour une clientèle mixte très animée. Après tout, personne ne la connaissait à Montréal, elle pouvait bien se mêler à ces gens. Rose s'enhardit et pénétra dans l'établissement. Elle choisit une table un peu à l'écart et quand le serveur lui demanda ce qu'elle désirait, elle jeta un rapide coup d'œil à ses voisins, un jeune couple d'amoureux. Par mimétisme, elle commanda une limonade.

Elle transpirait, guindée dans son uniforme, et osa retirer la veste qu'elle plia sagement sur ses genoux croisés. Comme elle était heureuse d'avoir fait ce choix de vie ! Jamais la société puritaine du Manitoba ne lui aurait permis de prendre un verre, seule dans un café. Elle plissa les yeux, savoura la première gorgée rafraîchissante. Un sifflement prolongé la tira de ses rêveries.

— Hey, beauté !

Elle tourna la tête. Quatre jeunes hommes à une table derrière l'observaient, hilares.

— Tu fais quoi dans cet uniforme ridicule ? Tu veux prendre notre place, poupée ?

Rose sourcilla mais se contint pour ne pas répondre à l'affront, honteuse d'être apostrophée dans un lieu public, et piqua du nez dans son verre. Le même individu reprit un peu plus fort :

— Hey, poupée ! T'devrais retourner jouer chez ta mâ're et t'habiller correct, comme une fille quoi !

C'en était trop ! Quelques gouttes de limonade giclèrent sur la table quand elle reposa, énervée, son verre et fit volte-face vers le goujat.

— Hey, mon gars ! D'une, tu devrais déjà apprendre à parler un français correct. Et de deux, au lieu de te pogner le beigne[1] dans un café, tu ferais bien de suivre l'exemple de tes frères partis en outre-mer !

Le type vit rouge. Un de la bande lui attrapa fermement le bras pour le retenir.

— Cesse donc de la chicaner, elle ne t'a rien fait.

— Ça va, ça va ! J'su' mieux d'boucher ma goule[2].

Rose se réjouit de sa repartie. Bon sang, il l'avait bien mérité, cet imbécile. Quelques minutes plus tard, les individus s'esquivèrent sans même lui jeter un regard. Elle héla le serveur.

— Votre consommation est déjà payée, mademoiselle.

L'employé pointa le doigt vers le jeune homme qui avait pris sa défense. Contrairement à ses compagnons, il n'avait pas quitté l'établissement et l'observait avec bienveillance. Il s'approcha d'elle.

— Pardonnez mon ami. Il s'est comporté de manière ridicule, mais il est plus bête que méchant.

Rose haussa les épaules.

— Je vais vous paraître insistant, mais ça m'ennuie que vous restiez sur cette image malaisante. Vous savez, les Québécois ne sont pas tous aussi grossiers.

— C'est bon, n'en parlons plus.

— Accepteriez-vous que je vous offre une boisson ?

Rose marqua un temps d'hésitation. Ce jeune homme n'allait quand même pas la manger toute crue, son sourire lui semblait plutôt engageant. « Sur le catalogue Eaton, il aurait de l'allure ! » Voilà maintenant qu'elle entendait la voix de sa marraine Juliette.

— Alors, c'est oui ?

---

1. « Rester à ne rien faire ».

2. « Je fais mieux de me taire. »

Elle acquiesça. Une agréable odeur de vétiver ondoya sous ses narines lorsqu'il vint s'attabler à son côté. Elle aimait le tour imprévisible que prenait cet après-midi. Et elle apprécia la poignée de main franche et énergique de son nouveau voisin de table.

— Robert, mais tous mes amis m'appellent Bob. Et les gens de chez moi disent même « Bob à Bill ». Bill, c'était mon père !

Rose se présenta à son tour.

— Vous n'êtes pas d'ici, n'est-ce pas ?

— Qu'est-ce qui vous le fait supposer ?

— Votre accent !

Rose éclata de rire. C'était bien la première fois qu'on lui faisait cette remarque, et elle-même aurait pu lui retourner le compliment.

— Vous n'avez pas tout à fait tort. Ma famille est française, mais je suis arrivée au Manitoba à l'âge de cinq ans. Alors je suppose que mon accent doit être un mélange de ces deux cultures. Et vous ?

— Oh ! moi, vous savez… Je viens d'un pays où l'océan baigne les plages. Mon enfance est peuplée de légendes. Petit, j'ai couru les dunes pour ramasser le foin et les œufs d'istorlets, cueilli des gorlots de patate[1], me suis empiffré de goules noires dégoulinantes de jus sur mes chemises. Avec les pêcheurs, j'ai guetté les pigeons de mer, pêché les p'tits cinq-cents et les coques. Je suis un vrai Madelinot.

Rose fronça les sourcils.

— Cap-aux-Meules, vous connaissez ?

Il poursuivit :

— Et les îles de la Madeleine ?

Une photo d'un pêcheur sur un livre de classe s'imposa à la mémoire de la jeune fille. Elle se souvint fugacement avoir exploré ces îles lors d'un cours de géographie.

— Je pourrais passer des heures à vous en parler. Mais je

---

1. Les Madelinots désignent ainsi les petites baies du plant de pomme de terre.

ne vais pas vous embêter avec mes souvenirs. Vous m'avez parlé du Manitoba. Que faites-vous à Montréal ?

Rose lui répondit brièvement. Son travail à l'usine, le bénévolat à l'association, il comprenait très bien et la félicita pour son engagement.

— Vous savez, je suis moi-même instructeur pour l'armée.

Rose y vit là un point commun rassurant.

— Vous devez être épuisée à faire toutes ces heures ? Vous n'avez jamais un moment pour vous ?

— C'est vrai, mais cela me plaît, je ne vais pas me plaindre, car j'ai obtenu en partie ce que je voulais.

Rose but une nouvelle gorgée de limonade et poursuivit sur un ton un peu plus amer, en pointant du doigt le théâtre en face du café, les yeux soudain brillants de convoitise devant l'affiche de la comédie musicale *Second Chorus*, avec Fred Astaire et Paulette Godard :

— Mon seul regret est de ne pas avoir le temps d'aller au cinéma. Et puis, vous savez…

Rose s'interrompit. Elle était embarrassée à l'idée de lui avouer qu'à Winnipeg les cinémas ne passaient aucune nouveauté, et qu'en dehors de la capitale, il n'existait aucune salle. Elle était sûre que dans tout le Québec, il en était autrement, en tout cas ici. Robert s'était tu, la jeune fille ne savait comment relancer la conversation. C'était peut-être le moment de prendre congé, elle lui serra la main.

— Merci pour votre amabilité, Bo…, pardon, Robert. J'ai été ravie de cet échange. Je dois maintenant vous laisser.

— Déjà ?

Le jeune homme marqua sa déception. Elle-même regrettait déjà son impulsivité. Quelle idiote elle faisait ! C'était tout elle, mais impossible de faire machine arrière sous peine de se ridiculiser. Quand elle quitta le café, il sembla à Rose que le regard de celui qu'elle appelait intimement Bob restait vrillé sur son dos ; elle prit sur elle pour ne pas se retourner. Elle poursuivit sa marche sur l'avenue Laurier, sans même prendre le temps d'admirer les devantures. Le cœur n'y était plus, elle se repassait le film de cette rencontre en se fustigeant pour sa bêtise.

Dans la solitude de sa chambre, une heure plus tard, elle ouvrit son bloc de papier de correspondance et le crayon commença à courir sur les lignes bleutées.

Ma chère Lucille,
C'est incroyable ce qui m'est arrivé aujourd'hui. J'ai rencontré le plus beau des garçons et, comme une gourde, j'ai laissé filer le poisson ! Me voilà bien fine, veux-tu ! Je n'arrête pas d'y penser et je m'en veux, si tu savais comme je m'en veux ! Je ne vais quand même pas passer une annonce dans Le Devoir *? Tu imagines : « Jeune fille de bonne famille, bien sous tous rapports, cherche à revoir Bob à Bill rencontré dans un café à Montréal, parce qu'elle l'a trouvé très beau et très sympathique » ! Bob à Bill, c'est mignon, tu ne trouves pas ? C'est son surnom – et Bill est son père, tu me suis toujours ? Il s'appelle Robert en vrai. Bon sang, voilà que ça me picote le ventre de parler de lui. Tu crois que ça existe la grande picote d'amour ? Ah ! Comme tu me manques, ma douce amie, nous pourrions rire toutes les deux de ces bêtises.*

N'empêche qu'avec juste son prénom, je n'irai pas loin, vu que je ne connais même pas son adresse. Ah ! si, je sais qu'il est originaire des îles de la Madeleine. Tu parles d'un indice ! En résumé, c'est cuit comme les patates dans la tourtière, je ne le reverrai plus. Faut que je m'y fasse, mais la prochaine fois que je fais la rencontre d'un chum aussi agréable, je t'en fais la promesse, je ne le laisserai pas filer.

Ah oui, t'ai-je dit qu'ici ils ont des expressions bizarres et un fichu accent ? Dans le quartier Rosemont, où se trouvent mon usine et mon logement, je côtoie beaucoup de gens simples, venus de tout le Québec, des francophones aussi bien que des anglophones. Mais chez Angus, il y a plus de Canadiens français. Finalement, c'est un peu un village comme Saint-Claude ou Saint-Pierre-Jolys, en bien plus grand bien sûr.

Et toi, ma chère Lucille ? Envoie-moi vite de tes nouvelles que je t'imagine avec tes loupiots, en espérant qu'ils ne te rendent pas la vie trop difficile. Je te fais confiance, tu dois être une maîtresse dévouée et pleine de tendresse.

À très vite, mon amie très chère qui me manque...

8

La pénurie de main-d'œuvre se fit sentir dans les réserves masculines dès l'été 1941. Le gouvernement fédéral à Ottawa rebattit la donne en autorisant enfin le service militaire féminin. Une avancée qui était le fruit des pressions exercées depuis des mois par les organisations féminines. L'urgence était à l'accroissement de l'effort de guerre. Le Women's Volunteer Reserve Corps, où se trouvait Rose, lança même une affiche qui enjoignait les citoyens à rassembler tous les casques qu'ils pouvaient trouver pour les faire parvenir à la Grande-Bretagne. Dans tout le pays, la propagande se répandait, mettant fin à la ségrégation de recrutement entre les hommes et les femmes : *Une femme qui s'engage dans l'armée permet l'envoi d'un combattant supplémentaire au front.*

Rose entrevit enfin l'occasion de quitter son organisation paramilitaire au profit de la CWAC, le Canadian Women's Army Corps, puisqu'elle répondait à toutes les conditions requises : elle avait dix-neuf ans, était devenue sujette britannique un an auparavant, mesurait plus d'un mètre cinquante et son poids de cinquante-deux kilos dépassait les quarante-sept minimum exigés. La jeune fille n'en démordait pas, elle voulait partir en outre-mer, comme beaucoup de ses collègues qui nourrissaient le même idéal. Elle s'imagina enfin se rapprocher de l'action, directement sur le front et s'impliquer réellement, sur un pied d'égalité avec les hommes. L'officier supérieur rabattit ses prétentions, Rose déchanta. Le gouvernement fédéral ne prévoyait pas d'envoyer les femmes outre-mer. Et si le Service auxiliaire féminin de la Grande-Bretagne recrutait bien des femmes canadiennes dans la Royal Canadian Air Force, les Forces aériennes royales, Rose n'avait pas suivi les formations nécessaires. Sa chef réfléchit un instant :

— À moins d'intégrer le Corps de santé royal de l'armée canadienne, mais vous avez abandonné cette idée.

Il lui restait donc cette dernière chance ? Certes, elle ne voulait plus en faire son métier, mais si redevenir infirmière était le seul moyen pour partir en France ou en Angleterre, cela méritait qu'elle change son fusil d'épaule. Sa formation et son diplôme seraient à coup sûr un sésame. Dans sa tête, tout était allé très vite.

— Eh bien ! Je choisis cette voie.

— On ne s'engage pas sur un coup de tête, mademoiselle, apprenez à vous modérer. C'est une décision importante qui demande un peu plus de circonspection.

Rose, agacée qu'on lui rabâche sans cesse les mêmes reproches, eut l'impression d'entendre Louise. Pourquoi toujours vouloir attendre ? Elle n'avait pas de temps à perdre, et le conflit n'incitait pas à de tels scrupules. Puisque l'armée lui ouvrait ses portes, eh bien, elle entrerait sans frapper, quitte à passer par une fenêtre si nécessaire. Elle n'avait pas parcouru tout ce chemin pour s'en laisser conter par une chef qui cherchait peut-être à tester sa détermination.

Quelques mois plus tard, elle en était au même point. La situation n'avait pas évolué et elle continuait à enchaîner sans relâche ses journées. Quand, en mars de l'année 1942, elle lut que les autorités militaires avaient intégré le service féminin à l'armée, elle renouvela sa demande, bien résolue à la défendre coûte que coûte.

Elle y pensait plus que jamais ce matin-là et avait du mal à se concentrer sur les pièces qui passaient sur sa chaîne. Par deux occasions, la contremaîtresse vint la houspiller pour qu'elle accélère la cadence. La journée lui parut interminable. Elle transpirait, malgré les ventilateurs qui tournaient à plein régime. À l'heure de quitter son poste, épuisée par un mal de tête lancinant, elle envisagea pour la première fois de ne pas se rendre à son entraînement à l'association.

— Fatiguée, *bella* Rosa. *Tu* venir manger *il pancotto*[1] *a casa*.

Elle offrit un pâle sourire à Esterina, sa voisine occupée à tricoter dans le jardin devant l'immeuble pendant que ses enfants s'amusaient. Rose avait très vite succombé au charme de cette somptueuse et joviale Italienne de vingt-cinq ans, maman de quatre adorables bambins, deux garçons et deux filles, dont le mari travaillait lui aussi à l'usine Angus. Esterina l'invitait souvent à partager leur table, Rose appréciait la chaleur de cette famille si unie qui l'accueillait un peu comme la grande fille de la maison. Souvent, le matin, peu avant qu'elle quitte sa chambre pour l'usine, Esterina venait toquer à sa porte et lui offrait des gâteaux encore tout chauds, soigneusement emballés dans un torchon.

— Pour ton panier, *bella ragazza*.

Rose se serait damnée pour les *bocconotti*, des petites tourtes à la crème et à la confiture que l'Italienne avait faites la première fois à l'occasion des fêtes de Pâques et que, depuis, elle lui confectionnait régulièrement, en lui opposant toujours la même dénégation ferme quand Rose tentait d'en avoir la recette.

— *È la ricetta segreta della mia nonna*[2] !

Mais cette fois-ci Rose ne se sentait pas suffisamment de forces pour monter chez elle manger de la soupe de pain et même une assiette de *bocconotti* ne l'aurait pas fait changer d'avis. Esterina lui adressa un clin d'œil complice.

— *Il tuo amante è arrivato*.

Rose hocha distraitement la tête, pressée de rejoindre sa chambre pour se délasser les pieds et surtout s'allonger

---

1. Le *pancotto* est une soupe traditionnelle en Italie, constituée de pain rassis et, selon les régions et les saisons, d'herbes et de légumes du jardin.

2. « C'est la recette secrète de ma grand-mère. »

afin que cesse ce maudit mal de crâne. Elle monta d'un pas lourd l'escalier circulaire aux marches de fer rouillées, traîna des pieds le long du couloir sur lequel donnaient les portes des appartements. Le sien se situait tout à l'extrémité, ensuite le couloir se prolongeait sur la droite vers une autre rangée de logements. Du bout de sa chaussure, elle souleva un coin du paillasson et essaya en pestant de faire glisser la clé dissimulée dessous.

— Je peux vous aider, je crois que la terre est trop basse pour vous.

Rose se retourna et, sous l'effet de la surprise, laissa tomber son sac.

— Robert !

Elle le fixait, benoîtement, ne réagit même pas quand il fit le geste de s'incliner pour prendre la clé et ne broncha pas plus lorsqu'il approcha son visage jusqu'à venir effleurer le sien en chuchotant doucement :

— Vous n'avez pas envie de me faire entrer chez vous ? Je vous promets que je ne tiendrai pas de propos désagréables et que je saurai me tenir convenablement sans que cela vous mette en fâcheuse position vis-à-vis de vos voisins.

Elle devait être écarlate, elle avait chaud et ce n'était plus dû à son mal de tête.

— Euh ! Non… Enfin, je veux dire oui.

Rose grimaça en découvrant le désastre, une fois la porte ouverte. Elle courut mettre un torchon dans l'évier pour dissimuler la vaisselle sale de la veille et du matin, rabattit à la va-vite la couverture sur les draps défaits, ramassa la chemise de nuit tombée sur la descente de lit et la glissa sous l'oreiller. Enfin, elle se tourna vers le jeune homme qui l'observait s'affairer d'un œil amusé. Eh bien voilà, il me prend pour une Marie-souillon, songea-t-elle en se fustigeant de ne pas suivre les préceptes avisés de sa mère. Elle comprit soudain la petite phrase d'Esterina et réalisa que celle-ci avait pris le jeune homme pour son amoureux.

— Comment m'avez-vous retrouvée ?

Robert bredouilla :

— Vous m'avez manqué, Rose… Je m'en suis voulu de vous avoir laissée filer sans en savoir plus sur vous.

Rose ressentit un petit picotement au creux du ventre.

— Alors, comme vous m'aviez dit que vous étiez bénévole au Women's Volunteer Reserve Corps, j'ai commencé mes recherches par là. J'ai rencontré la présidente, et… ne m'en veuillez pas… mais je me suis fait passer pour votre frère – je ne sais même pas si vous en avez un – et j'ai dit que je devais vous voir de toute urgence. J'ai dû être suffisamment convaincant et lui inspirer confiance car elle n'a pas hésité une seconde et m'a communiqué votre adresse.

« Ne pas oublier de la remercier », telle fut la première pensée de Rose.

— Vous me pardonnez mon audace ?

Bien sûr, elle lui pardonnait. Même que sa présence dans sa chambre lui provoquait un trouble délicieux, difficile à tempérer.

— Si vous n'êtes pas trop fatiguée, je voudrais vous emmener au cinéma.

— Moi… au cinéma ? Maintenant ?

— Oui, vous, au cinéma ! Si nous faisons vite, nous arriverons à temps pour la dernière séance.

Elle se passa machinalement la main sur le front. Se convainquit mentalement qu'elle n'avait plus mal à la tête. Se dit in petto qu'il ne fallait surtout pas laisser filer une telle occasion. Et baissa les yeux sur sa tenue d'usine.

— Je vous attends en bas de chez vous.

Rose avait le cœur en ébullition. Ses vêtements sales valsèrent sur le lit, la toilette fut rondement menée. Elle se tortilla pour fermer le bouton de la jupe d'un joli vert émeraude qu'elle portait hiver comme été depuis le début de la guerre, glissa sous la ceinture le tricot beige à manches courtes tricoté par Louise, enfila des socquettes propres, chaussa ses sandales. Elle approcha son visage du miroir, fit la moue en estimant qu'il manquait une dernière touche, se mordit les lèvres pour les rendre plus rouges et se tapota vigoureusement les joues pour leur donner de la couleur. C'était la première fois qu'elle manquait un entraînement à l'association militaire ! Tant pis, elle mentirait le lendemain en disant qu'elle avait été souffrante. Elle retrouva Robert dans la cour, en pleine discussion avec une Esterina enflammée qui moulinait des bras dans tous les sens. Avant de s'éloigner, Rose se retourna une dernière fois sur sa voisine qui lui lança une œillade complice en levant le pouce bien haut.

Robert passa un bras autour des épaules de Rose et ils fendirent la foule pour sortir du cinéma Le Régent. Une fois à l'écart, le jeune homme lui demanda ce qu'elle avait pensé du film. Encore en plein rêve, elle se serait bien vue esquisser quelques pas de claquettes comme Paulette Godard au bras de Fred Astaire dans *Swing Romance*, pour lui montrer à quel point le spectacle l'avait émerveillée. C'est sûr, à Winnipeg, ils n'étaient pas près de passer cette comédie musicale. Robert se méprit sur son silence et réitéra sa question avec une légère pointe d'inquiétude dans la voix.

— Mais je n'ai jamais rien vu d'aussi beau de toute ma vie, voyons !

Il s'amusa de sa réaction juvénile. Elle n'y prêta pas attention, occupée à claquer le bout de ses chaussures et ses talons sur la chaussée, pour essayer de reproduire les mouvements de danse.

— Vous vous moquez de moi, je le vois bien. Je ne serai jamais Paulette Godard.

— Mais non, voyons. Je suis sûr que vous pourriez apprendre très vite, toute menue et légère comme vous êtes.

— Peut-être...

Ils remontèrent jusqu'à l'arrêt de tramway, sans presser le pas, désireux l'un comme l'autre de prolonger la soirée.

— Vous permettez, Rose, que je vous raccompagne jusqu'à votre domicile ?

Voilà une sage décision, songea-t-elle en souriant. Ils

descendirent une station trop tôt, Rose aurait juré qu'il l'avait fait exprès. La température était douce et, malgré l'heure tardive, quelques couples flânaient encore. Elle était bien dans cette ville si accueillante et moderne. Se promener aux côtés de Robert amenait dans sa vie terne une légèreté tellement grisante qu'elle se sentait pousser des ailes.

— Maintenant que je vous ai retrouvée, je ne vais pas faire deux fois la même erreur. Accepteriez-vous de me revoir ?

Elle réprima le oui spontané qui allait franchir ses lèvres.

— Que diriez-vous de dimanche prochain ?

Elle se rappela que normalement elle avait entraînement et qu'il lui faudrait inventer un nouveau mensonge pour justifier son absence. Mais l'envie était trop forte, elle ne pouvait laisser passer cette invitation.

— Je vous attendrai à onze heures devant le parc La Fontaine.

Elle acquiesça et déjà dans sa tête se bousculait tout ce qu'elle allait avoir à écrire à Lucille en rentrant.

9

— Rose, êtes-vous certaine de toujours vouloir intégrer le corps infirmier militaire ?

Sa supérieure rivait ses petits yeux noirs perçants sur elle, guettant ses réactions. Bien sûr qu'elle le voulait, elle n'était pas une girouette.

— Je vous apprécie, vous êtes un bon élément malgré votre impulsivité. Je suis prête à vous aider à entrer au Corps de santé royal.

Rose n'en croyait pas ses oreilles. Était-il possible qu'elle obtienne enfin ce qu'elle attendait depuis bientôt un an ?

— Vous feriez ça pour moi ?

— Oui, mais j'insiste, Rose, sur l'importance de la mission qui vous attend si vous êtes prise. Je crois en vous, je pense que dans votre petite tête où ça bouillonne plus que de raison, il y a un fond de lucidité qui fait que votre souhait de partir n'est pas une lubie, et je crois aussi au sérieux de votre engagement malgré votre jeune âge.

— Je saurai vous montrer que vous avez eu raison de m'accorder votre confiance.

— Je l'espère bien ! Vous allez vous trouver confrontée à des cas très difficiles, il vous faudra faire preuve de tempérance et de vaillance. En intégrant cet ordre en tant qu'infirmière militaire, vous aurez d'office le grade d'officier.

— Je pars quand ?

— Holà ! De la tempérance, je vous ai dit ! Laissez-moi prendre les contacts nécessaires. En attendant, je ne saurais trop vous conseiller quelques jours de repos. Vous aurez besoin de toutes vos forces lorsque vous serez en Grande-Bretagne, voire en France.

Soulagée, Rose sauta sur l'occasion pour demander son dimanche. Dès le lendemain, elle se rendit, lors de sa pause du dîner, au central téléphonique mis à disposition au sein d'Angus et demanda à joindre Saint-Pierre-Jolys. Une heure plus tard, Louise la rappelait, tout essoufflée d'avoir couru.

— Il ne t'est rien arrivé de grave, ma Rosinette ?

Rose s'en voulut de l'avoir alarmée. Et pourtant, même si elle voulait la rassurer – mais non, ma petite maman, tout va bien –, elle savait que la nouvelle provoquerait une fois de plus une tempête.

— Quand reviens-tu à la maison ?

La question qu'elle redoutait. Mon Dieu ! Pourquoi était-ce parfois si difficile de dire la vérité ? Comment faire admettre à sa chère maman qu'elle se devait de servir la patrie au plus près des combattants, comment lui faire comprendre qu'elle n'aurait peut-être pas le temps de revenir les voir ? Et pourtant, elle en mourait d'envie.

— Puisque ta chef te donne quelques jours, qu'attends-tu pour rentrer ?

Elle l'avait bien envisagé, mais le coût du billet allait engloutir une partie de ses économies.

— Pense à ton petit frère, pense à Juliette et à moi qui nous démenons toutes seules depuis le début de la guerre.

Pourquoi fallait-il que Louise la culpabilise ? Elle ne faisait que ça, leur absence lui était un crève-cœur, ne pas voir grandir son petit frère et son neveu lui pesait. En y réfléchissant bien, ce serait pourtant plus franc d'annoncer son départ de vive voix plutôt que par téléphone.

— Je te rappelle très vite, maman, je vais y réfléchir.

— C'est tout réfléchi ! Nous comptons sur toi le plus vite possible.

Rose vit arriver le dimanche avec soulagement, toute à la joie de retrouver Robert. Esterina lui apporta une boîte pleine de *bocconotti* et deux petits pains ronds garnis d'oignons et de tomates.

— Des *puccie* pour toi et *il tuo amore*.

— Mais ce n'est pas mon amoureux, arrête avec ça, Esterina !

— Tsst ! Tsst ! Tsst ! J'ai des yeux pour voir et des oreilles pour entendre.

Esterina se passa la main dans les cheveux en minaudant :

— *È un bell'uomo*[1].

Les deux femmes éclatèrent de rire.

— Tou me raconteras, *va bene*[2] ?

Le contrôleur du tramway 52 hurla :

— Rue Ra-t-chel !

Rose le salua d'un « Bonne journée, monsieur » en descendant de voiture, le pied léger. Elle se sentait incroyablement frivole, avait envie de sourire au petit vieux assis sur le banc qui fumait son cigare Peg Top en parcourant *Le Devoir*, de jouer avec les enfants, de blaguer avec le commerçant qui la héla pour lui offrir une pomme. Les devantures lui renvoyaient l'image d'une grande et svelte jeune fille, elle se trouvait belle, et elle esquissa un pas de danse pour éviter le landau poussé par une maman.

Elle arriva un peu en avance au rendez-vous devant le parc La Fontaine. Les voitures pénétraient dans la grande allée, un autobus déchargea un flot de passagers, prompts à s'éparpiller. Onze coups sonnèrent à l'église proche. Elle commença à guetter autour d'elle ; le doute l'ayant saisie, elle se fit confirmer par un passant qu'elle était bien devant la maison du surintendant du parc, comme le lui avait demandé Robert. Elle se raisonna pour ne pas s'inquiéter de quelques minutes de retard. Quand douze heures sonnèrent, elle était proche des larmes. Puis se ravisa, dans un dernier sursaut. Peut-être avait-elle mal compris. Le

---

1. « C'est un bel homme. »
2. « D'accord ».

rendez-vous devait être pour douze heures et non onze heures, il n'allait sûrement pas tarder. Et le temps continua à s'égrener, elle se sentait ridicule avec son panier de provisions aux pieds, il lui semblait que tout le monde la regardait comme une bête curieuse. Une heure plus tard, dépitée, elle dut se rendre à l'évidence. Robert ne viendrait pas. Elle s'en voulait d'avoir été leurrée, la colère la gagna puis la honte à l'idée de devoir se justifier devant Esterina.

Ça lui apprendrait à faire confiance au premier venu, elle était vraiment trop sotte. Et en plus elle avait faim ! Dans son sac, les *puccie* aux tomates exhalaient de délicieux effluves qui lui titillaient l'estomac. Furieuse contre elle-même, elle pénétra dans le parc et emboîta le pas d'une famille devant les grilles du zoo. Un paon, heureux d'avoir du public pour faire le beau, déploya son plumage bleu profond dans une somptueuse roue. Les enfants s'exclamèrent devant la beauté de l'animal avec des oh ! et des ah ! exaltés, et tentèrent de passer leurs petites mains à travers la grille pour le toucher. Mais le paon jugea que le spectacle était terminé et s'éloigna d'un air altier en repliant ses plumes d'un coup sec, comme un éventail qui se referme.

Rose s'assit sur l'herbe, au pied d'un érable. Elle se sentait mal, trahie. Un gamin fit rouler un ballon jusqu'à ses pieds. Sa mère le gronda de loin et lui ordonna de le rapporter tout de suite, le petit s'exécuta en levant sur Rose une bouille candide. Elle fondit en larmes sous le regard éberlué de l'enfant qui courut vers sa mère en zozotant : « Maman, la dame a un gros z'agrin. » Honteuse, Rose s'essuya rapidement les yeux du coin de sa manche et s'éloigna. Elle finit par trouver un banc plus isolé et défit soigneusement le torchon autour des petits pains d'Esterina. Enfin apaisée, elle se régala avec délectation d'une première *puccia*, puis d'une seconde. Elle pensa à Louise qui aurait certainement adoré avoir la recette et se dit qu'il faudrait vraiment qu'elle parvienne à la soutirer à sa voisine italienne. Les *bocconotti* achevèrent son pique-nique improvisé. De temps en temps, elle jetait un coup d'œil autour d'elle, gardant encore l'espoir de voir arriver Robert. Mais il n'en fut rien. Alors, elle poursuivit sa visite du parc en s'évertuant à oublier son infortune.

Après avoir quitté le parc, elle reprit sa déambulation jusqu'à la rue Bernard pour s'arrêter devant l'épicerie Steinberg. Elle adorait faire ses courses dans ce magasin en libre-service, *cash & carry*, comme le précisaient les grosses lettres qui s'arrondissaient sur la devanture. Le procédé l'avait surprise lors de sa première visite, avant de la convaincre définitivement de l'attrait du lieu : ici, tout le monde se servait selon son bon vouloir, inutile d'attendre un vendeur. Et comme les prix affichés étaient plus bas qu'ailleurs, elle aimait venir faire son choix dans la montagne de fruits et de légumes proposés sur les étals. En plus d'une demi-livre de tomates, elle s'acheta deux cannes de prunes à dix *cents*, vendues dix-neuf partout ailleurs. Le caissier commençait à la connaître et lui offrit une pomme, petit geste de largesse coutumier envers ses clients fidèles. Plus loin, elle se décida à entrer dans le cinq-dix-quinze Woolworth à la tapageuse devanture rouge, un grand magasin où l'on trouvait de tout pour un prix raisonnable de cinq, dix ou quinze *cents*. Le rez-de-chaussée était pour une partie le royaume des enfants qui pouvaient toucher, sans se contenter de les manger des yeux, les jouets disposés à profusion sur les étagères ; après venaient les rayonnages de ferblanterie dans une débauche d'articles ménagers de toutes sortes ; et enfin, plus à l'écart, le comptoir lunch. L'étage menait au linge de maison, aux tissus, chaussures et vêtements. C'était beaucoup moins grand que le magasin Eaton de Winnipeg et surtout moins cher, avec des prix clairement affichés sans que l'on ait à déranger le commis ni besoin de marchander. Rose se plaisait dans cet univers qu'elle supposait très américain et regrettait juste de ne pas pouvoir en profiter avec sa mère et Juliette qui auraient apprécié elles aussi une telle prodigalité de marchandises bon marché. En retournant au rez-de-chaussée, elle fut irrésistiblement attirée par le comptoir lunch, avec ses belles cuirettes bordeaux ; elle y prit place et commanda une onctueuse crème glacée au chocolat servie dans un petit pot en carton.

Esterina avait l'ouïe fine et reconnut son pas quand elle gravit les marches pour rentrer chez elle en début de soirée.
— Alors, ils étaient bons, mes petits pains ?
Rose n'avait surtout pas envie de s'épancher et réussit à faire bonne figure pour tromper sa voisine à qui elle jura ses grands dieux qu'elle avait passé une journée extraordinaire avec Robert, mais qu'elle était trop fatiguée pour en parler. Et, bâillant à s'en décrocher la mâchoire, elle écourta la visite.
Elle retourna dans sa tête, une partie de la nuit, les raisons qui avaient pu empêcher Bob de tenir sa promesse. Le lendemain, elle commença sa journée de travail minée par une douloureuse migraine.

10

L'armée recrutait activement les meilleurs éléments parmi les associations paramilitaires. Rose fut récompensée de son engagement passé et reçut confirmation, dès le milieu de la semaine, qu'elle pouvait intégrer le Corps de santé royal dans l'armée de terre.

— L'officier de recrutement a obtenu d'excellents renseignements sur vous auprès de votre école d'infirmières à Winnipeg.

Rose n'en revenait pas et remercia mentalement la mère supérieure de l'hôpital.

— Quant à moi, je n'ai que du bien à dire sur vous, et j'aurais préféré vous garder. Réfléchissez bien, c'est une décision irrévocable. Vous pouvez intégrer le régiment qui part à Londres à la mi-septembre. Ça vous laisse donc un peu de temps pour vous préparer et peut-être en profiter pour aller voir votre famille.

C'était donc vrai ? Elle ne tenait plus en place et bouillait d'impatience de rentrer chez elle pour annoncer la nouvelle à Esterina. Elle fut incapable de se concentrer durant le cours de codage, qui lui parut interminable. Elle prit congé de ses compagnes sur le trottoir.

— Laquelle de nous va avoir les faveurs de ce beau chum ? s'esclaffa l'une d'elles.

Rose suivit leur regard et se figea en découvrant Robert, posté à quelques mètres. Encore en rage à cause du rendez-vous manqué, elle choisit de l'ignorer et se dirigea vers l'arrêt de tramway sans lui prêter attention, mais avec le cœur qui battait à tout rompre. Elle l'entendit courir derrière elle et se retourna, furieuse :

— Que faites-vous ici ? Vous vous êtes trompé de jour ?

— Je sais, c'est impardonnable. Mais laissez-moi vous expliquer. Je vous en prie, Rose, je vous assure que je n'ai hélas pas eu le loisir de vous prévenir.

Robert saisit son bras :

— Ne partez pas ! Je vais tout vous dire.

Elle leva vers lui des yeux pétillants de colère, prenant sur elle pour ne pas craquer devant son regard implorant. Bon sang ! Esterina avait raison, c'était vraiment un bel homme.

— De toute manière, bientôt nous n'aurons plus l'occasion de nous revoir. Alors autant mettre un terme à ce qui n'aurait jamais dû commencer.

Rose remarqua son visage soudain attristé. Elle poursuivit, bien décidée à lui faire mal :

— Je pars à Londres !

Son intonation pleine de rogue, le menton relevé pour bien lui prouver qu'il était trop tard pour se justifier, voilait la peine qu'elle ressentit à cet instant précis, alors qu'elle aurait dû se réjouir de cette annonce.

— Rose, je ne suis pas le mufle que vous avez dû croire. J'ai vraiment eu un empêchement. Je n'arrête pas de penser à vous depuis notre dernière rencontre.

Ainsi, il avait donc un peu de sentiments pour elle ? Ils se connaissaient pourtant à peine, mais elle devait bien admettre que, malgré ses efforts, elle-même n'arrivait pas à se l'ôter de l'esprit. Il avait réussi à la faire fléchir.

Elle ne prit pas le tramway, accepta qu'il l'accompagne jusqu'à son domicile. Elle crut à ses explications, l'excusa parce que quelque chose d'indéfinissable l'attirait chez cet homme dont le regard sincère la troublait. Il retardait le moment de la quitter, elle avait envie de le faire monter dans sa chambre simplement pour lui offrir un thé. Cette journée avait été trop belle, lui avait apporté trop de joies, elle ne pouvait pas la terminer de manière aussi impromptue. Elle se moquait bien qu'Esterina ou quelqu'un d'autre les voie entrer, elle avait envie de braver ces convenances.

— Voulez-vous monter boire un thé ?

Le petit matin les surprit. Ils avaient tant à se raconter, comme de vieux amis qui se retrouvent. Il n'y eut pas de geste équivoque entre eux, chacun restant sur ses gardes, pour ne pas rompre leur complicité naissante. Ils s'amusèrent des pâtes collantes, car beaucoup trop cuites, que Rose prépara au milieu de la nuit. Robert moqua ses talents de cuisinière.

— Il faudrait que je te présente maman, elle t'apprendrait à cuisiner la tchaude aux coques, la meilleure de tout Cap-aux-Meules.

Robert soupira.

— Je voudrais tant humer le parfum de ses buns tout chauds quand je me lève le matin, en attraper un au risque de me brûler la main, pour le tartiner avec la confiture de gorlots de patate…

— Et pourquoi donc n'y retournes-tu pas ?

Rose admit que sa remarque était déplacée, elle qui n'était pas rentrée au Manitoba depuis des mois. Elle se rappela la promesse faite à Marius de veiller sur les siens.

— Hum… tu as raison. C'est vrai, ça, pourquoi je n'y retourne pas ?

Il tournait en rond dans la chambre, puis vint se poster devant elle, une pointe de défi dans le regard et l'attitude :

— Viens avec moi, je t'amène visiter mon île, je te présenterai maman.

— Tu es fou !

— Pourquoi donc ? Tu pars dans un mois, m'as-tu dit ? Alors, c'est le moment ou jamais.

— Mais… et ton travail d'instructeur ?

— J'en fais mon affaire !

— Et que fais-tu de mes obligations familiales ? Deux voyages seraient trop dispendieux.

Robert lui prit les mains. Elle sentit son souffle, tout proche, frissonna légèrement, et ses résistances tombèrent

115

d'un coup. Elle caressa l'espoir qu'il la prenne dans ses bras, l'embrasse. Elle en mourait d'envie, craignit que ses yeux ne laissent apparaître son trouble, et préféra éviter son regard. Il ne sembla pas l'avoir remarqué, tout à la joie des perspectives qu'il entrevoyait.

— Tu es mon invitée dans mon île, et ensuite tu te rends chez ta maman, avant de partir pour Londres. Voilà, ce n'est pas plus compliqué que ça.

— Ça risque de faire jaser, tu ne crois pas ? Je vais loger où ?

— Bien sûr que non, j'ai quand même le droit de rentrer au pays avec une jeune amie, sans que personne y trouve à redire. Pour la chambre, ne t'inquiète pas. Maman sera ravie de te recevoir. Chez nous, il y a toujours une chambre d'espère[1] pour les gens de passage.

Rose savait cette décision contraire à ses engagements. Elle aurait dû mettre à profit ce temps pour rentrer au Manitoba. Et pourtant, une petite voix délicieusement démoniaque lui murmurait à l'oreille qu'il n'y avait pas de mal à accepter une invitation tout ce qu'il y a de plus convenable, avec un jeune homme au demeurant charmant. Et respectueux, puisqu'il venait de passer la nuit avec elle sans le moindre geste compromettant, même si, elle devait se l'avouer, elle avait espéré qu'il se montre plus entreprenant. Elle ne ferait rien de mal, sur cette île, puisqu'elle logerait chez ses parents. Elle n'y resterait pas longtemps… Juste quelques jours, insista la petite voix persuasive… Et après tout, tu pourras ensuite prendre le train et filer directement retrouver les tiens. Comme ça, tout le monde sera content ! Elle se perdait dans ses réflexions, lui s'impatientait déjà.

— Allez, Rose ! Dis-moi oui.

Cette fois, elle le regarda droit dans les yeux, murmura lentement les trois lettres de son assentiment, trois petites notes pleines de désir contenu. Robert la serra contre lui et

---

1. Chambre d'amis.

embrassa tendrement ses cheveux. Elle crut qu'il allait prolonger ce moment, mais il s'écarta vivement. Et lorsqu'elle eut refermé la porte derrière lui, l'émotion était encore vive, son pouls battait à tout rompre. Elle se caressa la joue pour essayer de retrouver son parfum, sourit à ce qui lui parut une mièvrerie. Et eut une pensée pour Esterina. Si elle s'était écoutée, elle serait allée frapper à sa porte pour s'épancher. Elle hésita, puis se ravisa. Le visage de Lucille lui apparut, elle repensa à leurs longues soirées à Winnipeg. Alors, elle prit son bloc de correspondance et lui raconta tout sans omettre le moindre détail, parce que seule une amie pouvait recevoir des confidences aussi intimes.

11

Le train serpentait dans les vallées montagneuses du Québec et sur les rives du Saint-Laurent, traversait des villages dont les noms chantaient aux oreilles de Rose : Rivière-du-Loup, Rimouski. Bientôt, la Gaspésie déroula sa côte rocheuse jusqu'à Mont-Joli, puis la vallée de la Matapédia, le Nouveau-Brunswick, et le train déversa ses passagers à Pictou en Nouvelle-Écosse. Les deux jours de trajet, sur des banquettes peu confortables, n'altérèrent aucunement l'exaltation de Rose, émerveillée devant la diversité des paysages. Ce n'était pourtant pas la première fois qu'elle faisait un voyage en train, puisqu'elle avait déjà traversé le pays pour rejoindre Halifax avant d'embarquer pour la France six ans plus tôt. Mais elle n'avait pas le souvenir d'avoir ressenti un tel enchantement. C'était certainement dû à la présence affectueuse de son compagnon dont elle buvait avec enthousiasme les paroles, lui-même au comble de l'excitation au fur et à mesure que le train approchait de son terminus.

Elle avait mis fin à son contrat chez Angus, mais obtenu de conserver sa chambre jusqu'à son retour de l'île du Cap-aux-Meules. Par-dessus tout, elle s'était sentie gonflée d'importance au moment d'apposer sa signature en bas de son engagement dans le Corps de santé royal. Elle appela Louise avant de partir pour la prévenir de sa venue prochaine, mais inquiète de ses réactions, se garda bien de lui faire part de son séjour aux îles de la Madeleine. Il aurait fallu le justifier en parlant de la rencontre avec le jeune homme dont elle n'avait fait aucune mention jusqu'à présent dans ses lettres. Seule Lucille savait. Elle ne mentait pas, elle omettait, se persuadant que ce n'était pas mal, malgré un petit nœud au ventre qui lui rappelait que, pour la première fois, elle ne se confiait pas à sa propre maman. Elle aurait tout le temps de le faire par la suite, dès son retour du Cap-aux-Meules. Et puis les cris de joie de Louise lorsqu'elle lui fit part de son intention de venir les voir chassèrent toutes ses mauvaises pensées ; sa mère imputa son euphorie à son retour prochain au village.

Sur le port de Pictou, ils embarquèrent à bord du ferry *SS Lovat*. Il avait plu sans discontinuer durant toute la traversée, mais une trouée apparut dans le ciel ténébreux lorsque le long chapelet d'îles se fit plus proche, en début d'après-midi. Des rais de soleil inondèrent le Saint-Laurent d'une lumière blafarde.

— Regarde, Rose ! Tu vois, la petite île toute seule à ta droite, c'est l'île d'Entrée. Et sur sa gauche, en partant du bas, ce n'est qu'une longue bande de terre et de sable, avec en premier l'île du Havre-Aubert, l'île du Cap-aux-Meules avec le village du même nom où nous allons, plus loin le pont qui mène à Havre-aux-Maisons, puis Grosse-Île, l'île de l'Est et enfin, celle de Grande-Entrée que tu peux apercevoir, avec le village de Old Harry où sont arrivés mes ancêtres au siècle dernier.

Le steward s'approcha de Robert et lui chuchota quelques mots à l'oreille. Son clin d'œil déplut à Rose.

— Je n'ai pas aimé son sourire grivois !

— Mais voyons, que vas-tu chercher là, ma douce ? Eusèbe à Onésime est un ami d'enfance.

Ce mot tendre spontané dissipa son agacement.

— J'en ai fait bien des farces avec Eusèbe. Et nous n'avions pas notre pareil pour faire accroire des menteries à nos familles.

Il ajouta, en sourdine, qu'Eusèbe avait l'habitude de ramener de Charlottetown quelques pintes d'alcool fort dont il pourvoyait généreusement, dans une discrétion fort relative, les villageois privés d'alcool, faute de vente légale sur l'île.

— C'est cela qu'il m'a proposé, tout simplement.

Robert prit bien garde d'ajouter qu'Eusèbe lui avait également conseillé d'en faire boire un verre à son amoureuse pour colorer ses joues pâlottes.

Un mouvement de foule s'opéra vers l'avant du pont. Le steamer avait laissé derrière lui la passe, entre l'île d'Entrée et le long serpent de sable du bout du banc de Sandy Hook, sur l'île du Havre-Aubert. Tout en haut des falaises de grès ocre de Cap-aux-Meules que l'on apercevait maintenant distinctement, des enfants agitaient leurs mains au-dessus de leurs têtes. Ils déboulèrent des rochers pour suivre l'avancée du navire en hurlant leur joie. Le capitaine fanfaronna en évacuant un épais nuage de fumée noirâtre.

— Moi aussi, j'ai couru les rochers comme ces gamins pour acclamer le *SS Lovat* quand il entrait au port, soupira Robert avec un léger tremblement dans la voix. Regarde comme c'est beau ! Il n'existe pas de plus bel endroit au monde.

Le cordon d'îles offrait dans cette pâle lumière matinale une vision magique. Il se serra un peu plus contre Rose, enlaça ses épaules et pointa son doigt en direction d'un oiseau de mer qui entamait une valse tourbillonnante au-dessus d'eux.

— Tu as vu ce margau ?

Un frisson parcourut soudainement le dos de la jeune fille. Robert desserra son étreinte, l'attention attirée par les bâtiments portuaires au pied du cap. Deux femmes côte à côte hélaient les passagers du ferry.

— C'est ma mère ! Je me doutais bien qu'elle serait sur le tchais à guetter le steamer. Et il y a même ma chère Mathilda !

Dans le train, Rose s'était ouverte de ses inquiétudes sur l'accueil qui lui serait réservé.

— Mais voyons, s'était insurgé Robert, c'est que tu ne connais pas l'accueil légendaire des Madelinots. Nous sommes sur une île, pas à Montréal où personne ne se connaît.

C'était peut-être cela qui justement la préoccupait. Les Madelinots appartenaient à une même famille, n'allait-elle pas passer pour une intruse ? Elle préféra garder ses craintes pour elle.

— Mathilda ?

— Thilda est comme ma sœur jumelle. L'histoire de notre naissance a bien fait rire et alimenté longtemps les conversations à Cap-aux-Meules. Nos mères étaient très amies et, par le plus grand des hasards, se sont trouvées enceintes en même temps. Il n'y avait pas un jour sans que l'une vienne voir l'autre. Au terme de sa grossesse, maman a appelé son amie pour la soutenir, sauf que celle-ci s'est affolée et a commencé elle aussi à perdre les eaux. Les hommes étant partis en mer, c'est une voisine qui les a aidées à accoucher. Voilà pourquoi nous sommes insé-parables. Vous allez bien vous entendre toutes les deux, Thilda est un ange.

Elle frémit à nouveau au contact de sa barbe naissante sur sa peau.

— Rose chérie, tu es la première femme que j'amène sur mon île.

Une confidence assortie d'un baiser furtif dans le cou. Rose n'en demandait pas plus. Elle respira à pleins pou-mons, partit en quête de ces odeurs maritimes qu'elle humait pour la première fois, se remplit les oreilles du brouhaha de la foule, du claquement de la houle sur la coque des doris amarrés et des cris excités de la nuée d'oiseaux qui entamaient leur danse d'accueil. C'était beau-coup à la fois, et très galvanisant. Robert s'agaçait lui aussi, pressé de descendre du navire, alors que le steamer enta-mait ses manœuvres d'accostage. Les premiers passagers descendirent la passerelle, des femmes surtout, avec leurs marmots, des hommes d'un certain âge, et quelques soldats en permission. Le contact de sa main chaude et rassurante dans la sienne pour l'entraîner à sa suite procura un peu de soulagement à Rose. Impatient, Robert se faufila parmi des enfants et s'avança au-devant des deux femmes. Un large sourire étira les lèvres de la plus âgée accourue au-devant d'eux, et son visage ridé s'éclaira.

— Robert ! Mon fils ! Si je m'attendais à te voir, ça fait une traille[1] que tu n'étais pas r'venu.

Elle l'entoura de ses bras et le tint longuement contre sa poitrine. Rose serra un peu plus la poignée de sa petite valise grise, intimidée par le regard curieux et pesant de Mathilda.

— Maman, je te présente Rose, une amie qui va loger chez nous.

Il s'approcha de Mathilda, restée muette, lui claqua une bise sur la joue et s'écarta d'elle en lui tenant les épaules à deux mains.

— Décidément, tu es de plus en plus jolie, Thilda.

L'intéressée se fendit d'un sourire de satisfaction orgueilleuse.

— Pourquoi ne m'as-tu pas informée de ton retour, mon fils, ni que tu serais accompagné ?

— Vous n'auriez pas reçu le courrier par le bateau ravitailleur à temps, mais j'ai prévenu Rose que les Madelinots ont le sens de l'hospitalité. Je sais bien que vous ne m'avez pas fait dire des menteries.

C'est le moment que choisit Mathilda pour prendre congé.

— Je reviendrai vous voir tantôt, je vous laisse vous reposer et tu me présenteras ta jeune amie, Bob. Bienvenue chez nous, chère Rose.

Rose lui rendit son sourire.

— Mon fils a raison, petite, ses amis sont les nôtres. C'est la devise de la maison. Vous me paraissez une brave fille.

— Merci, madame.

— Zélia ! Madame, c'est pour les étranges[2].

---

1. « Ça fait longtemps »
2. « Étrangers »

123

L'agitation se poursuivait autour de la passerelle du ferry. Il fallait maintenant décharger les sacs de courrier, ainsi que les caisses de victuailles nécessaires avant l'arrivée des mauvais jours qui rendraient le cabotage impossible pour le *SS Lovat*.

— Mais comment vous faites l'hiver ? s'inquiéta Rose.

— Nous sommes ravitaillés par le *Montcalm*, le brise-glace qui fait le tour des îles de décembre à avril.

Ils quittèrent le débarcadère et remontèrent le chemin principal. Robert empoigna d'office la valise de Rose. Un camion plein de marchandises les dépassa à vive allure en faisant grand bruit, brinquebalant et faisant voler les cailloux du chemin sur son passage. La tête ébouriffée et hurlante du conducteur sortit de la vitre :

— Rangez-vous d'là !

— Tu m'fais pas peur, maudit Frankie, à borgoter[1] avec ton camiard[2]. T'vas quand même pas nous acrapoutir[3] !

Le bruit empêcha d'entendre la réponse de l'intéressé qui déjà s'était éloigné.

— L'é à bout d'âge comme son truck, ce vieux loup, et bien pressé d'serrer la pogne du bon Dieu.

Robert s'esclaffa.

— Tu vois, Rose, c'est cette ambiance aussi qui me manquait !

Ils passèrent devant le bureau de poste. La préposée était sortie sur le pas de la porte pour les regarder passer avec curiosité.

— Y en reinque à voir, Gertrude ! T'as donc pas de travail qu'tu nous reluques ?

Le chemin de terre se poursuivait, devant la douane, puis l'école. Rose observait les lieux avec curiosité, s'étonnait de la dispersion des maisons, éparpillées sans la rigueur des villages du Manitoba. Mais elle s'émerveillait de la beauté

---

1. « Avertir de manière sonore, klaxonner ».

2. « Camion ».

3. Ou écrapoutir : « écraser, écrabouiller ».

de certaines bâtisses, pimpantes et richement colorées. La maison de Zélia se trouvait à environ trois milles à l'est du village. Plantée sur le haut de la falaise, elle dominait les eaux du golfe du Saint-Laurent et s'abordait par un étroit chemin de dune depuis la route principale, autour duquel paissaient une ribambelle de moutons et quelques vaches. Une clôture en piquets de bois blanc ceinturait la maison toute blanche.

Rose tomba sous le charme. Une peinture rouge délavée par les vents encadrait les deux fenêtres de la façade lambrissée chapeautée d'une toiture à deux versants, ainsi que la porte du tambour, prolongé par le porche. La pointe de la toiture en corbeille de ce sas attenant à la cuisine s'encastrait sous le faîtage principal, cassant la hauteur de l'ensemble. Dans cet espace fourre-tout, les bottes en caoutchouc voisinaient avec des chaussures de ville, des outils de jardinage, des casiers, des cannes à pêche, des pots de viande, harengs et morue en saumure, des conserves de légumes et un évier. La patère d'entrée croulait sous le poids des cirés, gilets, vestes et chapeaux.

— Prends ces chaussons, petite. Laisse toutes tes hardes ici.

Rose obéit et suivit Zélia dans la vaste cuisine puis vers un deuxième tambour qui ouvrait sur l'escalier menant au grenier. Robert fermait la marche. En haut, Zélia précéda la jeune fille dans sa chambre, s'empressa de tirer les lourds rideaux pour faire entrer la lumière et ouvrit grande la fenêtre.

— C'est notre chambre d'espère, pour les gens de passage sur l'île qui viennent nous visiter. Elle est tellement vide depuis la mort de mon mari. Et maintenant le départ du fils. On va l'aérer, elle en a grand besoin, ça fait bien longtemps que je n'ai pas eu de visite. Tu y seras bien, ma fille, je vais te porter des couvertes pour que tu ne prennes pas froid.

Ses yeux pétillèrent de malice :

— C'est la première fois qu'le fiston m'amène une fille.

Ma foi, il a plutôt bon goût, et tu me parais bien brave. Je me trompe rarement.

Rose rougit violemment.

— Allez, installe-toi, et redescends dès que tu es prête, je vais te préparer de quoi te réchauffer.

Une dizaine de minutes plus tard, des arômes de mélasse chaude accueillirent Rose au bas de l'escalier. Zélia avait dressé une table débordante de victuailles.

— T'sais, ici nous ne sommes pas rationnés comme à Montréal. Alors, profitez, mes enfants, de toutes ces bonnes nourritures que la nature nous offre.

Les plats s'étalaient, comme un chemin de table : des petits pains ronds, des bloaters[1], du beurre, de la mélasse. Une odeur étrange de friture envahit la cuisine. Zélia jetait dans l'huile des tresses de pâte, retirées au fur et à mesure grâce à une écumoire et mises à égoutter dans un torchon. Le plissement de nez de Rose la fit réagir.

— Quoi ? T'aimes pas mes croccignoles[2] ?

— Oh ! mais si, s'écria Rose qui déjà croquait dans un de ces beignets que venait de lui tendre Robert et grimaça aussitôt sous la morsure de la chaleur. C'est juste que je ne reconnais pas l'odeur de cette huile.

— Comment ça ? Tu ne connais pas l'huile de loup-marin ?

Rose en reprit une sans se faire prier. Zélia se rengorgea.

— Une femme qui aime manger fait une bonne épouse.

Rose faillit s'étrangler. Hilare, Robert lui tendit un verre.

— Tiens, bois un peu de ce petit blanc de Miquelon.

Et en clignant de l'œil :

— Faut pas le répéter, c'est de la contrebande !

Le petit blanc de Miquelon, bien qu'un peu aigrelet, rosit ses joues et illumina ses yeux.

---

1. Autre appellation vernaculaire du hareng fumé et salé, connu aussi sous les noms de « bouffi » ou « craquelot ».

2. Prononcer « croquessignoles », ou « croquignoles » : spécialité madelinote frite dans de l'huile de phoque.

— Assez mangé et bu ! Allons faire une marche digestive en bord de mer.

— Voyons, Bob, laisse cette jeune fille tranquille. Elle a peut-être envie de se reposer. Vous avez tout le temps de vous promener, les enfants.

Rose accepta l'offre de Robert avec empressement. Et comme elle s'apprêtait à revêtir son manteau, Zélia lui tendit une cape.

— Faut pas t'habiller comme pour aller à la messe. Y a un méchant vent de nordet ce tantôt qui va rien nous amener de bon. Prends plutôt cette harde cirée.

Ils longèrent la dune sans passer par le chemin de l'aller. Rose ballait dans la veste prêtée par Zélia et moulinait des bras en s'amusant comme une petite fille qui a endossé un vêtement trop grand pour elle.

— Je connais tellement ma mère ! Elle aurait sûrement préféré que tu ailles faire une sieste pour pouvoir se retrouver seule avec moi et me faire parler.

— Tu vois bien que j'aurais dû faire comme elle disait.

— Certainement pas, j'aurai tout le temps de répondre à ses questions ce soir. Crois-moi, elle ne me lâchera pas avant que j'aie craché le morceau !

— Je n'ai pas osé demander tout à l'heure, c'est quoi, un loup-marin ?

Robert la regarda avec des yeux éberlués :

— Un phoque, voyons.

Rose eut honte de sa question. Un vent acéré leur fouettait le visage. Elle renifla un grand coup, remonta la capuche de sa cape et accéléra le pas pour suivre les grandes enjambées de Bob en direction de la falaise vertigineuse. Il s'arrêta au bord et avança un bras protecteur devant la jeune fille. Tout en bas, les vagues, au plus fort de leur puissance, charriaient d'épais rouleaux gonflés de mousse et d'algues qui venaient mourir de plus en plus loin sur la plage, léchant le sable humide d'un long ruban d'écume jusqu'au pied des rochers. Hypnotisée, Rose ne pouvait détacher son regard du spectacle fascinant que leur

offraient le flux et le reflux incessants de la marée mon-
tante. La main de Robert se glissa sous sa capuche, caressa
doucement sa joue. Électrisée, elle n'osait plus bouger.

— Bob ! Rose !

Ils se retournèrent en même temps, ramenés à la réalité
par les cris de Mathilda. Elle s'arrêta devant eux, le souffle
court, en riant :

— Eh beh ! Ça fait un moment que je vous appelle, mais
vous ne m'entendiez pas, à cause de cette fichue brise et
du vacarme des vagues.

Rose nota la pointe de moquerie. La nouvelle arrivante
les jaugeait avec un sourire bienveillant.

— Vous permettez que je vous accompagne.

L'intonation ne laissait aucun doute sur le fait que ce
n'était pas une question.

— Ça me fait tellement plaisir de te revoir, Bob. Tu
es un petit cachottier, tu ne m'avais pas dit que tu avais
une si charmante amie. J'aimerais bien faire plus ample
connaissance.

Rose masqua sa contrariété derrière un sourire de cir-
constance, sans pouvoir se départir d'une pointe de jalou-
sie parce que Robert semblait sincèrement heureux de sa
présence. Mathilda se plaça d'autorité entre eux et leur
prit chacun un bras.

— Bob, je veux tout savoir sur ta nouvelle vie à Montréal.
Et toi, Rose, raconte-moi un peu qui tu es.

L'énergie de Mathilda ne lui déplaisait pas. D'emblée,
celle-ci la mit à l'aise :

— Les gens de Cap-aux-Meules sont authentiques. Pas
comme les Québécois de Montréal, y savent pas c'que ça
veut dire. Mais toi, je vois dans tes yeux que tu es une
fille sincère. Comme nous, quoi ! Parce que tu viens de la
campagne.

Ces derniers mots mirent Rose en confiance. Mathilda
riait fort, avait le verbe haut, les inondait de questions
dont elle n'attendait pas toujours les réponses. Alors, elle

se laissa aller à quelques confidences, oubliant toutes ses réserves.

— Mon Bobby ne pouvait nous ramener qu'une fille intelligente. J'admire ton engagement dans l'armée, petite sœur. Bah oui ! Nous avons le même âge, j'ai déjà un jumeau – elle cligna de connivence vers Robert –, tu pourrais être ma sœur.

Rose songea à Lucille, sa chère amie si loin, la seule qu'elle pouvait considérer comme une sœur tant elles avaient partagé de moments complices. N'était-ce pas lui faire une infidélité ? Elle devait retourner au Manitoba avant de rejoindre son Corps, mais aurait-elle le temps de passer la voir ?

Mathilda observait le ciel, couvert de gros nuages noirs aux formes étranges.

— Va falloir faire demi-tour si on ne veut pas se prendre le bouillon, le temps est couvert de queues de vache.

Déjà, les premiers grains tombaient. Ils reprirent le chemin inverse à vive allure, affrontant les affres du vent de nordet qui inondait de pluie leurs visages empourprés. Zélia entendit leurs rires joyeux, alors qu'ils déchaussaient leurs bottes dans le tambour.

— Maudit vent ! Vous êtes trempés, mes enfants.

En dépit de leurs protestations, elle frotta énergiquement leurs cheveux dégoulinants avec une serviette rugueuse. Elle avait mis à profit leur absence pour préparer des buns et des brioches. L'estomac creusé par la longue marche, ils ne se firent pas prier pour passer à table. Mathilda prit congé en début de soirée. Rose choisit ce moment pour rejoindre sa chambre, consciente que l'heure était venue de laisser Zélia enfin seule avec son fils.

12

Le soleil filtrait à travers l'étoffe de coton devant le bow-window. Rose s'étira paresseusement entre les draps épais. Le vent avait tourmenté son sommeil une partie de la nuit, porteur de songes agités, avant qu'elle ne s'abîme dans un court somme réparateur. Après quelques secondes de flottement, son cerveau enfin réveillé fit le lien avec son arrivée dans la maison de Robert. Son regard s'attarda sur un objet insolite, un violon enfermé sous une cloche en verre posée sur le meuble en face du lit. Elle repoussa l'édredon d'un geste vif, enfonça avec délice ses pieds dans les longs poils du tapis en laine de mouton et glissa jusqu'à la fenêtre. Le soleil inonda la chambre lorsqu'elle fit coulisser le rideau sur sa tringle, la fraîcheur tonique d'une brise insolente aux parfums exacerbés par la rosée matinale sur la lande humide lui fit l'effet d'un coup de fouet. En surplomb du golfe du Saint-Laurent, pétillant d'une myriade de petites étoiles, la falaise s'était parée d'une palette d'ocres flamboyants. Plus trace de mauvais temps. Elle revêtit une robe légère après avoir fait sa toilette et s'engagea dans l'escalier pour rejoindre le rez-de-chaussée d'où ne s'échappait aucun bruit. Une feuille de papier à lettres sur la première marche de l'escalier l'intrigua. Elle jeta un coup d'œil par-dessus la rampe pour constater que la cuisine était vide. Il lui suffit de se baisser pour découvrir que chacune des marches était tapissée de ces petits papiers.

Bonjour, mon petit istorlet, disait le premier mot.

Cette allusion à l'hirondelle la réjouit. La suite se dévoila au fur et à mesure de sa descente.

Viens vite... – me rejoindre... – sur le tchais... – je t'... – attends... – il me tarde...

Elle exultait en songeant qu'il était complètement fou, d'une folie terriblement excitante qui la rendait fiévreuse de le rejoindre au plus vite. Elle empila soigneusement les papiers et remonta les dissimuler dans sa valise, sous ses vêtements. Zélia avait elle aussi glissé un billet sous son bol. Elle invitait la jeune fille à ne pas l'attendre car elle était partie à la messe à l'église de La Vernière.

Sers-toi des bines avec les buns tenus au chaud dans le four.

Après avoir englouti les fèves au lard et un bun, Rose avait l'estomac bien calé et s'empressa de rejoindre le port.

La silhouette de Robert se découpait sous le soleil aveuglant. Au-dessus des caisses de maquereaux et de homards juste déchargés, une nuée braillante de goélands et d'istorlets tournoyait. La pêche avait été bonne, les hommes s'enorgueillirent de s'être laissés guider par les vols de pigeons de mer et de margaux pour repérer des fonds particulièrement poissonneux.

— Il y a là de la bonne chair à mettre en cannes à la homarderie.

Robert emprisonna dans le casier le homard qu'il tenait à pleine main. Un vieil homme, le visage particulièrement buriné et creusé de sillons, persifla, la pipe entre les dents :

— T'as ben raison, gars. Les homards peuvent attendre, pas ta blonde !

— Fortunat, vieux chenapan à face de plogueil[1], tu aimerais bien être à ma place mais tu es trop vieux et ben laid !

Les autres ponctuèrent sa remarque d'un grand éclat de rire.

Rose l'apprit très vite, sur l'île du Cap-aux-Meules, le temps se comptait en marées. Des marées versatiles qui, selon leurs humeurs, amenaient les tempêtes aussi vite qu'elles les chassaient au profit d'embellies radieuses. Rose

---

1. « Crapaud de mer ».

aurait bien voulu le retenir, ce temps, faire en sorte que son séjour ne s'effiloche pas aussi vite, mais faisant fi de ses états d'âme, les marées se succédaient et la rapprochaient inexorablement du jour ultime.

En attendant, elle jouissait de chaque moment. Robert avait à cœur de lui faire connaître les lieux de son enfance, toutes ces criques, anses, collines, porteuses de souvenirs doux et acidulés comme les bonbons à la mélasse qu'elle savourait avec ravissement, tout comme elle se repaissait de la quiétude bienfaisante de l'île, aux antipodes de l'agitation montréalaise ou winnipegoise. Les voitures étaient rares, elles étaient réservées aux plus riches et la plupart du temps remisées dans les granges, les anciens continuant de circuler en charrettes ou en cabarouettes à cheval. L'électricité n'était pas encore installée, les postes radios se comptaient sur les doigts de la main en raison de leur coût. C'était un mode de vie séculaire fermé aux informations anxiogènes de l'extérieur, que seuls les passages hebdomadaires du *SS Lovat* lors de la saison estivale venaient troubler.

Zélia, marcheuse infatigable, lui fit faire le tour des maisons, pour la présenter à tous. Elle l'amena boire le thé chez James et Janet, les Anglais de Grinstone dans la partie ouest du village, et lui fit prendre le bac pour l'amener chez ses cousins O'Neil de Old Harry, sur l'île de Grande-Entrée.

— T'sais, les ancêtres de mon défunt Bill, ils ont été ben chanceux de pouvoir arriver jusqu'ici. Il y en a pas mal d'autres qui sont morts avant.

— Comment ça ?

— Robert ne t'a pas raconté ?

— Il m'a juste dit que son père était d'origine irlandaise.

— Il a bien la mémoire courte, mon fiston. Pourtant, si le grand-père n'avait pas pris le risque de tout quitter, il ne serait pas ici. Bon… Ça s'est passé au siècle dernier, en 1847. Le *Carrick*, un gros voilier, a quitté le port de Sligo, en Irlande, avec à son bord cent soixante-sept hommes, femmes et enfants qui fuyaient la grande famine. Paddy O'Neil, l'arrière-arrière-grand-père de Bill, faisait partie de ces passagers, avec sa femme et son fils de quelques mois. Ils sont partis avec trois fois rien, quelques hardes dans un sac et le violon dont Paddy n'a jamais voulu se séparer. Un violon qui lui a servi à accompagner dans l'au-delà les dizaines de pauvres gens, morts d'épuisement et de faim parce qu'ils n'avaient que des feuilles de chou à se mettre sous la dent avec un peu d'eau. Les épidémies de typhus, de choléra et la dysenterie, durant la traversée qui s'est éternisée plusieurs semaines, en ont tué aussi beaucoup.

— Le violon dans la chambre ?

— Attends, laisse-moi finir. Le 28 avril, les vents se sont levés sur l'océan. La tempête fut calamiteuse pour le voilier en approche des côtes de Gaspésie, qui s'échoua sur les récifs de Cap-des-Rosiers. Il s'est dit que seuls quarante-huit passagers avaient survécu. Les corps de quatre-vingt-sept autres ont été rejetés par la mer et ont été enterrés dans une fosse commune. À cause des risques d'épidémies, les survivants ont été mis en quarantaine à Grosse-Île dans l'archipel de l'Isle-aux-Grues.

— Quelle horrible histoire !

— Oui, comme tu dis, ma fille. Ces pauvres gens avaient fui un enfer pour en retrouver un autre. Ce n'est pas tout. Le grand-père faisait partie des survivants. Mais son épouse était morte de dysenterie durant le voyage, il restait seul avec son jeune fils. Il est demeuré quelque temps à Grosse-Île puis il est parti pour Old Harry. Nous n'avons jamais vraiment su ce qui l'avait amené à s'établir sur une des îles de la Madeleine, mais en tout cas il y a trouvé femme et, toujours est-il que, depuis ce jour, la famille n'a jamais quitté les lieux. Nous avons juste essaimé d'un îlot à l'autre.

— Le violon dans ma chambre est donc celui du grand-père Paddy ?

— Oui, nous l'avons toujours conservé pieusement en mémoire de notre courageux ancêtre irlandais.

Les visites se poursuivaient. Rose, d'abord étonnée que l'on entre chez les uns et les autres sans prévenir ni frapper, comprit vite que les gens des îles se connaissaient tous et formaient une seule et même famille dans laquelle on l'intégrait avec toute la bienveillance insulaire d'hommes et de femmes au caractère entier et joyeux façonné par les vents.

— Ah, bonne sainte Anne ! Ça nous fait ben plaisir, Zélia, qu'tu nous présentes l'amie de Robert. Goûte à mon ramtchin[1], petite. Tu vas ouère qu'il est meilleur qu'chez la Fine à Hector. Tu manges quoi dans ton Manitoba ?

— J'ai cuit des tartasseries, fais pas ta zirouse, prends donc une part et raconte-nous ton vieux pays, lui enjoignait une autre.

Rose s'étant épanchée sur ses origines françaises auprès de Zélia, celle-ci le répétait à l'envi, non sans fierté, et dans chaque maison on ne manquait pas de la questionner sur cette contrée de l'autre côté de la mer qui prêtait aux fantasmes.

Elle se coulait comme un poisson parmi ce petit monde insulaire qui prenait le temps de vivre et taisait, par pudeur, ses difficultés. L'accueil généreux de Zélia avait pu lui faire croire, dans les premiers temps, que les Madelinots ne souffraient pas des privations de la guerre. Il n'en était rien. Le chômage se faisait sentir, le cours du homard était au plus bas, le bois de chauffage venait à manquer.

Robert fut chagriné de découvrir la maison de ses cousins, les Charlevoix, vidée de ses habitants. Zélia lui apprit, avec tristesse, que plusieurs familles des îles s'en étaient parties quelques mois plus tôt pour rejoindre l'Abitibi.

— T'comprends, eux autres se sont laissé prendre aux belles paroles du ministère de la Colonisation de Gaspésie. Paraît que là-bas, sur l'île Nepawa, les terres sont plus fertiles et qu'on va leur donner de belles maisons. Tu y crois, toi, qu'on peut être plus heureux qu'à Cap-aux-Meules ? Y z'ont voulu m'amener avec eux, mais ma vie elle est ici. Les Madelinots ne sont pas des Québécois, mais des gens des îles, y a pas à borgoter ! C'est quand même pas à mon

---

1. Nom donné, aux îles de la Madeleine, à la tire à la mélasse.

135

âge que je vais m'exiler sur une île étrange à des milliers de milles. Je suis née à Cap-aux-Meules, mes souvenances sont là, j'y mourrai.

— Et ils vous ont écrit, depuis leur départ ?

— Non, hélas ! Nous n'avons reçu aucune nouvelle. Que cette bonne sainte Anne fasse qu'ils ne se soient pas laissé emboliner par des menteries.

Au fil des jours, Robert était devenu beaucoup plus tendre envers Rose, il osait en présence de tous des petits gestes affectueux qui amenaient des sourires entendus sur le visage ridé de Zélia. Une fois, alors que Rose, gênée, tournait la tête pour éviter qu'il l'embrasse en sa présence, elle lui lança tout de go :

— J'ai été jeune avant toi, ma fille, j'ai r'gardé le large moi aussi[1], pas la peine de te cacher !

La voix de Louise résonna dans ses oreilles. Tu as un cœur d'artichaut, lui disait sa mère, quand elle était plus jeune. Pas faux. À Saint-Claude, alors qu'elle n'était qu'une petite fille, les garçons bourdonnaient autour d'elle et elle prenait un malin plaisir à les mener par le bout du nez. À quatorze ans, elle crut être amoureuse de Flavien, le fils du gardien de la geôle, et elle confia à ses proches, sans rire, qu'elle était prête à se faire emprisonner, s'il le fallait, pour le revoir.

— Décidément, c'est une manie chez toi de vouloir dormir à la geôle, lui avait rétorqué Louise, lui rappelant la fois où elle l'avait menacée de lui faire passer une nuit en prison, en punition d'un vol de sous pour s'acheter des friandises.

Rose répliqua que personne ne la comprenait mais n'eut finalement pas le temps d'avoir recours à ce subterfuge, car peu de temps après, le visage rond et criblé de taches de rousseur de Johnny, un jeune anglophone du village,

---

1. Expression traditionnelle madelinote pour dire qu'on a un amoureux.

la faisait craquer. Pendant un mois, elle ne répondit qu'en anglais à Louise, que cette nouvelle lubie mit hors d'elle.

— Tu comprends, maman, il faut que je m'habitue pour le jour où je serai invitée chez ses parents et que je demanderai la main de leur fils !

— Ah ! Parce que c'est toi qui lui demanderas sa main ?

— Eh bien, oui ! Pourquoi, ce n'est pas comme ça que ça se fait ?

— Non, pas vraiment !

— Eh bien, ce n'est pas grave, je ferai comme j'ai décidé, parce que dans la vie il faut montrer que l'on a du caractère ou sinon on se fait manger.

Louise se moquait d'elle, alors elle boudait, se sentant incomprise. Finalement, elle laissa tomber l'apprentissage intensif de l'anglais en entrant à l'école d'infirmières, quelques mois plus tard, où elle s'amouracha d'un jeune médecin québécois de l'hôpital qui ne lui accorda jamais la moindre attention.

— Il est beau à mourir, confia-t-elle à sa marraine Juliette qui lui conseilla doctement d'attendre quelques années avant de trépasser par amour pour un garçon.

Maintenant, sur cette petite île au milieu du golfe du Saint-Laurent, elle regrettait l'absence de sa mère pour la convaincre qu'elle était en train de tomber en amour du beau Robert, et que ce n'était pas une énième passade d'adolescente.

— Rose, tu m'écoutes ?

Robert la tira de ses pensées. Profitant de la marée basse, ils cheminaient sur le cordon dunaire entre l'île du Cap-aux-Meules et celle du Havre-Aubert, cordon sur lequel circulaient parfois les rares véhicules, en évitant les buttereaux de sable que le vent faisait et défaisait au gré de ses bourrasques.

— Au bout, nous sommes chez les gens de l'autre bord, venait-il de lui expliquer en pointant les toits au loin.

Mais elle ne l'avait pas entendu, perdue depuis quelques

minutes dans ses souvenirs. Elle se ressaisit, et main dans la main ils descendirent la dune, courant et riant à la fois.

— Je vais t'apprendre à pêcher les coques. Il n'y en a pas autant qu'à la Pointe-aux-Poux de Havre-Aubert ou dans le coin de l'hôpital à Fatima, mais c'est bien le diable si nous ne parvenons pas à rapporter un sac à la mère.

Elle se déchaussa comme lui et le suivit sur la lagune à fleur d'eau, parsemée d'épais massifs d'herbe à outarde. Rose s'imprégnait de ces senteurs marines, les respirait à pleins poumons. Robert lui montra comment repérer les minuscules orifices dans le sable et creusa avec les doigts pour en extraire une coque.

— Il faut les ramasser avec précaution, la coquille est très fragile.

Il la rinça dans l'eau, glissa un ongle dans l'interstice pour l'ouvrir et racla la chair.

— Goûte !

— Mais c'est cru !

Rose le regarda avec inquiétude en portant avec hésitation la coque à sa bouche. Comme Robert s'impatientait, pour ne pas le contrarier, d'un petit mouvement de langue elle avala d'un coup la chair du coquillage. Son visage se détendit, le goût très agréable lui laissait dans la gorge une saveur étrange. Il avait raison, c'était vraiment très bon. Ils continuèrent leur pêche, maintenant agenouillés dans le sable mouillé. Le bas de sa robe était trempé, mais elle n'en avait cure. La technique n'était pas si simple, le premier point ne révéla qu'une coquille vide mais elle ne s'avoua pas vaincue et sut très vite repérer ceux qui abritaient les précieux coquillages. Ils remontèrent avec un sac plein. Un petit groupe de femmes continuait à pêcher au large et à remplir leurs tabliers. L'une d'elles avait couché son bébé sur une couverture au pied de la dune. L'approche des deux jeunes gens le réveilla et déclencha ses pleurs. Rose le cajola, inquiète de le voir laissé là sans surveillance.

— C'est le rôle des femmes de ramasser les coques qu'elles mettent ensuite en salaison pour servir de boëtte aux pêcheurs. Quand j'étais jeunot, je me réjouissais d'accompagner ma mère. En grandissant, j'ai préféré suivre mon père. Paix à son âme. Le pauvre est mort en 1915, lors de la bataille d'Ypres en France, empoisonné par les gaz toxiques des Allemands.

C'était la première fois qu'il se confiait à elle sur cet épisode douloureux. Par pudeur, elle le laissa s'épancher sans oser lui poser plus de questions, tout en gardant un œil sur le bébé qui s'était rendormi.

— Rose, j'ai tellement envie de t'embrasser.

Elle leva vers lui un regard sidéré. Son cœur battait à tout rompre quand il approcha son visage et prit le sien entre ses mains encore froides et humides. Leurs lèvres s'effleurèrent, d'abord timides puis plus entreprenantes. Rose perdit sa retenue, s'abandonna à son étreinte, à ce baiser qu'elle espérait depuis si longtemps. Ils ne pouvaient se détacher l'un de l'autre, il embrassait avec fougue ses cheveux, ses lèvres, et elle se sentait chavirer.

— Alors les amoureux ! V'z'avez pas fini de faire chialer mon petit ?

Surpris par la pêcheuse, ils quittèrent la plage et regagnèrent le haut de la dune.

— Rose, j'ai peur de te perdre. Plus que quatre marées et déjà ce sera la fin de notre séjour.

La main du jeune homme esquissa une caresse sur sa joue.

— Tu vois les bienfaits que tu m'apportes ? Grâce à toi, je retrouve les vieilles habitudes des gens de l'île et ne compte plus le temps qu'en marées.

Elle aussi essayait de ne pas y penser, elle en était même venue un soir à regretter de s'être engagée.

— Je t'aime, mon petit istorlet. Pourquoi donc faut-il que tu partes à Londres ?

Lisait-il dans ses pensées ? Son rire masqua son embarras. Elle avait bien entendu. Il venait de lui dire qu'il l'aimait, le plus important à ses yeux, mais elle se sentait démunie devant cette révélation inattendue. Et elle aimait

tant quand il lui donnait ce charmant petit nom d'istorlet.
Elle craignait de rompre le charme, ses lèvres tremblaient,
cherchant les mots appropriés :

— Cela me fait peur, tu sais. Il y a un mois, nous ne
nous connaissions même pas.

— Je suis sérieux, n'en doute pas. C'est la première fois
que j'éprouve des sentiments aussi forts.

Elle répondit à la légère :

— Et Mathilda ?

— Thilda ? Mais voyons, c'est comme ma sœur !

— Hum ! Hum ! On dit ça, je ne suis pas certaine qu'elle
pense la même chose.

Il prit un air outré.

— Que vas-tu chercher là ?

Elle n'insista pas et enfouit son visage dans son cou.

— Hum ! Tu sens bon la mer et les coques, mon petit
Madelinot à moi. Profitons des marées présentes, veux-tu ?

Quand ils rentrèrent à la maison, Zélia devina à leur
trouble qu'il s'était passé quelque chose. Fine mouche, elle
lança avec un clin d'œil complice :

— Je vois à vos joues rouges que vous avez eu froid.
La pêche a dû vous creuser l'appétit. Je vous ai mijoté un
chiard[1] et préparé une belle tarte aux goules noires[2].

Pour le lendemain, un dimanche, ils avaient prévu d'aller
à la messe puis à la fête de La Pointe, sur l'île du Havre-
aux-Maisons, en empruntant le truck de Frankie pour traverser le chenal.

— La marée est en train de perdre[3], le temps vient à

---

1. Sorte de ragoût typique des îles de la Madeleine, constitué de côte
de bœuf saumurée, dessalée pour mijoter longuement avec des pommes
de terre, des navets et des carottes. Ce plat était fait aussi pour les
pêcheurs, et on l'appelait le « chiard de goélette » ou « chiard de bateau ».

2. Appellation vernaculaire, aux îles de la Madeleine, de la camarine
noire, une baie ressemblant à la myrtille.

3. Expression madelinote pour dire que la marée devient basse.
Inversement, la mer gagne.

140

beauzir[1], décréta Zélia qui revêtit ses beaux vêtements du dimanche et troqua ses bottes contre de fines chaussures, pour aller danser la gigue avec le violoneux et l'accordéoniste après la messe.

Dès les premières heures de la matinée, il y eut foule à s'entasser dans la ridelle ouverte à l'arrière du camion. Mathilda faisait partie du voyage avec d'autres femmes, ainsi qu'une ribambelle d'enfants que le voyage en truck avec cet énergumène de Frankie excitait comme une volée d'oiseaux. Les pneus crissèrent quand il démarra volontairement en trombe, dégageant un nuage de poussière sous les hourras des jeunes, pas déçus du spectacle qui s'annonçait. À vive allure, vrombissant, donnant du klaxon sans raison, brinquebalant, Frankie malmenait ses passagers avec une satisfaction évidente, sans se préoccuper des protestations des anciens, galvanisé plutôt par les encouragements des jeunots à aller encore plus vite. Robert tenait Rose par la taille, pour la protéger des secousses.

— Et moi, alors, tu t'en fiches si je suis couverte de bleus, protesta Mathilda avec un large sourire qui contredisait le reproche.

— Coincée comme tu es entre tous les gamins, petite sœur, ça ne risque pas d'arriver.

Elle conserva un sourire imperturbable, mais Rose nota la légère crispation de ses lèvres. Après avoir quitté le village de Cap-aux-Meules, ils laissèrent à leur gauche celui de Fatima et quelques milles plus loin, ils entraient sous le pont couvert en bois rouge qui enjambait le chenal entre les deux îles. Rose aurait dû se réjouir du spectacle, mais la pénombre du pont malgré ses lucarnes naturelles ne la rassurait pas, d'autant que Frankie en profita pour accélérer. Elle aurait aimé faire taire les gamins, dont les cris accentuaient son sentiment d'insécurité.

— Ne t'inquiète pas, lui souffla Robert, c'est dans les

---

1. « Il va faire beau. »

habitudes de ce vieux briscard d'accélérer à cet endroit, et y a bien que les adultes pour craindre l'accident.

— Ah ! dame, il faut être née sur l'île pour apprécier la promenade.

Rose tiqua mais n'en montra rien. Les réactions de Mathilda, aussi capricieuses que les marées, la déconcertaient. Cette fille soufflait le chaud comme le froid. Le camion continua sa route hors du pont et son anxiété se calma. Ils étaient enfin sur l'île du Havre-aux-Maisons, le quai de La Pointe où devait se dérouler la fête organisée par les pêcheurs de moules n'était plus très loin. Frankie bifurqua sur le chemin de la Pointe-Basse afin de les conduire d'abord à la messe et, le gaillard étant assez matois pour leur causer une nouvelle frayeur, chevaucha volontairement le talus d'herbe sur le bas-côté. Bien mal lui en prit, le truck pencha dangereusement et le luron, qui au départ s'amusait des cris de frayeur des femmes, paniqua lorsque ses roues patinèrent. Il donna un grand coup d'accélérateur, patina à nouveau dans le vide, et insista une nouvelle fois. Le camion, dans un grand bruit, réussit à se désembourber, mais dérapa sur l'herbe humide, et déséquilibré par la trop grande vitesse impulsée par son conducteur, chavira sur le côté. Sous le choc, les gonds de la ridelle cédèrent, libérant le flot de ses passagers qui n'avaient plus rien à quoi s'accrocher. Un beau bazar qu'il avait provoqué là, Frankie. Petit à petit, tous se relevaient. Il y avait plus de peur que de mal. Robert se préoccupa de Zélia, l'aida à se redresser. Elle n'était pas blessée, sa robe seule était mouillée mais ses belles chaussures tachées. En colère contre Frankie, elle se jeta sur lui en l'insultant de tous les noms d'oiseaux et Robert dut la retenir pour qu'elle ne le roue pas de coups.

— Maudite tête de biock[1] ! T'as vraiment reinque dans

_____

1. Le biock est l'appellation vernaculaire du grand héron et l'expression « tête de biock » est une insulte pour désigner une personne entêtée.

142

le cerveau. Vire d'là avant que j'm'crochète avec toi ! T'as ben d'la chance que mon Bobby soit là, passe que sinon j'faisais de toi de la chair à chiard.

Zélia moulinait des bras, maintenue par son fils, en invectivant Frankie qui n'en menait pas large. Adultes et enfants l'aidèrent malgré tout à relever le truck puis grimpèrent à bord. Robert, resté sur le chemin afin de crinquer pour faire repartir l'engin, retint Rose à ses côtés après lui avoir chuchoté discrètement quelques mots. Elle sourit et opina de la tête. Après plusieurs tours de manivelle, le moteur enfin pétarada. Frankie, bien que connu pour être un mécréant, leva les yeux au ciel comme si celui-ci y était pour quelque chose et appuya d'un pied gaillard sur la pédale.

— Monte vite avec ta blonde, Bob, et ferme la ridelle derrière toi.

Robert rabattit les charnières sur les abattants, s'écarta et se pencha vers le sol en les saluant avec ironie d'un large mouvement de bras, content de leur fausser compagnie.

— À ce tantôt, nous vous retrouverons pour rentrer à Cap-aux-Meules.

— Ne faites pas de bêtises en notre absence ! s'écria Frankie.

— Ah ! Ces amoureux… soupira Zélia, que la situation amusait.

Mathilda, le visage déformé par une moue contrariée, ne pensait visiblement pas pareil.

L'accident n'avait pas servi de leçon à Frankie, et il repartit sur les chapeaux de roues.

— Au moins, nous allons échapper à la messe, dit Robert avec satisfaction.

— Te voilà aussi mécréant que Frankie !

— Notre temps sur l'île est compté, nous n'allons pas le perdre à écouter les sermons du curé. Toi seule es mon sauveur, mon petit istorlet.

— Méfie-toi, je pourrais te faire sortir du droit chemin.

— Je ne demande que ça !

Ils remontèrent à leur tour le chemin de Pointe-Basse, s'écartèrent de celui de la Butte pour suivre les contours escarpés de la falaise, sur la lande tapissée d'une épaisse frange herbeuse. Les eaux bleutées du Cap-Alright, illuminées par le soleil rayonnant de ce début d'août, alliées au rouge de la roche et au vert profond de l'herbe composaient un paysage aux couleurs saisissantes. Un perroquet de mer importuné par leur présence plongea de la falaise et piqua son bec acéré aux couleurs de l'arc-en-ciel vers les eaux poissonneuses. Un peu plus loin, une colonie de pingouins donnait l'illusion d'un immense tapis noir et blanc au bord de la crête de rochers. Robert précéda Rose pour descendre le chemin étroit et cailouteux menant à la plage de l'anse Firmin. En bas, il retira ses chaussures, se défit de son pantalon et de sa chemise et courut dans l'eau.

— Allez, viens te baigner avec moi !

Rose craignait l'eau. Elle avait honte de lui avouer qu'elle ne savait pas nager, parce qu'elle n'était jamais allée à la mer. Et puis, elle n'allait quand même pas se déshabiller devant lui ! Du pied, elle repoussa les cailloux pour se faire une place sur le sable. Lui jouait avec les vagues, excité comme un chiot. Entre ses paupières plissées, le regard de Rose s'attarda sur son dos cambré et hâlé, ses larges épaules, ce corps magnifique qui se mouvait et ployait harmonieusement, comme les quenouilles des étangs sous la brise du Manitoba. Une envie furieuse de braver sa peur la submergea. L'air, si doux, à peine effleuré par une légère brise, l'y incitait. Elle remonta légèrement sa robe pour offrir ses jambes au soleil. J'y vais ! J'y vais pas ! À force d'atermoyer, Robert revenait déjà vers la plage, en s'ébrouant. Joueur, il toucha son genou de sa main glacée. Elle frémit, il se méprit.

— Mais non, je t'assure que l'eau n'est pas froide !

Et bien décidé à obtenir gain de cause, il se retourna et croisa les bras sur son torse.

— Je ne te regarde pas, mais je ne partirai pas d'ici tant

que tu ne viendras pas dans l'eau. Rose minaudait, il fit mine de se boucher les oreilles pour ne plus l'écouter. Elle souleva sa robe avec des gestes lents, tout en jetant des regards inquiets alentour. La plage était déserte. Au bruissement du tissu sur sa peau, il plongea un regard plein de tendresse dans le sien. Il lui prit la main, elle le suivit dans sa course comme si cette fuite pouvait la libérer de son sentiment de honte à se baigner juste vêtue d'une culotte et d'un soutien-gorge. Il l'éclaboussa en sautant à pieds joints dans l'océan, la brise ajoutée au froid glacial de l'eau soulevait de petits frissons sur sa peau. Comme il insistait pour qu'elle pénètre plus loin, elle finit par lui avouer ses peurs. Mais elle y prenait goût, alors elle fit comme il lui conseillait parce que, tout compte fait, c'était excitant et que le contact de l'eau froide sur sa peau nue était étrangement plaisant. Elle s'aspergea par de brefs mouvements répétés et petit à petit elle eut moins froid. Robert l'observait en silence. Elle se pencha et l'arrosa abondamment en riant. Il s'approcha d'elle, elle crut qu'il allait se venger et fit mine de fuir, mais elle avait du mal à avancer dans l'eau. Il était plus rapide, la rattrapa, l'obligea à se retourner et la plaqua contre lui. D'un geste impatient, il dénoua le lien qui tenait ses cheveux, qui tombèrent dans son dos mouillé, lui procurant un plaisir inédit. Elle retenait son souffle, leurs deux corps fusionnèrent dans une longue étreinte passionnée.

Ils regagnèrent en silence le rivage, se rhabillèrent à la hâte malgré leurs corps encore humides et trouvèrent un endroit au sec sur la dune pour se mettre à l'abri. Allongés sur le dos, ils récupéraient progressivement leur souffle. Les seins de Rose pointaient. Robert se pressa contre elle, l'enlaça et la couvrit de baisers. Électrisée, elle ne réagit pas lorsque ses mains trouvèrent le chemin de sa poitrine, sous le tissu soyeux de sa robe. Un petit soupir lui échappa. Le jeune homme frissonna à son tour et se redressa vivement en refermant le décolleté de Rose.

— Je vais aller trop loin, il ne faut pas.

Elle se retint de lui avouer qu'elle aurait aimé qu'il

poursuive. Ils se relevèrent, ébouriffés. Comme il lui retirait des herbes prises dans ses cheveux, elle rit trop fort pour masquer sa gêne. Il s'absenta le temps d'aller pêcher des coques qu'ils mangèrent crues. Rose se régala de ce repas improvisé. Puis ils s'allongèrent à nouveau, légèrement éloignés l'un de l'autre par crainte de réveiller leur désir. Rose s'endormit. Quand elle se réveilla, Robert était assis à ses côtés, son regard posé sur elle.

Ils poursuivirent la découverte de l'île pendant encore une partie de l'après-midi puis durent se résigner à rejoindre à la hâte La Pointe, car le soleil déclinait.

— Une prochaine fois, je t'amènerai voir le coucher de soleil depuis la butte à Mounette.

Sur le quai de La Pointe, la fête continuait à battre son plein. Zélia enchaîna un *reel* de Sainte-Anne[1] endiablé à huit danseurs avec une valse-clog à trois temps beaucoup plus lente, dans les bras d'Anselme, un pêcheur du Havre-aux-Maisons toujours alerte malgré son âge plus qu'avancé, pendant que Frankie s'impatientait devant son camion en borgotant comme un diable pour rameuter son petit monde. Encore essoufflée, Zélia monta dans le truck en toussotant sans se préoccuper des deux jeunes gens. Mathilda, déjà à bord, accueillit Robert et Rose par un sourire moqueur.

— Alors, tu as apprécié la visite de l'île, ma chère Rose ?

Le retour à la brunante fut moins mouvementé que l'aller. Frankie, qui avait un peu trop bu d'alcool de contrebande, ne semblait pas avoir une grande visibilité du chemin, mais heureusement, il roula doucement et il n'y eut pas d'incident à même d'effrayer ses passagers.

Les embruns et le soleil avaient épuisé Rose. Ses joues, ses bras et ses jambes la brûlaient. Elle monta dans sa chambre après avoir remercié Zélia pour cette magnifique promenade. Celle-ci ne leur posa aucune question sur leur virée.

---

1. Le *reel* est une danse traditionnelle écossaise arrivée au Québec par le biais de l'immigration.

Des grattements légers à sa porte la tirèrent de son sommeil. Elle distingua une forme dans la pénombre :

— C'est moi, Rose.

Robert émit un petit rire nerveux en se cognant contre le pied du lit. Il se glissa sous les draps, la poussa très légèrement pour se chercher une place tout contre elle. Elle gloussa, électrisée par la chaleur de sa peau contre la sienne. Les lèvres du jeune homme effleurèrent son visage, aussi légères qu'une brise printanière, pendant que sa main tâtonnait, frôlant ses seins jusqu'à lui éveiller les sens dans une langueur singulière. Elle n'opposa pas de résistance lorsqu'il remonta sa chemise de nuit, son baiser se faisant plus insistant, plus profond. Elle suffoquait, devina qu'il souriait et se raidit. Mais elle ne put réprimer un frisson lorsque ses lèvres touchèrent le creux de son cou. Sa main reprit sa quête, plus fébrile, joua autour de ses petits seins rebondis avant de descendre jusqu'à son nombril, câline le long de son ventre. Le contact de ses doigts sur ses cuisses lui provoqua un nouveau frisson, plus long, plus intense ; elle retint son souffle lorsqu'il les écarta avec fermeté pour venir caresser son entrejambe. Elle soupira, son corps fut secoué d'une onde de plaisir, son souffle devint plus fort. Il choisit ce moment pour venir sur elle ; son corps, pesant, l'enveloppait de sa chaleur. Elle remonta sa main, caressa son dos, ses épaules, le sentit vibrer. Il se souleva, elle sentit son sexe venir en elle, lentement puis avec plus de fièvre. Puis il y eut une douleur, il brisa son petit cri par un baiser, insista et cette fois elle se cabra, son désir retombé, parce que la douleur était trop forte. Il se retira, l'apaisa par des baisers. Elle se sentait bien à nouveau.

— Pas maintenant, je t'en prie, Robert.

Il respecta son souhait, se lova contre elle. Ils demeurèrent ainsi, en silence, elle s'endormit sous ses caresses.

Bien avant le lever du soleil, Robert quitta la chambre en catimini. Rose sombra à nouveau dans le sommeil.

13

La marée gagnait. Rose se leva pour passer son dernier jour sur l'île. Elle devait partir le lendemain matin, seule, car Robert avait dû se plier aux exigences de sa mère qui voulait qu'il demeure quelques jours pour l'aider à rentrer le bois avant l'hiver. Elle avait le cœur lourd de voir son séjour se terminer, et en même temps enflammé par la nuit qu'elle venait de vivre. Sa gêne se dissipa après le déjeuner, car Zélia ne semblait pas s'être aperçue de ce qui s'était passé, et Robert resta discret en sa présence.

Ils pique-niquèrent à l'anse de l'Étang-du-Nord parce que Zélia voulait faire de ce dernier jour une fête, à laquelle elle convia Mathilda. Elle déballa sur le plaid tout un attirail de vaisselle et un repas digne d'un banquet plus que d'un dîner sur le sable ; des buns, de la tchaude de palourdes, un homard entier chapardé dans le panier de Fortunat, des tartasseries à la mélasse et aux poirettes, un gâteau au blé d'Inde. Rose goûta à tout pour ne pas la vexer.

À chaque frôlement de sa main, Rose frémissait, réprimait le trouble qui la bouleversait lorsque son regard croisait celui de Robert. La journée se prolongea par une veillée à laquelle plusieurs familles du village furent invitées. Ils dansèrent la gigue, chantèrent à tue-tête, et Rose oublia que demain ne serait plus un jour de fête.

Au moment de monter dans sa chambre, Rose embrassa Robert et chuchota discrètement à son oreille. Lorsque toute la maison fut endormie, il la rejoignit sans prendre la précaution de gratter à sa porte. L'attente l'avait rendue fébrile. Lorsqu'il vint en elle, elle se mordit les lèvres pour étouffer un cri de douleur. Avant de s'étourdir sous les ondes enivrantes du plaisir.

Le jour allait se lever, le moment était venu pour Robert de s'esquiver avant que Zélia ne s'aperçoive de quelque chose.

— Nous sommes maintenant liés, Rose. Ce n'est pas un hasard si je t'ai amenée dans mon île. Je pressentais ce qui est arrivé.

Lui devait rentrer à Montréal une semaine plus tard. Leurs chemins ne feraient que se croiser puisque, entre-temps, elle aurait rejoint le Manitoba.

— Nous nous reverrons avant que tu quittes le pays pour Londres.

Si seulement elle avait pu faire machine arrière. Comme s'il percevait ses craintes, il la rassura :

— Tu crois au destin, mon petit istorlet ? Moi, oui. Nous devions nous rencontrer dans ce café de Montréal. Nous sommes faits l'un pour l'autre. Reviens vite… et je te promets de faire de toi ma femme.

Rose ouvrit des yeux ronds.

— Ne t'inquiète pas, nous nous fiancerons avant, je connais les bonnes manières !

— Ah oui ? Et que fais-tu là dans mon lit, garnement ?

Il la fit taire par un baiser.

Le matin, Zélia ne tint pas compte de ses protestations et remplit son sac de confitures et de conserves de poisson.

— Tu les offriras à tes parents de ma part, c'est comme ça et pas autrement !

Et comme Robert s'était absenté, elle ajouta :

— Tu me plais, Rose. Mon fils a eu bon goût.

Juste avant qu'il ne rentre, elle eut le temps de lui glisser à l'oreille :

— Tu es chez toi, ici, ma fille. Je ne te le dirai pas deux fois. Reviens vite avec mon grand garçon.

Mathilda avait tenu à les saluer elle aussi, comme la plupart des gens de l'île pour qui c'était une fête de guetter les arrivées et départs du *SS Lovat*. Elle plaisanta :

— Par ta faute, Bob, je n'ai pas eu le temps de faire suffisamment connaissance de ta jolie blonde. Promets-moi de la faire revenir dès que c'est possible.

Très sérieusement, elle ajouta à l'intention de Rose :

— Je suis certaine que nous pourrions être de grandes amies. Nous nous reverrons, il ne peut en être autrement. Toi et moi avons le point commun d'aimer le même homme.

Et comme Rose fronçait les sourcils, elle la rassura en aparté :

— Je te souhaite tout le bonheur possible avec mon Bobby. Je sais tes craintes, mais sois rassurée. J'aime Robert comme une sœur aime un frère, je ne veux que son bonheur. Je sais qu'avec toi il l'a trouvé.

Les deux jeunes filles s'étreignirent. Rose se dit que, finalement, elle l'avait mal jugée. Zélia entraîna Mathilda pour remonter à la maison. Robert resta seul avec elle. Elle aurait aimé qu'il la retienne, que le ferry ne puisse pas repartir.

Tant que Robert suivit le steamer en grimpant le chemin dunaire sur la falaise, elle ne le quitta pas des yeux. Il s'immobilisa tout en haut de la colline, auréolé d'un vol d'istorlets. Elle aussi leva les bras dans le ciel moutonné, collée au bastingage comme si cela pouvait la rapprocher du jeune homme. Lorsque sa silhouette se fut effacée à l'horizon, elle se mit à l'écart pour cacher à ses voisins les larmes qui commençaient à poindre. Et déplia seulement alors le papier qu'il lui avait glissé dans la main au moment du départ.

Mon petit istorlet, les jours à venir sans toi n'auront plus le même sel. Attends-moi, je reviens très vite. Tu me manques déjà…

Le voyage du retour fut interminable. Les haltes du train, pourtant les mêmes qu'à l'aller, lui parurent s'éterniser. Elle redoutait la solitude de sa chambre à l'usine Angus et se rassura à l'idée qu'elle allait vite rejoindre Saint-Pierre-Jolys. La chaleur de sa famille, voilà ce qui pouvait la réconforter. Et pouvoir enfin se confier à sa chère maman.

Elle arriva tard dans la soirée au terminus de la gare Bonaventure. Les lumières de Montréal l'étourdirent, l'agitation intense de la rue Windsor et dans le tramway accentua son mal de tête. Arrivée chez elle, elle piqua le courrier dans sa boîte aux lettres sans prendre le temps d'y jeter un coup d'œil, espérant éviter Esterina. Mais c'était peine perdue avec la fougueuse Italienne qui la héla alors qu'elle montait les premières marches.

— *Piccolina Rosita ! E allora ?*

Ce n'était vraiment pas le moment. Elle s'efforça de rester aimable, promit de venir prendre le café le lendemain. Et une fois la porte refermée derrière elle, se jeta sur son lit, enfouit sa tête sous l'oreiller pour ne plus entendre les bruits en provenance de l'appartement voisin et calmer sa migraine. Elle s'endormit comme une masse.

Le lendemain, elle se réveilla en milieu de matinée, avec une impression nauséeuse. Son café ne réussit pas à lui redonner plus d'énergie. Que faisait-elle entre ces quatre murs sans âme ? Alors, elle se souvint de la lettre de la veille, la décacheta avec un soupir d'ennui. Et s'inquiéta en parcourant les lignes de la directrice de la Women's Volunteer Reserve Corps, qui la convoquait dès son retour à Montréal.

Elle fut reçue aussitôt dans son grand bureau.

— Mademoiselle, il y a contrordre.

Rose frémit, avec l'espoir inavoué que sa demande d'intégration ne soit plus valide.

— Vous devez intégrer le Corps de santé royal dès maintenant !

— Comment ça, dès maintenant ?

La directrice parut agacée.

— Votre régiment doit partir plus tôt que prévu. Faites votre valise, vous êtes attendue dans deux jours.

De toute évidence, elle n'avait pas de temps à perdre car elle lui donna son ordre de mission modifié puis la congédia sans ménagement.

Tout allait trop vite. Les événements dépassaient Rose, elle ne maîtrisait plus rien. Dans la rue, en sortant, un passant la bouscula. Étourdie, adossé à un mur, elle reprit ses esprits, essayant de comprendre ce qui lui arrivait.

— *Are you feeling well, miss[1] ?*

Elle rassura les jeunes enfants anglais, qui reprirent leur jeu de ballon sur le trottoir. Elle se rendit au central téléphonique et demanda à appeler le bureau de Saint-Pierre-Jolys. La préposée envoya quérir Louise.

— Que se passe-t-il, Rosinette ?

Elle avait essayé durant la demi-heure écoulée de trouver les mots justes, ceux qui pourraient calmer la douleur de sa mère. Parce qu'elle savait bien que Louise allait très mal le prendre. Ce serait pour elle une nouvelle épreuve. Toutes ses bonnes résolutions tombèrent lorsqu'elle entendit sa voix, si douce, si réconfortante. Elle fondit en larmes.

— Voyons, Rose, calme-toi et explique-moi.

Mais elle n'y arrivait pas, parce qu'elle était fatiguée de son voyage, que Robert lui manquait terriblement et qu'elle ne voulait surtout pas l'avouer, mais elle n'avait plus envie de partir et ne pouvait pas dire à Louise au téléphone qu'elle pleurait à cause d'un chagrin d'amour. Elle n'aurait pas compris que sa fille ait choisi de suivre un quasi-inconnu sur une île de Gaspésie plutôt que de venir la voir. Mise au pied du mur, elle n'avait plus

---

1. « Vous sentez-vous bien, mademoiselle ? »

d'alternative que de s'expliquer. Elle respira un grand coup, lui annonça son départ avancé l'obligeant à renoncer à revenir au foyer familial. Au bout du fil, ce fut le silence.

— Maman, tu es toujours là ?

— Oui !

Sa réponse affirmative lapidaire la surprit, elle s'attendait à des cris. Elle tenta de se disculper.

— Maman, je te promets…

— Ne promets plus rien que tu ne saurais tenir, veux-tu !

Rose ravala ses larmes, renifla un grand coup.

— Maman, dis-moi que tu n'es pas fâchée, dis-moi encore que tu m'aimes, s'il te plaît. Encore une fois, comme lorsque j'étais petite.

Il y eut un grand silence. Louise soupira profondément.

— Oui, je t'aime, ma Rosinette, même si tu me causes encore plus de souci que lorsque tu étais petite. Tu verras lorsque tu seras maman, tu penseras à ce que ta vieille mère te disait.

Rose sourit à travers ses larmes.

— Maman, je te pr…

— Arrête ! Qu'est-ce que je t'ai dit ?

— Oui, maman.

— C'est ton choix de vie, ma petite fille, je ne peux que le respecter, même si ça me fait très mal. Ta maman sera toujours là pour toi, quoi qu'il arrive, ne l'oublie jamais. D'accord ? Allez, arrête de pleurer et mouche-toi.

Rose mit à profit ces deux jours de répit pour liquider ses affaires. Elle prit congé d'Esterina, mais n'eut pas le cœur de lui raconter son séjour à Cap-aux-Meules. Ça lui appartenait, à elle seule. Le dernier soir, elle écrivit une longue lettre à Robert pour le prévenir. Elle était triste de ne pas le revoir comme ils se l'étaient promis, mais l'affolement de ce départ précipité l'empêchait de raisonner posément.

Nous nous écrirons, mon chéri, je te laisserai mon adresse dès que je serai en place à mon poste. La distance entre nous n'est que temporaire, elle ne pourra pas nous séparer.

Deux jours plus tard, elle prenait l'avion pour la première fois de sa vie en direction de Londres, avec les autres femmes engagées comme elle dans le Corps infirmier.

14

À son arrivée à Londres, le corps médical fut envoyé en poste dans trois hôpitaux différents : à Taplow, Bramshott et enfin Basingstoke, dans la région du Hampshire, à deux heures de la capitale. C'est là que Rose se retrouva à la fin août 1942. Dès son arrivée, elle écrivit à Louise une longue lettre. Puis elle se mit au travail, avec toute la fougue de ses ambitions premières. Elle portait désormais l'uniforme et le voile blanc des infirmières militaires. Ses collègues l'appelaient respectueusement « ma sœur », puisqu'en intégrant ce corps médical elle était devenue officier avec le grade de sous-lieutenant. Ici, tout le monde parlait l'anglais. Elle s'y accoutuma.

Cela faisait un mois qu'elle était là et ne regrettait plus son choix, car la tâche immense et l'investissement personnel que cela supposait l'empêchaient de s'apitoyer sur son propre sort. Les blessés arrivaient chaque jour depuis les fronts en Europe.

Puis il y eut ce matin où l'infirmière en chef vint lui apporter une missive :

— Un télégramme pour vous, ma sœur.

Elle termina les soins de son patient et se retira quelques minutes plus tard dans la salle de repos. Ses mains tremblaient en décachetant le *postal telegraph,* avec la mention bleue *By air mail.*

Rentre au plus vite… Il est arrivé un malheur… Nous avons besoin de toi… Juliette

Elle dut attendre quelques heures, en raison du décalage horaire, pour téléphoner au central de Saint-Pierre-Jolys.

157

La préposée ne prit pas la peine d'appeler Juliette et la mit d'emblée au courant des faits. Elle conclut avec fermeté :

— Rentrez sans tarder, votre famille a besoin de vous.

Rose fit un malaise. Une infirmière lui aspergea le visage d'eau de Cologne. Quand elle revint à elle, elle était allongée dans la salle réservée au personnel, livide, avec la nausée. Tout tournait dans la pièce.

Puis tout alla vite, elle demanda à voir le lieutenant. Elle fut convoquée, dut s'expliquer longuement, se justifier encore et encore, tempêter, menacer de partir quoi qu'il arrive, même sans leur accord. Elle finit par obtenir gain de cause, eut à nouveau la nausée au moment de signer le document qui lui retirait son grade définitivement.

Louise quittait prématurément l'armée. Comme elle n'avait pas les moyens de prendre l'avion, elle négocia une place sur le premier paquebot qui quittait Londres, et rejoignit Halifax deux semaines plus tard. Elle fut malade durant tout le trajet, mit ça sur le compte des mauvaises conditions climatiques. Dans les derniers jours, alors qu'elle se trouvait sur le pont avant, une femme s'approcha d'elle et lui glissa furtivement à l'oreille :

— *Where is the dad*[1] ?

Rose la regarda sans comprendre. La femme observa sa main.

— *You may be pregnant... miss*[2].

De retour dans sa cabine, Rose tenta de calmer ses angoisses et se mit en tête de compter posément. Elle s'y reprit encore et encore, obsédée par l'évidence déniée, jusqu'à ce que les dates mises bout à bout conduisent à la même conclusion. Elle n'avait pas eu ses règles depuis le mois d'août, soit trois mois auparavant. Elle passa la main sur son corsage, reconnut que ses seins avaient anormalement gonflé, que son ventre s'était légèrement arrondi. Une larme perla au coin de son œil. Le jugement de cette

---

1. « Où est le père ? »
2. « Vous êtes enceinte, mademoiselle. »

femme sur le pont était sans appel. N'avait-il donc suffi que d'une seule fois, d'un unique moment de faiblesse pour une telle conséquence ? Prise de vertige, elle s'allongea sur la couchette, laissant libre cours à ses larmes. Il n'était plus question d'aller pleurer dans le giron de sa mère pour se faire pardonner, la faute était irrémédiable.

À Halifax, elle envoya un télégramme pour prévenir Juliette de son arrivée prochaine. Sa marraine l'attendait en gare de Saint-Pierre-Jolys, une semaine plus tard, amaigrie, le visage creusé, marqué par une immense fatigue. Rose fut prise de nausée et vomit sur le quai. Son teint cireux n'avait pas échappé à sa marraine, mais elle se garda de toute réflexion, elle aurait bien le temps plus tard d'en venir à la question qui la tarauda immédiatement. Le plus difficile était à venir, comme si la faute de Rose devait avoir des répercussions sur toute sa famille.

Quelques semaines plus tôt, un télégramme avait été délivré à Louise. Un sentiment de mauvais présage l'envahit avant même de l'ouvrir. Les mots tombèrent, crûment.

Madame, votre mari est tombé en héros durant l'opération Jubilee de Dieppe, dans le nord-ouest de la France. Nous avons l'immense regret de vous annoncer son décès.

Louise s'écroula, son cœur fatigué venait de lâcher. Elle sombra dans un état végétatif dont le médecin ne voyait pas l'issue, contraignant Juliette à s'occuper seule des enfants. Seules nouvelles plus rassurantes parvenues quelque temps plus tard, Tobie était en vie et avait rejoint le Royaume-Uni après le terrible raid dieppois auquel lui aussi avait participé.

15

Décembre 1942

— Maman, parle-moi s'il te plaît.

Dans le silence oppressant de sa chambre, Rose caressait sans relâche les mains de Louise, guettant avec anxiété la moindre réaction sur son visage. Des heures et des heures d'attente couronnées hélas d'insuccès. Sa mère demeurait inerte, allongée dans son lit, sans qu'aucun signe ne vienne offrir à Rose l'espoir d'une sortie de son état léthargique. Dès le départ, le médecin ne l'avait pas rassurée, incapable de lui donner des espoirs.

— Il faut vous préparer, Rose. En supposant qu'elle revienne à la vie, je crains qu'elle ne garde des séquelles profondes.

— Alors, que dois-je faire ?

— Continuez à lui communiquer votre amour, parlez-lui, peut-être vous entend-elle dans son subconscient.

Dans les jours qui avaient suivi son arrivée, elle avait prévenu Juliette.

— J'attends un bébé.

Sa marraine s'était contentée d'un commentaire sibyllin :

— Je l'avais bien compris. Nous ne sommes plus à une mauvaise nouvelle près.

Rose reprit aussitôt en mains l'éducation de son petit frère. Elle se rendait compte que, ces dernières années, elle l'avait négligé, à cause de ses absences successives. Noël venait d'avoir dix ans, c'était un enfant à la sensibilité exacerbée par la disparition de son père et la maladie de sa mère. Rose chercha longtemps les mots justes puis, parce qu'elle ne trouvait rien de mieux pour calmer ses anxiétés,

161

elle lui expliqua simplement que sa maman était comme la Belle au bois dormant. Qu'elle s'était endormie par chagrin parce que Marius s'en était allé au ciel, mais qu'elle se réveillerait un jour.

— Ce ne sera pas un prince charmant qui la ramènera à la vie, mon petit chat, mais toi, moi, Juliette ou même Aimé, par nos seules présences et l'amour que nous continuerons à lui porter.

— Mais c'est pour les filles les contes de fées.

— Et pourquoi donc ? Il faut y croire, Noël, nous portons tous en nous des rêves de petite fille ou de petit garçon qui nous suivent toute notre vie et nous aident dans les moments difficiles.

Dès lors, il se conforma à ce que lui avait dit sa sœur parce qu'il lui vouait une confiance sans bornes et, tous les matins et chaque soir, il passait voir Louise pour lui parler des petites choses de son quotidien.

— T'sais, maman, heureusement que je suis là, car elles sont dépassées, tata Juliette et Rose. C'est moi maintenant l'homme de la famille.

Quand il sortait de la chambre, il avait une mine triste.

— Elle n'est pas réveillée, maman, se lamentait-il, et Rose le rassurait en lui disant de s'armer de patience, que ça prendrait peut-être des semaines, des mois, mais qu'il fallait y croire très très fort.

Parfois, la nuit, il réveillait la maisonnée par ses cris. Rose savait qu'il faisait des cauchemars. Il réclamait Marius et s'effondrait dans ses bras, parce que la réalité le rattrapait et lui faisait prendre conscience que son papa serait inéluctablement absent.

— Sois fort, mon petit Noël, c'est un cadeau que tu fais à ton papa. Je suis persuadée qu'il nous regarde de là-haut, il nous insuffle son courage, sa détermination. N'oublie pas qu'à chaque moment de ta vie, quand tu auras des doutes, il sera toujours là près de toi.

Elle restait à son chevet le temps qu'il se calme, lui passait des compresses chaudes sur le front, et quand il s'endormait enfin, elle retournait se coucher sans pouvoir trouver le sommeil, en proie à son tour à des pensées tumultueuses. Pouvait-elle avouer à son petit frère qu'elle aussi avait mal à en pleurer ? Que la nuit, elle se tordait de douleur pour ne pas hurler son désespoir ? La disparition de Marius lui avait causé une souffrance insupportable, elle ne parvenait pas à faire son deuil, l'image de sa silhouette sur le quai de la gare, avant qu'il ne monte dans le train pour partir au front avec Tobie, lui remuait les entrailles. Et comme si ce n'était pas assez de chagrin, il fallait accepter la maladie de Louise, et surtout son silence insoutenable. Elle faisait face à un destin qui n'était pas celui qu'elle avait imaginé. Tout son monde partait en lambeaux. Elle n'entrevoyait plus d'avenir. La détresse l'engloutissait dans sa noirceur quand elle repensait à ce papa de substitution qui avait su combler l'absence de celui dont elle était désespérément en quête en grandissant. Par sa présence masculine, il avait transformé et illuminé le petit univers essentiellement féminin que Louise, Juliette et Rose s'étaient construit au Manitoba. Désormais, il allait falloir faire face sans lui, affronter seules les épreuves.

Alors, quand arrivait le petit matin et qu'elle était sèche d'avoir pleuré toutes les larmes de son corps, la révolte qui grondait en elle s'en était allée, laissant place à une lueur d'espoir. Une intime conviction lui vrillait le ventre qu'elle ne devait pas se résigner et mais puiser en elle le courage de ne pas baisser les bras. Elle en était certaine, Marius était derrière elle pour l'aider, jamais il ne l'abandonnerait. De plus, elle n'était pas tout à fait seule. Il lui restait Juliette. Toutes deux allaient batailler, main dans la main. Et surtout, dans son ventre remuait un bébé qui représentait la vie, l'avenir.

Mue par une rage fiévreuse, elle se levait d'un bond, telle une conquérante, et criait sa rage de vivre :

— Rose, arrête de pleurer sur ton sort, bordel !

Peu avant Noël, Juliette reçut une lettre de Tobie. Quand elle eut fini de la lire, elle fondit en larmes. Rose,

163

qui l'observait, craignit une mauvaise nouvelle. Mais au contraire le mari de Juliette se portait bien, il demandait à sa chère femme qui lui manquait tant d'embrasser son petit Aimé, de veiller sur Louise et Noël. Il lui demandait également des nouvelles de Rose et s'inquiétait aussi pour Marius, car il ignorait où était son régiment. Il n'était pas au courant des tristes événements, Juliette avait voulu lui éviter cette peine. Ce courrier pansa sa tristesse, mais aux cernes qui ombraient ses yeux, Rose se rendit bien compte que sa marraine était exténuée.

Un soir que les petits étaient couchés, Juliette, lasse de sa journée, aborda Rose de manière abrupte :

— Tu comptes faire quoi ?

Même si la question n'était qu'à demi formulée, la jeune femme devina bien ce que sous-entendait sa marraine.

— Il serait peut-être temps que tu préviennes le père de cet enfant à venir, tu ne crois pas ?

Les yeux de Rose s'illuminèrent. Juliette se radoucit.

— Parle-moi de lui !

Elle ne l'avait jamais fait jusqu'à présent. Alors, elle lui raconta tout, sans rien omettre.

— Tu tiens vraiment à ce Bob ?

— Comment peux-tu mettre en doute mes sentiments !

— Ne t'énerve pas ! J'ai quand même suffisamment vécu avant toi pour en savoir plus sur la question.

Le silence était revenu, toutes deux buvaient leur thé.

— Demain matin, tu vas aller au bureau télégraphique et tu vas lui téléphoner.

— Tu en as de bonnes ! Je ne sais pas où l'appeler. J'ai juste son adresse et pour l'instant je n'ai reçu qu'une seule lettre de sa part.

Elle omit d'ajouter que cela l'inquiétait.

— Écoute ! Tu as assez perdu de temps comme ça, un courrier serait trop long. Tu en es à ton quatrième mois de grossesse. Je ne vois qu'une solution. Tu téléphones à sa mère mais surtout, tu m'entends, surtout, tu restes muette sur les vraies raisons de ton appel. Tu en profiteras pour lui souhaiter un bon Noël. Tu m'as dit qu'elle t'appréciait, elle ne pourra qu'être ravie de t'entendre et de t'aider.

Passé le premier moment de doute, Rose convint que Juliette avait raison et s'en voulut de ne pas y avoir pensé plus tôt. Tout excitée à l'idée d'entendre la voix de Zélia, dès l'ouverture du réseau téléphonique sur l'île, à huit heures, elle appelait le central de Cap-aux-Meules. Elle dut renouveler son appel pendant près d'une heure, tant et si bien que l'opératrice excédée du bureau de Saint-Pierre-Jolys lui recommanda de repasser à un autre moment. Rose tint bon, la pria d'insister. Une dizaine d'essais infructueux plus tard, elle entendit enfin la petite phrase qu'elle espérait :

— Je vous connecte avec votre correspondant.

Elle reconnut la voix aiguë de l'opératrice du bureau de Cap-aux-Meules.

— Bonjour, Gertrude. C'est moi, Rose.

— J'connais pas de Rose !

— Mais si, Rose à Robert. Robert... Bob à Bill... le fils de Zélia. Rose, je suis venue l'été dernier. Je voudrais lui parler.

— Ah mais oui ! La p'tite Française du Manitoba, je me souviens maint'nant.

Les secondes passaient, Rose n'avait pas envie de faire une jasette avec cette vieille jacasseuse.

— Je voudrais lui parler, vous pouvez me la passer ?

— Ah dame, c'est pas le jour, tu tombes ben mal, petite.

— Pourquoi donc ?

— Zélia est occupée astheure à faire le repas pour son fils.

— Son fils est là ?

— Ben oui.

Rose crut que son cœur allait exploser dans sa poitrine.

— Alors vous allez pouvoir me le passer.

— Ben non !

La conversation tournait en rond. Aux grésillements, elle devinait que d'autres personnes étaient sur la ligne. Si ça se trouve, on les écoutait. Elle se souvenait que Robert lui

165

avait raconté que tout se savait sur l'île, les conversations téléphoniques étant épiées.

— Pourquoi non ?

Rose crut voir le sourire de la téléphoniste au bout du fil. Elle beugla dans l'appareil, comme si elle voulait que tout le monde l'entende :

— La Mathilda s'en est allée à Pictou[1].

Elle ne comprit pas ce que la bonne femme voulait dire. Celle-ci poursuivit un ton plus bas, d'une voix doucereuse :

— Robert a fait un petit à la Thilda. Alors, il a fallu envisager le mariage pour faire taire les ragots. Les fiançailles sont pour aujourd'hui et la noce pour dans un mois !

Rose chancela, lâcha le récepteur, se rattrapa au panneau de bois de la cabine.

— Tu m'entends, Rose ?

L'autre hurlait de l'autre côté. Elle reprit l'écouteur.

— T'sais, ça n'a pas fait ben plaisir à Zélia. Fallait ouère sa tête quand elle l'a appris.

Gertrude se délectait de cette nouvelle.

— Vous êtes sûre que vous ne vous trompez pas ?

— Voyons ! T'vas quand même pas mettre ma parole en doute. Je te dis qu'la Thilda a le ventre rond, je l'ai vu de mes propres yeux, et c'est le Bob à Bill qui l'a engrossée.

Rose en avait assez entendu. Elle s'enfuit du central téléphonique sans même avoir payé sa communication. Et dans l'écouteur qu'elle avait oublié de raccrocher, la voix suraiguë de Gertrude continuait à jacasser dans le vide.

---

1. Expression madelinote qui signifie qu'une femme n'a pas attendu d'être mariée pour avoir un enfant.

LE TEMPS DES REGRETS

1943-1944

16

— Ma petite maman, que ferais-tu si tu étais à ma place ?

Rose poussait souvent la porte de la chambre de Louise, pour lui raconter sa journée. Elle lui caressait les mains, les joues, lui essuyait les commissures des lèvres sans plus grimacer quand sa mère rejetait le trop-plein de nourriture. Son visage paralysé, ses yeux éteints qui la regardaient sans la voir ne lui retournaient plus le cœur. Elle appréciait même ces moments d'intimité, qui lui offraient un peu de repos et lui permettaient de soulager ses colères retenues. À Louise elle pouvait tout déballer puisqu'elle ne semblait pas l'entendre.

— Au moins, avec toi, ce que je dis ne sortira pas d'ici !

Elle poursuivait sur un ton amusé :

— Tu vois, maman, tu me fais devenir cynique.

Savoir que Robert l'avait trompée avec Mathilda lui était insoutenable. Elle lui avait fait confiance, avait cru à ses mots enflammés, s'était donnée à lui. Dans les moments où un trop-plein de rage menaçait d'exploser, elle tapait un grand coup dans le pied du lit et hurlait son aigreur :

— Tu es un salaud, Bob à Bill, je te déteste, je te hais, va-t'en pourrir avec tous les crabes retors de ton espèce.

À la colère succédait souvent l'abattement. Il lui suffisait de repenser à leur dernière nuit d'amour pour ressentir des frissons d'envie.

— Mon petit istorlet, qu'il m'appelait, maman. Tu savais toi, ce que c'était un istorlet ? Moi non plus, avant que j'en voie sur l'île et qu'il ne m'affuble de ce surnom ridicule auquel j'ai cru. Je vais voler où, maintenant, dis-moi, maman, allez, parle, bon sang, exprime-toi au moins une fois !

Le lendemain de cette funeste conversation téléphonique, Juliette l'aborda de plein fouet en mettant le doigt sur le questionnement qui la tourmentait.

— Que comptes-tu faire ? Cet enfant, tu penses le garder ?

Le mutisme de la jeune fille acheva de l'agacer.

— Réfléchis bien à ce qui t'attend. Tu as vingt ans, un enfant qui va naître sans père, ce ne sera pas simple et je te laisse imaginer à quoi tu t'exposes dans la communauté.

C'était bien la première fois que Juliette se préoccupait de ce que pensaient les autres. Le soir même, dans la chambre de sa mère, Rose tourna le problème dans tous les sens.

— Maman, j'ai besoin de ton aide.

Elle lui serra la main jusqu'à lui faire mal dans l'espoir de susciter une réaction. En vain. Sa conscience la taraudait. La décision à prendre, lourde de conséquences quelle que soit l'option choisie, lui incombait. Elle caressa la joue de Louise, essuya un filet de bave au coin de sa bouche.

— Le destin nous poursuit, ma petite maman, je suis en train de reproduire ce que tu as vécu.

Vingt plus tard, voilà que les épreuves se répétaient. Rose songea que le sort s'acharnait sur sa famille.

— Tu vois, maman, la différence c'est que moi, je n'ai pas été violentée, j'étais même consentante.

La force de caractère de Louise forçait son admiration, elle avait bravé les qu'en-dira-t-on en élevant seule sa fille, jusqu'à traverser l'océan pour se créer une nouvelle vie, dans cette contrée étrangère et si froide de l'Ouest canadien. Alors Rose comprit quelle devait être sa décision, il ne pouvait pas en être autrement, sinon ce serait faire un affront à sa mère.

— Merci, ma petite maman chérie. Tu m'as aidée à y voir clair.

Elle s'approcha de son visage, lui chuchota quelques mots à l'oreille, et courut rejoindre Juliette dans le poulailler.

— Bien sûr que je le garde, cet enfant.

Sa marraine fit tomber l'œuf qu'elle venait de ramasser et la prit dans ses bras, les larmes aux yeux.

— Je savais bien que je pouvais compter sur toi pour prendre la seule décision qui s'imposait !

Rose était en paix avec elle-même, malgré les difficultés qui s'accumulaient. Les tempêtes de neige de cet hiver particulièrement rigoureux les isolaient, bloquaient souvent leur porte d'écrasantes congères. Juliette et elle ne voulaient pas sans cesse quémander de l'aide auprès des anciens du village, alors il fallait jouer de débrouillardise. Seuls Aimé et Noël se réjouissaient de retrouver leurs jeux hivernaux préférés, avec malgré tout un peu moins d'insouciance que les années précédentes.

Si la neige s'entassait, les économies des deux femmes, elles, fondaient au fil des mois. Rose tenta vainement de relancer l'auberge de Louise, mais les clients l'avaient désertée, la plupart des hommes vaillants des usines étant partis à la guerre et ceux qui restaient préférant économiser leur argent. Elle se sentait frustrée d'avoir dû abandonner son engagement dans l'armée, aussi tenait-elle à contribuer à l'effort de guerre, comme beaucoup de femmes y étaient incitées par la propagande. Le temps était à la récupération : chiffons, papiers, os de viandes, caoutchouc, verre, tout ce qui pouvait servir aux fabriques de munitions, afin de suivre les recommandations de l'affiche de propagande, *Mesdames s'en vont en guerre*. Juliette et Rose s'y conformèrent, elles déposèrent également des conserves de fruits et légumes au Bureau central des bénévoles de Winnipeg qui se chargeait ensuite de les expédier aux soldats sur les fronts, Canadiens comme alliés. Et surtout, elles attendirent avec impatience que ce fichu hiver se termine pour nettoyer les terres et cultiver les Jardins de la victoire initiés par le gouvernement fédéral. Ce même gouvernement fédéral qui, au cours de l'année 1942, avait édicté de nouvelles règles alimentaires, faisant des Jardins de la victoire un argument de nourriture saine.

Même Noël et Aimé apportèrent leur contribution dans cette période difficile. À l'école de la paroisse, la maîtresse proposait aux enfants des timbres de guerre à vingt-cinq *cents*. Il leur fallait cumuler seize timbres sur une même carte pour la transmettre au gouvernement fédéral qui ensuite leur envoyait un certificat d'épargne de guerre de cinq dollars. L'un et l'autre n'en étaient qu'à la moitié de leur carte qui ne se remplissait pas assez vite à leur goût.

— J'ai eu une idée, Rose, tu vas me dire ce que tu en penses.

Rose n'aimait pas quand Juliette prenait cet air sérieux, présage de nouvelles souvent fâcheuses.

— Le Service sélectif national vient de lancer une campagne massive de recrutement de travailleuses à plein temps pour les productions de guerre. Ils recherchent de la main-d'œuvre dans les usines. Ici, les travaux de couture ne sont pas suffisants pour couvrir nos besoins et ce sera plus lucratif que de conduire le bus.

— Mais il n'y a pas d'usine à Winnipeg, si ?

Juliette hésita, mal à l'aise.

— Je sais, c'est en Ontario.

— En Ontario ? Mais tu es folle !

— Non, lucide !

— Tu fais comment pour Aimé ?

— C'est là que j'ai besoin de toi. Le gouvernement a mis en place un service de garderie pour les travailleuses de guerre. Mais j'ai pensé que mon fils serait mieux avec toi et Noël.

Rose se crispa, agacée de voir qu'elle avait tout prévu.

— C'est provisoire, juste pour trois mois. Et, ce qui ne gâche rien, le salaire est revu à la hausse en raison du besoin urgent de main-d'œuvre.

— Eh bien, tu n'as pas peur de te faire mal voir ! J'ai lu dans la presse des protestations virulentes d'organismes religieux francophones qui s'opposent au travail des femmes mariées et des mères de famille.

— Tu sais ce que j'en pense ! Pas toi, Rose, tu ne vas quand même pas me sortir ce genre d'arguments !

Rose se savait de mauvaise foi, mais tous les moyens lui semblaient bons pour tenter d'infléchir la décision de Juliette.

— Nous avons besoin d'argent. Il faut nous serrer les coudes. Donc, je pars trois petits mois, je serai rentrée pour l'été, et pendant ce temps tu t'occupes des enfants.

— Comme tu veux. Si tel est ton souhait…

— Merci, ma chérie. Je ne doutais pas que tu reviendrais à la raison. Veux-tu m'accompagner à Winnipeg pour rencontrer les dames de l'association des bénévoles à qui je dois remettre des vêtements ? Ça te sortira, te rendra de meilleure humeur et ne pourra que faire du bien à ton bébé que tu dois lasser avec tes jérémiades. Et après, nous nous organiserons pour préparer mon absence.

Pour leur plus grande joie, les enfants restèrent seuls à la maison. Rose retrouva Winnipeg sans réel plaisir. Le charme de la grande ville n'opérait plus, elle lui paraissait tellement fade et grise à côté de Montréal. Malgré tout, l'affluence la réjouit, elle se coula dans la foule sans pouvoir se départir d'un petit pincement au cœur au souvenir de ses promenades dans les grandes artères montréalaises. Sur la porte d'un immeuble, son attention fut attirée par le slogan d'une affiche, *Refaire, réparer et se contenter.*

— Mais c'est Kate Aitken !

Kate Aitken était une auteure conférencière, également speakerine, qui officiait les après-midi sur Radio-Canada dans une émission à destination des femmes. Rose, qui l'avait entendue une fois à Montréal, s'était sentie concernée par ses messages très forts portant sur les droits des femmes en temps de guerre. Au Manitoba, il était impossible de l'écouter, faute de radio française.

— Tu te rends compte, Juliette ! Elle donne une conférence en ce moment. Tu crois que je pourrais entrer la voir ?

— Mais oui, ma foi, c'est une excellente idée. Je peux me

passer de toi pour me rendre à l'association et je te retrouve ici dès que mon rendez-vous est terminé.

Rose se faufila au dernier rang pour trouver une place assise parmi une assistance essentiellement féminine. L'animatrice faisait halte à Winnipeg dans le cadre de son tour du Canada destiné à présenter le magazine *Remake Revue*. Un défilé de mode venait de commencer. Kate expliqua comment utiliser de vieux vêtements pour en confectionner des nouveaux afin de ne pas gâcher les textiles destinés aux forces armées. Elle avait de bonnes idées, et Rose regretta que Juliette n'assiste pas à cette présentation. Puis la conférencière argumenta sur l'utilité de cultiver des potagers dans les villes, d'exploiter les balcons des immeubles pour y installer des jardinières. Son intervention prit fin sur des idées de recettes simples pour préparer de bons repas en dépit du rationnement. Rose fit la moue. Ces conseils, à son avis, valaient surtout pour les gens de la ville. À la campagne, les femmes savaient bien comment tirer le meilleur parti des légumes et des fruits et avaient appris depuis longtemps à ne pas gaspiller la marchandise.

La conférence terminée, toutes les femmes se précipitèrent vers Kate pour échanger avec elle. Rose, que la chaleur suffoquait, préféra s'esquiver.

— Rose, je ne rêve pas, c'est vous !

Cette voix ne lui était pas inconnue, lui rappelait vaguement quelqu'un… Elle se retourna sur l'homme qui l'observait avec des yeux emplis de surprise.

— Andrew ! Ça alors. Que faites-vous ici ?

Son regard s'attarda sur le ventre arrondi de Rose, que le manteau entrouvert ne cachait plus. À la fois gênée et honteuse, elle rabattit les pans de sa gabardine. Elle eut l'impression de voir passer une lueur de déception dans ses beaux yeux gris. Il se reprit pour lui répondre :

— Je suis venu rencontrer Jane Aitken afin d'écrire un article.

— Vous êtes devenu journaliste ?

— Oui, de manière occasionnelle, mais j'enseigne toujours à l'université du Manitoba.

Ces retrouvailles fortuites enchantaient Rose. Un léger sourire plissa ses lèvres quand elle se souvint de la ressemblance qu'elle lui trouvait avec Gary Cooper. Les deux années passées ne l'avaient pas changé, son charme viril était intact.

— Vous êtes ravissante, Rose. La grossesse vous va à ravir.

Qu'il l'ait remarquée la contraria. Juliette la tira d'embarras en arrivant sur ces entrefaites.

— Je te présente Andrew. J'avais assisté à sa conférence sur la littérature française il y a deux ans. Nous venons de nous retrouver tout à fait par hasard.

Juliette le jaugea de manière appuyée.

— Je ne voudrais pas vous déranger, je vous laisse. Rose, je suis ravi de cette rencontre et il me vient en tête que ce pourrait être intéressant de reprendre la conversation sur la littérature que nous avions entamée à l'époque. Qu'en pensez-vous ?

Rose lui tendit la main pour le saluer, Andrew s'inclina légèrement et effleura de ses lèvres l'extrémité de ses doigts. Ce geste délicat sema le trouble dans son esprit. Les joues roses de confusion, elle retira sa main un peu trop rapidement.

— Vous habitez toujours Saint-Boniface ?

— Non, Saint-Pierre-Jolys.

Rose se reprit, elle ne pouvait continuer cette conversation qui l'amenait à dévoiler des choses trop personnelles.

— Au revoir, Andrew. Je dois vous quitter. Je ne pense pas que nous nous reverrons, mais je suis sincèrement ravie que le hasard vous ait mis sur mon chemin.

— Bordel ! Il est sacrément beau, ton Andrew ! Et ce baisemain, quel raffinement ! Ce n'est pas à moi que ça arriverait.

— D'abord, ce n'est pas *mon* Andrew. Je ne connais rien

de lui. Ensuite, t'es pas très fine car il a l'âge d'être mon père, au cas où tu l'aurais pas remarqué. Et pour terminer, je te rappelle que tu es déjà mariée, donc ce n'est pas le moment de faire des yeux doux au premier bel homme venu. Si tu crois que je n'ai pas vu comment tu le regardais !

— Ah, ma petite Rose, un peu de légèreté ne peut pas nuire en ces temps compliqués ! Tu sais mieux que personne combien mon Tobie me manque. Bon, redevenons sérieuses. Les dames de l'association des bénévoles m'ont confirmé que l'Ontario recrutait. J'ai rempli tous les questionnaires et envoyé ma demande.

Ses espoirs que Juliette se ravise tombaient à l'eau.

— Ah ! Cesse de bouder, ça te rend laide. Sinon, je ne te révélerai pas la bonne nouvelle.

Rose élargit ses lèvres dans un sourire affecté.

— Là, tu en fais trop et tu n'es pas sincère. Donc, tu en sauras plus quand je le jugerai utile.

Elle ne réussit pas à lui extorquer l'information, mais la promesse d'une surprise agréable lui fit retrouver sa bonne humeur. Peut-être bien aussi que la rencontre avec Andrew y était pour quelque chose, car elle ne cessa d'y penser durant tout le chemin du retour.

17

— Maman, viens vite !

Aimé pénétra comme une furie dans la chambre de Juliette, assoupie sur la berceuse.

— Ça ne va pas d'entrer comme ça sans prévenir !

— Tata Rose… Tata Rose…

— Quoi, tata Rose ? Calme-toi et explique-moi.

— Rose a eu un accident. Elle est morte.

Juliette bondit de sa chaise à bascule et courut derrière le jeune garçon jusqu'à l'étang gelé au bout du champ. Elle poussa un cri de terreur à la vue de Rose allongée dans l'herbe. Noël, agenouillé en larmes près d'elle, avait le corps secoué de soubresauts. Elle l'écarta sans ménagement :

— Pousse-toi !

Elle colla sa joue contre la poitrine de la jeune femme et poussa un soupir de soulagement.

— Non, elle n'est pas morte. Noël, tu vas m'aider à la porter, nous allons la ramener à la maison. Toi, Aimé, file chercher le médecin au village. Allez, cours, dis-lui qu'il vienne sans tarder.

Juliette empoigna Rose sous les aisselles, Noël passa les bras sous ses genoux et ils regagnèrent ainsi la maison. Juliette lui ordonna de faire chauffer une bouillotte pendant qu'elle déshabillait Rose. Après lui avoir séché le corps avec une serviette, fermement sur les jambes, les bras, le visage, tout doucement sur le ventre, elle la revêtit de sa chemise de nuit, déposa à ses pieds la bouillotte chaude et rabattit les draps et l'édredon sur elle. Le visage livide de Rose reprenait des couleurs. Elle ouvrit les yeux au moment où le docteur entrait. Elle repoussa les draps et posa la main sur son ventre.

— Mon bébé ! J'ai perdu mon bébé.

Juliette la calma pendant que le docteur commençait à l'ausculter. Quand il eut terminé son examen, il avait le sourire.

— Il y a plus de peur que de mal, jeune fille, votre bébé se porte bien, je viens de l'entendre bouger. Mais soyez plus prudente, et il va falloir que vous restiez alitée une journée ou deux pour vous reposer.

— Mais non, je peux...

— Tsssst ! Tsssst ! Tu vas écouter ce que te dit le médecin. N'est-ce pas, Noël ?

Le jeune garçon approuva et vint s'asseoir sur le bord du lit. Rose essuya ses larmes.

— Pardonne-moi de t'avoir causé autant de frayeur, je te promets de ne plus recommencer. J'ai glissé sur l'herbe gelée parce que je me suis approchée trop près de l'étang et je suis tombée lourdement. Je ne suis vraiment pas ben fine, n'est-ce pas ?

Noël esquissa un timide sourire entre ses larmes et, le visage contre sa poitrine, lui confia ses folles craintes.

— J'ai eu peur que tu ne t'endormes comme maman.

Rose caressait ses cheveux avec tendresse, consciente de la frayeur qu'elle avait causée à ses proches, et rétrospectivement elle aussi terrifiée à l'idée que son imprudence aurait pu être fatale à son bébé.

Le docteur profita qu'il était là pour aller voir Louise dans l'autre chambre. Juliette qui lui emboîtait le pas s'enquit tout bas :

— Vous êtes sûr que le bébé va bien ?

— Oui, je vous le promets. Elle en sera quitte pour des bleus. En revanche, je ne note pas d'amélioration chez Louise et ça me soucie.

— C'est très déroutant, docteur. Ses yeux grands ouverts regardent dans le vide, parfois ils se tournent vers nous,

178

il me semble alors qu'elle nous écoute et j'espère en des mots qui hélas ne viennent pas.

Le docteur conclut dans un soupir de découragement :

— À moins d'un miracle...

Une fois le médecin parti, Juliette réprimanda Rose avec une mine faussement contrite :

— Tu voulais me retenir et m'empêcher de partir à Winnipeg, c'est ça ?

— Oh non, je t'assure.

— Je te crois, grosse bêtasse. Allez, reste allongée, le médecin a dit que tu devais te reposer.

Rose ferma les yeux, puis se ravisa et appela sa marraine sur un ton pleurnichard :

— C'est quoi la surprise dont tu m'avais parlé ?

— Ah, je vois que ta chute ne t'a pas fait perdre la mémoire. Très bien, dès que tu seras remise sur pied, nous en reparlerons. En attendant, dors, c'est un ordre !

Le lendemain, Rose allait mieux. Elle se leva de bonne heure et tous la raillèrent quand elle entra dans la cuisine, pliée en deux comme une grand-mère, se tenant le dos en grimaçant, percluse de courbatures. Seuls subsistèrent pendant plusieurs jours les bleus sur le corps, donnant raison au diagnostic du docteur.

Juliette se réveilla en sursaut, alertée par des hurlements. Aimé venait d'entrer sans frapper malgré ses recommandations.

— C'est quoi ces cris, maman ? J'ai peur.

Les cris s'amplifièrent et cette fois Juliette sauta du lit.

— C'est Rose !

Ils coururent jusqu'à la chambre de la jeune femme où Noël les avait précédés et restait debout sur le pas de la porte, dans un état de sidération. Juliette l'écarta avec impatience. Face à eux, debout, les jambes écartées, Rose se tenait le ventre et les fixait avec des yeux hagards où se reflétait toute son angoisse.

— Je crois que je vais avoir mon bébé.

Noël, horrifié, regardait le filet d'eau dégoulinant le long de ses jambes.

— Rose, pourquoi tu fais pipi sur toi ?

Juliette comprit la situation. Pour la seconde fois, en l'espace de trois jours, elle lui commanda d'aller chercher le docteur. Le gamin sortit de la pièce et revint aussitôt en pleurant.

— Je ne peux pas sortir. Il y a des congères tout autour de la maison.

Rose hurlait, en pleine crise d'hystérie. Juliette la gifla, ce qui eut pour effet de la calmer, et elle lui ordonna de s'allonger. Elle avait déjà analysé ce qu'il lui restait à faire.

— Noël, tu me fais bouillir dans la marmite le plus de serviettes possible puis, avec Aimé, vous vous arrangez pour creuser un trou à un endroit où la neige est moins épaisse. Allez voir la fenêtre de ma chambre, côté sud, ça devrait être plus facile. Vous essayez de creuser comme vous pouvez avec une pelle et, dès qu'il y a une sortie possible, l'un de vous part alerter le médecin. D'ici là, je vous interdis d'entrer dans la chambre. Vous avez bien compris, je vous l'in-ter-dis.

— Rose va mourir ?

— Ah, mais cesse de vouloir la faire mourir tous les quatre matins ! C'est juste ton petit neveu ou ta petite nièce qu'est bien pressé de sortir sa bouille fripée pour faire ta connaissance. Ce n'est pas la même chose et ce n'est pas une maladie. Allez, file, bordel, et ne reste pas dans mes pattes. J'ai du boulot qui m'attend.

Elle grommela entre ses dents :

— Un boulot de femme.

Les deux enfants creusèrent pendant une heure. Ils pleuraient toutes les larmes de leur corps, la peur au ventre à chacun des hurlements de Rose, entrecoupés parfois de silences qui les angoissaient tout autant et décuplaient leur détermination à réussir la mission qui leur avait été confiée. Enfin, ils parvinrent à percer un passage dans lequel ils se coulèrent tous les deux. Pendant que Noël courait chercher le médecin, Aimé pelleta comme un enragé pour libérer l'accès à la porte principale. Il fallut une heure au premier pour revenir accompagné du docteur. La porte, bien que dégagée à moitié, offrait un passage suffisant. Ils pénétrèrent tous dans la chambre, même les enfants qui désobéirent ainsi à la consigne de Juliette. Rose, les cheveux collés sur son visage où coulaient des larmes, tenait dans ses bras, contre sa poitrine, un petit être tout rouge et boursoufflé qui criait en gesticulant des jambes. À ses côtés, il y avait Juliette, mais aussi une autre jeune femme qu'ils ne connaissaient pas.

Lucille, l'amie de Rose, arrivée sur ces entrefaites, qui s'était glissée dans le passage qu'Aimé lui avait ouvert ; Lucille, la surprise que Juliette promettait depuis longtemps. Elle tenait dans ses mains des ciseaux et coupa le cordon qui rattachait le bébé au ventre de sa mère. Noël s'évanouit. Aimé ne réussit pas à contrôler un spasme et vomit sur les chaussures du médecin.

— Je vous avais pourtant dit de ne pas entrer. Pffft ! Ces hommes, de vraies mauviettes !

Personne ne put retenir Rose, qui se leva aussitôt que Juliette eut fait la toilette du nouveau-né. Elle gagna la chambre de Louise, referma la porte derrière elle pour rester seule avec sa mère et coucha doucement le bébé sur sa poitrine en lui maintenant les bras autour de l'enfant.

— Ma petite maman, elle est arrivée ce 2 mars 1943. Je te présente Marie-Soleil, ta petite-fille.

L'émotion conjuguée à la fatigue, Rose fondit en larmes, tout en poursuivant son monologue.

— Je suis sûre que tu es fière de moi, tout autant que Marius, là-haut, qui doit nous observer et verser sa petite larme. C'est grâce à toi si elle est là aujourd'hui, tu m'as aidée à voir clair. Merci, maman. Je t'aime. Marie-Soleil et moi, nous allons continuer à prendre soin de toi. Je sais que tu m'entends, je garderai espoir vaille que vaille. Je n'ai pas hérité pour rien de ton caractère têtu de maraîchine, tu me l'as assez dit !

Rose s'essuya les yeux, renifla un grand coup et quitta sa position au chevet de Louise pour ouvrir en grand les rideaux. Le soleil avait effacé les affres de la tempête et répandit son flot de lumière éclatante dans la chambre.

— C'est une belle journée qui s'annonce, ma petite maman. J'y vois un bon présage.

Elle s'arrêta net, le souffle coupé. Elle n'avait pas rêvé. Une larme coulait sur la joue de Louise. Les lèvres de sa mère s'entrouvrirent sur un balbutiement :

— Mmm...r...ci...

Le 2 mars était une date que Rose ne serait pas près d'oublier. Elle avait vu la naissance de Marie-Soleil et la renaissance de Louise. Le médecin vint dès le lendemain pour constater la sortie de sa léthargie. Les progrès demeurèrent cependant très lents dans les semaines qui suivirent, son visage et ses membres restaient paralysés, elle peinait à s'exprimer. Puis il y eut ce matin où elle s'obstinait dans des bredouillements incompréhensibles.

— Ne t'énerve pas, maman.

Louise souleva son bras valide en direction du chevet.

— Que veux-tu me montrer ?

Sur l'étagère centrale de la table de nuit, elle dénicha une boîte en fer usagée, dut forcer le mécanisme rouillé. Elle fouilla à l'intérieur, découvrit plein de petits objets hétéroclites, un peigne ancien en écaille, un curieux collier de coquillages, un chapelet entortillé autour de cartes postales et quelques lettres sur lesquelles elle reconnut le cachet de la Vendée avec la date de juin 1922, un petit carnet à la couverture rouge délavée et un autre paquet d'enveloppes décachetées, regroupées par un cordon de laine. Sa mère suivait chacun de ses mouvements. Le carnet remémorait à Rose de vagues souvenirs, du temps de la vie à Saint-Claude. Des images revenaient, comme celles de sa mère s'attablant le soir pour écrire des heures durant, à la lumière de la lampe à pétrole. Elle dénoua le paquet d'enveloppes sur lesquelles elle avait reconnu l'écriture de Marius. Louise baissa les paupières, comme pour lui donner son assentiment à poursuivre.

Rose sortit la première lettre de son enveloppe, approcha sa chaise au plus près de sa mère, et commença à lire.

Ma chère et tendre petite femme,

Dans quelques semaines ce sera le troisième Noël que je passerai loin de vous. Cette fichue guerre s'éternise beaucoup trop. Pourquoi faut-il que je ne puisse voir grandir mon petit homme ? Parle-moi encore de lui, de toi, de vous tous, que devenez-vous, mes anges, comment vous en sortez-vous toutes seules ? Je guette tes lettres, elles seules m'aident à tenir le coup.

Tu te rappelles notre dernière nuit ? J'ai encore le goût de tes caresses sur ma peau...

Gênée, Rose reposa la lettre sur l'édredon. Mais Louise insistait par son regard implorant. Alors elle glissa le papier dans la main de sa mère, replia dessus un à un ses doigts ankylosés et releva le courrier à hauteur de ses yeux.

— Je te laisse finir, maman.

Le petit carnet l'intriguait. Elle le feuilleta rapidement. Sur certaines pages, des fleurs séchées étaient collées au papier. Elle trouva un vieux bulletin jauni de sa première année d'école à Saint-Claude et un peu plus loin un courrier de la sœur grise de Saint-Boniface. Elle devait avoir dix ou onze ans, elle n'était plus trop sûre, et avait oublié cet épisode quand la directrice de l'école avait écrit à sa mère pour l'alerter parce que Rose semblait soucieuse et malheureuse et que ses notes étaient mauvaises. Maintenant qu'elle le lisait, tout lui revenait avec une intensité accrue par l'émotion. C'était à l'époque où Louise travaillait chez la riche famille Landry, juste avant le krach boursier qui avait occasionné le suicide de son patron.

Louise l'observait, les yeux embués.

183

— Maman, tu veux bien que je relise avec toi ton petit journal intime ?

Une lumière éclaira son visage. Rose revint à la première page et commença à lire :

Octobre 1921 – Je viens d'arriver en Charente, à Saint-Simon, dans cette grande maison étrangère. Ma nouvelle patronne est accueillante, elle m'a demandé de l'appeler Jeanne mais je ne peux pas. Je suis triste, j'ai abandonné mes parents, ma famille en Vendée. Je ne suis pas complètement seule, dans mon ventre il y a mon petit bébé qui va bientôt venir au monde...

Inquiet de ne pas avoir revu Rose, Noël les rejoignit en fin de matinée. Les deux femmes s'étaient assoupies côte à côte. Rose, recroquevillée tout contre sa mère, la tenait dans ses bras. Au pied du lit, la boîte en fer était restée ouverte avec tout ce qu'elle contenait de vieux souvenirs qu'elles venaient d'égrener.

18

Juliette travaillait désormais à l'usine d'Hamilton en Ontario pendant que Rose, à Saint-Pierre-Jolys, s'occupait des enfants et tenait la maison avec Lucille qu'elle retrouva avec une joie immense. Son amie, en venant la rejoindre, mit fin à sa carrière d'institutrice.

— C'est de ta faute, Rose. Tu te souviens de nos rêves de jeunes filles ? Toi, tu étais persuadée que ta vie n'était pas à l'hôpital. Tu as voulu t'engager. Moi, en revanche, j'étais certaine de ma vocation d'institutrice. Mais l'expérience et la guerre ont mis à mal mes ambitions. Je m'ennuyais ferme dans ma classe de petite paroisse à Bruxelles. Peut-être que je n'étais finalement pas faite pour ce métier. Alors quand Juliette, qui me cherchait sans t'avoir mise au courant de ce qu'elle ourdissait, a retrouvé ma trace, elle, je n'ai pas hésité une seconde.

— Tu es sûre de ne pas le regretter ?

— C'est toi qui me dis ça ? Toi qui as tout quitté sur un coup de tête ? Tu as la mémoire courte, mon amie. Ce qui a renforcé ma décision, c'est quand j'ai lu que le gouvernement fédéral incitait les institutrices à mettre à profit leurs journées de repos pour travailler dans les fermes afin de combler le manque d'hommes partis au front. J'y ai vu là une manière d'apporter mon tribut à l'effort de guerre. Ce conflit va changer le pays profondément, ma chère Rose, en permettant aux femmes de s'émanciper. Je veux faire partie de ce combat, avec toi et Juliette.

La venue de Lucille apporta du soleil dans la maison. Sa bonne humeur constante, ses facéties espiègles avec les garçons permirent de compenser l'absence de Juliette. Les garçons l'adoraient, Rose retrouvait un peu de l'insouciance de ses années d'étudiante en dépit des circonstances tragiques, et Louise se nourrissait de cette embellie pour soigner ses maux. Rose repensait parfois à Robert. La rancune avait fait place à l'acceptation. Désormais elle avait Marie-Soleil pour illuminer sa vie, son bébé dont les traits lui rappelaient tellement son papa.

Et puis, il y eut ce matin, dans le courant du mois de mai, qui vint bouleverser la routine de leur vie. Lucille vaquait au jardin, Louise somnolait dans la berceuse près de la cheminée à côté de la petite, couchée dans son berceau. Un moment de répit qui donnait la possibilité à Rose de peaufiner la rédaction d'un article sur le rôle des femmes pendant la guerre. L'idée lui était venue, après la conférence de Jane Aitken, qu'elle pourrait être journaliste. Elle aimait écrire, pressentait confusément que l'époque affranchissait les femmes, leur permettait des avancées qui leur étaient jusque-là refusées. Jamais *La Liberté* n'aurait accepté de publier ses articles, mais un magazine anglophone comme *Mayfair*, auquel collaborait Jane Aitken, pourquoi pas ? Elle tenterait sa chance elle aussi.

Des coups forts frappés à la porte la perturbèrent dans son travail. Inquiète, elle ouvrit. L'homme sur le pas de la porte retira son chapeau en s'inclinant.

— Bonjour, Rose.

— Andrew !

Rose s'effaça pour le laisser entrer. Elle lui demanda, gênée, comment il l'avait retrouvée, et songea aussitôt que sa question était absurde.

— Saint-Pierre-Jolys n'est pas Winnipeg, ma chère. Ça n'a pas été très compliqué.

Embarrassée, Rose ne savait plus que dire. Les pleurs de Marie-Soleil tombèrent à point nommé. Elle la prit dans ses bras pour la calmer, et la petite se rendormit en suçotant son doigt.

— Elle est aussi jolie que sa maman, cette enfant.

Dans un geste de coquetterie, Rose se passa la main dans les cheveux en déplorant de se présenter à lui dans une tenue peu à son avantage. Et songea avec amertume que le dernier homme à lui avoir fait des compliments était Robert, presque un an plus tôt. Depuis son retour, elle avait troqué robes et jupes pour les pantalons qu'elle trouvait beaucoup plus confortables pour travailler dehors. C'est Juliette qui les avait taillés dans les pantalons de Marius et de Tobie pour en confectionner à ses mesures. Elle appliquait ainsi les consignes fédérales de récupération des vieux vêtements. Nombre de femmes, à la campagne, avaient adopté cette nouvelle habitude vestimentaire et le catalogue Eaton en proposait même à la vente.

Rose rougit violemment au compliment d'Andrew et pesta intérieurement de montrer ses émotions. Elle devait admettre qu'elle n'était pas insensible à son charme un peu dandy et à son élégance innée que le petit chandail beige sur le pantalon de flanelle grise à la coupe impeccable mettait parfaitement en lumière. Son regard posé sur elle pendant qu'elle faisait chauffer l'eau pour lui offrir le thé ajouta à sa nervosité.

— Vous êtes courageuse, Rose. J'ai infiniment d'admiration pour vous.

— Pourquoi donc ? Je ne suis quand même pas la seule femme à élever ses enfants.

— Oui, mais vous êtes peut-être une des rares à avoir choisi d'assumer seule cette tâche.

Rose sursauta. Comment pouvait-il être au courant ?

— La paroisse est petite. Tout se sait.

Elle se rembrunit, contrariée que la nouvelle se soit répandue aussi vite.

— Ne le prenez pas mal, chère Rose. Je ne voudrais pas vous avoir blessée.

Le silence s'était instauré, Rose tapotait nerveusement sa tasse. Andrew lui-même semblait tout aussi fébrile, nouant et dénouant ses longs doigts fins.

— Je vous dois des explications. Ça n'est pas très facile,

je me sens nerveux comme un jeune homme à son premier rendez-vous.

Elle haussa un sourcil.

— Comment dire... Rose... Vous m'avez plu dès notre première rencontre. Ça ne s'explique pas. Vous vous souvenez quand vous m'avez bousculé sur le pont Provencher ?

— Je rectifie, c'est vous qui m'avez heurtée.

Il sourit.

— Si vous voulez. Mais là n'est pas la question. Je vous ai revue après, et ma première impression s'est confirmée. Et puis il y a eu la rencontre fortuite récente, à la conférence de Jane Aitken. Et là, je n'ai plus eu de doutes.

— Oui ? Et alors ?

— Vous ne m'aidez pas, Rose. Soyez indulgente.

— Pardonnez-moi, Andrew. Je suis maladroite. Mais c'est que je ne vois pas bien où vous voulez en venir.

Elle eut peur de l'avoir froissé. Il jouait maladroitement avec les bords en feutre de son chapeau, les yeux baissés pour ne pas croiser son regard.

— Vous savez, il ne faut pas m'en vouloir. Je suis veuf depuis tant d'années... Comment dire ?... Me retrouver devant vous, qui êtes si lumineuse, encore plus épanouie depuis que vous êtes maman... Vous êtes si... tellement...

Il s'empêtrait, embarrassé par le regard insistant de Rose.

— Depuis que je vous connais, j'ai l'impression d'avoir rajeuni de dix ans mais je me rends bien compte que cela me rend aussi très nigaud.

Elle sourit avec indulgence, lui y puisa l'audace de bafouiller :

— Ça ne s'explique pas... c'est irrationnel...

Et planta son regard dans le sien :

— J'ai des sentiments pour vous, Rose.

Elle ouvrit de grands yeux ronds. Plus rien ne pouvait l'arrêter, il débita d'une traite :

— Je crois bien que je vous aime. Je ne savais pas comment vous le dire, voilà ! C'est fait et je dois vous sembler bien ridicule.

Elle éclata de rire. D'un rire nerveux. Puis se calma et soutint son regard :

— Voyons, Andrew, nous nous sommes vus… je cherche… trois fois, je crois. Comment pouvez-vous déjà affirmer que vous avez des sentiments pour moi ?

Elle fronça les sourcils et chercha ses mots pour ne pas le blesser :

— Soyons sérieux, j'ai vingt et un ans. Sans vouloir vous blesser, il me semble que… que… que vous pourriez être mon père.

— Vous croyez vraiment que cette pensée ne m'est pas venue à l'esprit ? Mais je vous l'ai dit, je ne peux expliquer mes sentiments. Ma démarche n'est pas facile, je l'ai répétée des tas de fois dans ma tête.

— Je reformule mes propos, vous plaisantez, n'est-ce pas ?

— Rose, réfléchissez bien. Vous ne pouvez pas rester seule avec un enfant. Les gens ont peut-être autre chose à penser en ces temps de guerre plutôt que de vous faire des reproches, il n'empêche que votre situation n'est pas enviable.

— Je ne vois pas ce qui vous laisse croire cela, et je me fiche bien de ce que pensent les autres. Lucille et moi nous en sortons très bien.

— Je n'en doute pas. Je connais votre tempérament.

Andrew se triturait les mains en cherchant ses mots.

— Vous ne m'aidez toujours pas. Alors tant pis, je me lance… Rose, voulez-vous m'épouser ?

La surprise la fit suffoquer.

— N'avez-vous pas ressenti quelque chose, vous aussi, lors de notre dernière rencontre ?

— Je vous trouve bien prétentieux de le supposer.

Il n'avait pas tout à fait tort. C'est vrai qu'elle n'avait pas été insensible à son charme, ainsi qu'à son esprit brillant. Mais de là à l'épouser !

— Je vais vous laisser réfléchir à ma demande. Pesez bien le pour et le contre, Rose. En plus de mes sentiments sincères, je vous offre une sécurité financière et l'assurance de prendre soin de votre petite fille comme si c'était la mienne…

Rose s'était levée et lui tournait le dos, le visage en feu, tous ses sens en ébullition.

— Je sais que je vais vite, mais tout s'accélère aussi dans ce monde. Il y a cette fichue guerre qui sépare tellement de familles. Il nous faut unir nos forces, ne plus perdre de temps. Certainement n'avez-vous pas encore d'amour pour moi, mais il me suffira d'un peu d'affection pour que je sois heureux. Et pour ma part je saurai vous entourer de toute la tendresse qui me brûle le cœur depuis des semaines.

— Je ne peux pas…

Elle avait crié son refus. Il la rejoignit. Le contact de sa main sur la sienne la troubla, autant que ses yeux brillants fixés sur elle.

— Ne répondez pas tout de suite, je vous en conjure. Dimanche prochain, si vous le voulez bien, je reviendrai et nous irons dîner au bord de la rivière. Vous n'aurez à vous occuper de rien, j'apporterai tout le nécessaire.

— Non… C'est trop tôt…

— Vous avez raison ! Alors le dimanche d'après !

Elle aurait dû refuser, elle s'en convainquit une fois qu'elle eut refermé la porte derrière lui après avoir accepté son invitation, mais elle était incapable de tout raisonnement sensé.

Lucille rit de bon cœur avec son amie lorsqu'elle apprit les raisons de la visite de l'homme si élégant croisé dans la cour. Et le sujet fut clos. Mais le souvenir de cette étrange conversation perturba le sommeil de Rose. Elle n'avait pas voulu se l'avouer, mais la demande en mariage d'Andrew, pour être totalement saugrenue, n'en était pas moins séduisante et lui redonnait une estime perdue depuis sa rupture avec Robert.

Des cernes ombraient ses yeux lorsqu'elle entra dans la chambre de sa mère au matin. Elle la leva comme à son habitude pour lui faire sa toilette. Louise progressait de jour en jour, des améliorations lentes mais visibles, aussi bien pour la parole, même si une moitié de son visage conservait une forme de paralysie, que pour ses déplacements puisqu'elle retrouvait progressivement l'usage de ses jambes grâce à l'aide de tous. Noël n'était pas le dernier à vouloir aider sa maman et se sentait investi d'une mission vitale.

— J'ai… en…tendu…

— Quoi, maman ?

— Cet… homme…

Rose comprit à son air soucieux qu'elle avait dû entendre la conversation de la veille avec Andrew.

— Ne t'inquiète pas, maman, je reste avec toi. Jamais je ne t'abandonnerai.

Louise serra sa main si fort que ses ongles s'enfoncèrent dans sa peau.

— Ne… fff…ais… pas… de b…êtises…

— Mais non, voyons. Que vas-tu chercher là !

La remarque de sa mère la troublait tout autant que l'invitation d'Andrew. Elle tâcha de chasser cette préoccupation dans les jours qui suivirent en s'échinant au travail. Les fermes du village s'étaient vidées de la plupart des hommes. Pour la survie du pays, il fallait pourtant qu'elles continuent de tourner, aussi un réseau d'entraide de femmes s'était mis en place. Les beaux jours étant revenus, elles reprenaient les tâches des champs habituellement dévolues à leurs maris, gardaient les enfants de celles qui étaient parties travailler dans les usines du Québec ou de l'Ontario. Lucille et Rose participaient à ce combat féminin.

Rose soumit une idée à son amie. Il fallait fédérer toutes les énergies, recueillir les initiatives des unes et des autres, libérer les désarrois de chacune d'entre elles par la parole et par des activités communes qui permettraient de conserver le moral. Pourquoi ne pas les réunir pour des veillées ? Lucille applaudit à cette initiative. Elles battirent sans attendre la campagne et le village et réussirent à rallier un grand nombre de femmes. Une première veillée eut lieu dès le samedi suivant, dans la grande pièce servant habituellement de restaurant. La maison bruissait à nouveau avec les femmes et les enfants qui s'entassèrent le soir venu autour de la table familiale. Toutes avaient tenu à apporter gâteaux, tartes à la confiture, crêpes ou gaufres. La soirée fut chaleureuse. Elles s'écoutèrent avec bienveillance, se racontèrent les dernières nouvelles de leurs maris au front, évoquèrent leurs difficultés pour faire vivre les fermes tout en s'occupant des enfants, se réconfortèrent mutuellement. Parler les libérait, elles s'apercevaient finalement que les solutions n'étaient pas forcément bien loin. Certaines tricotaient, cousaient. Lucille retrouva ses instincts de maîtresse et donna beaucoup de son temps aux enfants. La maison se fit l'écho des chansons et des danses rythmées par les semelles claquées sur le parquet. À la deuxième réunion, le samedi d'après, elles entraînèrent avec elle un vieux joueur d'accordéon plein d'ardeur. L'idée de Rose chemina, l'enthousiasme des participantes fit des émules. Les femmes récalcitrantes à la première réunion se joignirent au groupe après avoir entendu vanter les bienfaits de la rencontre. Ces moments-là redonnaient à chacune l'opiniâtreté, la force d'âme et la force physique pour continuer leur chemin en l'absence des maris et des frères.

Ce deuxième samedi, Rose n'avait pu oublier que le lendemain elle devait revoir Andrew. À Lucille et Louise, elle avait certifié que ce ne serait qu'un pique-nique amical, qu'il était hors de question qu'elle souscrive à sa demande.

— Je serai ferme, je vous rassure. Cet homme n'est pas fait pour moi.

Le lendemain, il était ponctuel au rendez-vous. Et sa tenue décontractée n'enlevait rien à son élégance. Rose avait respecté son souhait de ne rien préparer, surtout pour se rassurer elle-même et se convaincre qu'elle n'attachait aucune importance à cette rencontre.

Ils rejoignirent à pied le bord de la rivière aux Rats. La nervosité d'Andrew transparaissait dans chacun de ses gestes trop rapides. Il étala la couverture au bord de l'eau, ouvrit le panier pour en sortir différentes victuailles. Assis côte à côte, leurs regards se portaient vers l'horizon bleuté sans qu'aucun des deux ne sache comment rompre le malaise latent. Rose en prit l'initiative et lui raconta avec passion les veillées. Andrew la félicita pour son engagement.

— Mais je ne suis qu'un petit maillon de cette chaîne. Sans Lucille et toutes les femmes qui nous suivent, rien ne pourrait avancer.

— Il n'empêche que vous êtes un sacré petit bout de femme.

Elle esquissa un léger sourire de satisfaction. Puis ils savourèrent les mets et parlèrent de choses et d'autres. Rose n'avait pas ressenti un tel apaisement depuis longtemps et finit par en oublier le but de cette rencontre.

Ce fut ce moment qu'il choisit pour lui présenter une enveloppe.

— Ne l'ouvrez pas tout de suite. Vous trouverez mon adresse… si vous souhaitiez me répondre…

En remontant jusqu'à la maison, l'enveloppe brûlait la main de Rose, partagée entre la hâte et l'appréhension de découvrir son contenu. Elle patienta jusqu'au soir pour se retrouver seule dans sa chambre. De l'enveloppe parfumée, elle déplia un papier parchemin ; une bague surmontée d'une pierre blanche brillante tomba sur ses genoux. Subjuguée par l'élégance de l'écriture, elle caressa du doigt les lettres, longues et déliées, finement griffées à l'encre sur le papier.

Ma très chère Rose,
Ne m'en veuillez pas trop de faire preuve de tant d'impatience. Connaissez-vous l'écrivain russe Anton Tchekhov ? Il a écrit dans La Mouette *cette phrase que je fais mienne, parce qu'elle sert mes désirs : « L'amour sans aucun espoir ça n'existe pas, jamais, que dans les romans. Ce qu'il faut, c'est ne pas faire de l'attente de l'amour le but de votre vie, attendre éternellement qu'il arrive. »*

Vous l'aurez compris, Rose, je suis un incorrigible rêveur qui garde l'espérance que vous voudrez bien lui offrir ne serait-ce qu'une petite étincelle de votre cœur. Je pourrais vous paraître présomptueux, je préfère me définir comme un optimiste.

Maintenant que j'ai trouvé l'amour de ma vie, je ne veux plus compter les jours dans une attente stérile. Je vous offre mon cœur, Rose. Cela fait jeune premier, mais que voulez-vous, à votre contact, je me sens rajeunir. Je vous aime très sincèrement, alors que j'avais banni ce mot depuis la mort de ma femme. Vous avez réveillé en moi des sentiments que je pensais perdus définitivement. Je ne prétends pas oublier ma chère épouse, mais votre jeunesse, votre esprit passionné et toute la sincérité que je devine derrière votre caractère impétueux me galvanisent et me donnent envie de faire un long chemin de vie avec vous. Bien sûr que j'ai conscience de notre différence d'âge. J'ai le double du vôtre, ne croyez pas que je n'en conçoive aucun tracas. Mais qu'est-ce à côté de tout l'amour que je vous offre ?

Malgré l'impatience dont je fais preuve, je vous fais le serment de ne pas brusquer vos sentiments, mais de vous offrir toute ma tendresse. Je n'aurai désormais plus qu'un but, vous rendre heureuse et prendre soin de vos proches. Je n'ai hélas plus de famille, mes parents ne sont plus de ce monde. J'aurais pourtant tellement aimé vous les présenter, je suis certain que vous leur auriez fait une grande impression.

Rose, je fais fi de tout ce qui peut nous séparer, j'ai envie de me libérer des convenances, du qu'en-dira-t-on, de retrouver une seconde jeunesse en vivant pleinement et heureux avec vous à mes côtés.

Je vous le demande très humblement. Très chère Rose, voulez-vous devenir ma femme ?

Andrew

Rose posa la lettre sur l'édredon, bouleversée. Jamais elle n'avait reçu une lettre aussi enflammée. Elle se rengorgea à l'idée d'avoir su séduire, bien malgré elle, un homme si intelligent. Ce n'était pas son diplôme d'infirmière qu'elle avait peu mis en pratique qui pouvait la rendre aussi brillante qu'Andrew. Que pouvait-il donc lui trouver ? Elle essaya d'imaginer comment était sa femme. Très belle, elle n'en doutait pas. Sûrement très grande, fine, racée… et spirituelle. Alors qu'elle-même ne pouvait pas prétendre avoir une immense culture. Et pourtant, il persévérait dans sa requête. C'était quand même étrange.

Elle eut une pensée amère pour Robert. Elle l'imaginait en cet instant, avec Mathilda. Lui aussi devait être papa maintenant. Cette idée lui fit mal. Pouvait-elle, alors qu'il s'était envolé dans les bras d'une autre, continuer à laisser filer son propre bonheur ? Sa petite fille de trois mois ne demandait qu'à connaître une vie de famille. Était-ce si grave d'épouser un homme pour lequel elle ressentait juste une attirance irrationnelle, alors qu'elle n'avait toujours pas réussi à faire le deuil de son amour pour Robert ? Après tout, Andrew avait raison, cela pouvait venir avec le temps. Et il était pourvu d'arguments très séduisants. Plus elle y réfléchissait, plus l'idée faisait son chemin dans son esprit.

Elle regretta, en ces moments décisifs, l'absence de Juliette et de Tobie. Le Métis ne se permettait jamais de juger mais avait su, en de nombreuses occasions, la mener sur la bonne voie grâce à ses conseils avisés appris de ses ancêtres amérindiens, la forçant à puiser la sagesse en elle-même par des réflexions intérieures intenses. Le bon sens lui conseillait d'en parler à Louise, mais lui soufflait aussi que ce n'était peut-être pas le moment de contrarier sa mère qui se relevait tout doucement. Restait Lucille, son amie dont elle avait déjà pu apprécier la clairvoyance.

— Tu es folle, Rose ! Tu te souviens de nos discussions dans nos chambres d'étudiantes ? Un jour, tu m'as dit que jamais tu ne te marierais avec un homme que tu n'aimerais pas. Et que t'apprêtes-tu à faire ?

Et voilà ! Elle appuyait là où ça faisait mal. Et en plus, elle n'avait pas la mémoire courte.

— Pffft ! J'étais une gamine, je ne connaissais rien de la vie ! Il y a la guerre… les mensonges de Robert… la mort de Marius… Maman qui est malade, même si elle va beaucoup mieux… Je n'ai pas le choix. Et qui te dit que je ne l'aime pas ?

— Je te connais suffisamment, je ne suis pas aveugle pour ne pas voir que tu n'as toujours pas oublié ton Robert. Ne me dis pas que tu veux te sacrifier ? Je ne te connaissais pas autant de générosité.

Les larmes montèrent aux yeux de Rose. Lucille était décidément très perspicace.

— Ce n'est plus mon Robert, hélas, et d'ailleurs il ne l'a jamais été. Et Andrew est un excellent parti que beaucoup m'envieraient.

Lucille se rendit compte qu'elle était allée trop loin.

— Pardonne-moi. Je suis trop impulsive, tu me connais. Nous sommes pareilles toutes les deux. Je ne veux vraiment que ton bonheur, tu sais.

Elle se força à sourire :

— Et puis que vais-je devenir si tu te maries ?… N'empêche, ton Andrew possède peut-être l'élégance de Gary Cooper, mais aussi son âge avancé…

Mais pourquoi fallait-il qu'on lui rappelle toujours son âge ! Elle écourta la discussion, irritée. Il ne restait plus que Louise. Son pilier, celle sur qui elle pouvait s'appuyer, trouver à la fois réconfort et réponse à ses questions. Seule une mère pouvait aider sa fille. Elle devait arrêter de se comporter comme une gamine impulsive et solliciter celle qui avait toujours été là, dans les moments heureux comme difficiles. Elle l'aborda quelques jours plus tard, par une matinée ensoleillée, de celles qui font passer aux oubliettes l'hiver et ravivent l'espérance des beaux jours. Louise tricotait une robe pour Marie-Soleil, assise sur le banc de chêne que Marius avait confectionné quelques années plus tôt. Face au levant, il offrait une vue reposante sur le potager humide de rosée matinale, bordé à l'arrière d'une rangée touffue d'épinettes, de saules et de peupliers. Rose prit place à côté de sa mère. Silencieuse, elle portait son regard admiratif sur les ailes cuivrées et piquetées de taches blanches d'un mormon qui voletait au-dessus des petites baies bleuâtres pendues aux branches d'un amélanchier.

Louise devina que sa fille était tourmentée.

— Dis-moi, ma Rosinette, ce qui t'occasionne autant de rides sur ton joli front.

— Maman ! Il m'a demandée en mariage !

Louise se figea et lâcha ses aiguilles à tricoter.

— Ne me dis pas que c'est Andrew ?

Rose haussa les épaules :

— Qui veux-tu que ce soit ?

Et s'en voulut aussitôt de son insolence.

— Oh, pardonne-moi, ma petite maman. Je n'ai pas le droit d'être méchante avec toi.

Louise effaça ses excuses d'un geste las.

— Que lui as-tu répondu ?

— Mais rien justement, c'est pour ça que je suis là. Que ferais-tu à ma place ?

— Tu te rends compte que cet homme a l'âge d'être ton père ?

Rose refréna son agacement. Elle ne supportait plus que ses proches mettent en avant ce prétexte et, pire, plus on le lui balançait à la figure, plus elle avait envie de passer outre et n'en faire qu'à sa tête. Elle fit un effort pour se calmer. Elle était venue voir sa mère pour quémander ses conseils, il fallait qu'elle accepte ses arguments même les plus contrariants. Et maintenant, elle avait envie de lui prouver que cette demande en mariage n'avait rien de farfelu.

— Tu ne penses pas, maman, qu'il faut prévoir l'avenir de Marie-Soleil ? Cet homme n'a pas de mauvaises intentions, il ne demande qu'à se comporter en père aimant et attentionné auprès de ma petite fille… tout comme a pu le faire Marius à une époque.

Louise se rembrunit. Rose lui caressa la joue et posa sa tête sur son épaule.

— Je ne suis pas ben fine, je sais, ma petite maman. Mais ce que je veux te prouver, c'est qu'à une époque de ta vie tu as été heureuse de pouvoir compter sur un homme fort et aimant pour assurer mon éducation.

— Mais je l'aimais ! C'était l'homme de ma vie.

— Et alors ! Qui te dit que je n'aime pas Andrew ?

Les deux femmes se murèrent quelques instants dans le silence, l'une et l'autre perdues dans leurs pensées contradictoires. Rose reprit de l'assurance :

— Ton amour, tu l'as construit avec le temps. Souviens-toi qu'à une époque tu hésitais entre deux hommes, avant de choisir Marius. J'ai aimé Robert, mais ce fut tellement court... N'était-ce pas plutôt une passion de jeunesse, éphémère, comme j'ai pu en avoir dans le passé ?

— Une passion qui t'a offert ta petite Marie-Soleil, ce n'est pas rien.

— Je sais... je sais... Mais il n'empêche que maintenant son père a épousé une autre femme, à qui il a aussi fait un enfant. Nous ne pouvons pas nous le partager, je ne vais pas passer ma vie à voleter comme ce papillon...

— Hum... oui... tu as sûrement raison. Mais enfin, Andrew...

— Mais enfin quoi, Andrew ? Il est tout ce qui pouvait m'arriver de mieux dans la vie. Il est beau, intelligent, cultivé, attentionné, aimant...

— C'est bon, c'est bon ! N'en rajoute pas, j'ai compris.

— Alors tu vois bien que je dois accepter sa demande en mariage.

— Pourquoi alors es-tu venue me demander mon avis si tu as déjà pris ta décision ?

Le 6 juillet 1943, Rose épousait Andrew. Il n'y eut pas de cérémonie religieuse. C'était inconcevable. Et Andrew étant de confession protestante contrairement à Rose, catholique, ce fut une simple formalité administrative qui officialisa leur union. Ensuite, ils se réunirent à Saint-Pierre-Jolys pour un repas de noce frugal, en raison des rationnements alimentaires. Juliette revint de l'Ontario, sa mission enfin terminée, juste pour apprendre la nouvelle et assister à cette union qu'elle réprouva fermement dans un premier temps.

— Tu n'arrêteras donc jamais de faire des bêtises ! Quand vas-tu grandir dans ta tête ?

Rose lui expliqua qu'au contraire elle n'avait jamais autant réfléchi.

— Maman m'a comprise ! Pourquoi ne veux-tu pas admettre que j'ai eu raison d'épouser Andrew ?

— Je ne vois pas pourquoi je penserais bêtement comme tout le monde ! Tu ne m'enlèveras pas de l'esprit que ce mariage est trop précipité. Andrew a beaucoup d'arguments à son avantage, mais ça ne fait pas tout. Tu ne t'es pas préparée à une vie d'épouse avec lui. J'espère vraiment que tu ne le regretteras pas, mais tu es bien trop bourrique pour l'avouer.

Non, elle ne le regrettait pas. Elle était même heureuse, soulagée, et montra des signes de tendresse envers son mari qui, lui, rayonnait d'un bonheur évident.

Mais quand arriva le moment d'intimité qu'elle redoutait, lorsque Andrew vint la rejoindre dans sa chambre, elle perdit toute son assurance, se raidit sous ses premières caresses. Ses lèvres cherchaient les siennes, quêtaient un baiser ; le parfum pénétrant de sa crème de rasage imprégnait tous ses pores. Au visage d'Andrew se substitua de manière fugace celui de Robert. Son époux était trop fin pour ne pas avoir deviné ses réticences.

Elle resta blottie contre lui et simula rapidement l'endormissement. À son souffle plus lourd, elle comprit plus tard que lui avait trouvé le sommeil. Elle dégagea son bras, se retourna et la solitude de la nuit lui renvoya l'invraisemblance de la situation. Désormais, elle était mariée à Andrew Pikes. Jamais elle ne l'avouerait à ses proches, mais durant toutes ces heures, elle ne fit que se remémorer les jours passés à Cap-aux-Meules avec celui qu'elle ne parvenait pas à oublier, malgré tous ses efforts. Robert, son Bob à Bill comme elle continuait à l'appeler. Juliette avait raison, ne venait-elle pas de commettre la plus grosse bêtise de sa vie ?

Les semaines qui suivirent dissipèrent son malaise. Même s'ils s'étaient heurtés dès le lendemain de la noce, quand Andrew lui demanda de venir vivre avec lui à Winnipeg.

— Il n'en est pas question ! Je ne quitterai pas notre maison tant que Tobie, le mari de Juliette, ne sera pas rentré au pays. Alors, il sera temps d'en reparler.

Andrew n'eut pas gain de cause. Il respecta son choix, conscient que la précipitation n'arrangerait pas leur relation. De plus, ses journées étaient très occupées entre ses heures à l'université où il continuait à donner des cours et celles qu'il effectuait en tant qu'officier réserviste au sein de la Queen's Own Cameron Highlanders. Si lui se chagrinait de ne pas pouvoir rentrer chaque fin de semaine, elle s'en accommodait très bien, occultant le jour où elle serait bien obligée de le suivre pour vivre une vraie vie de couple. Très prévenant, Andrew n'était pourtant pas avare d'attentions pour tous. Il commença par faire installer le téléphone dans la maison, une vraie révolution, qui lui permettait surtout de pallier l'éloignement avec sa femme en l'appelant le plus souvent possible. Il rapportait de Winnipeg des vêtements, des chaussures, des crèmes de beauté, et des livres ! Des tas de livres qu'elle n'aurait jamais pu découvrir sans lui, empruntés à la bibliothèque de l'université. Il lui ouvrit l'esprit par des lectures nouvelles, l'initia à la poésie et aux pièces de théâtre anciennes. Les autres membres de la famille se rallièrent à sa gentillesse sincère, Louise enfouit ses réticences sur l'âge de celui qui était devenu son gendre et, sans l'exprimer publiquement, elle s'enorgueillissait de savoir sa fille mariée avec un homme pourvu de tant de qualités.

Le temps fit son œuvre. Et la tendresse d'Andrew aussi. Rose ne voulait pas l'avouer, mais son corps était en manque. Elle accepta ses caresses, au départ en se persuadant qu'elle ne faisait qu'accomplir son devoir. Longtemps, elle avait été convaincue qu'il n'était pas possible d'avoir du plaisir avec un homme qu'on n'aimait pas. Il n'en était rien. Andrew se révéla un amant fabuleux qui savait exacerber son désir. En revanche, elle avait été ferme avec lui :

— Je ne veux pas d'autre enfant.

Elle en venait parfois à s'interroger sur ses sentiments. Peut-être allait-elle finir par l'aimer vraiment profondément. Après tout, que savait-elle de l'amour ?

19

Le conflit mondial n'en finissait pas, ne laissant pas présager une sortie imminente. En septembre de cette année 1943, les troupes canadiennes envahirent l'Italie continentale avec les forces alliées. Juliette reçut un courrier de Tobie, qui avait été fait prisonnier en France avec d'autres compagnons de son régiment et se trouvait dans un camp à Compiègne.

Ma chère et courageuse petite femme,
… Je pense très fort à toi et Aimé, vous ne me quittez jamais. Surtout, ne vous inquiétez pas, nous sommes bien traités. Ma Juliette chérie, peux-tu, dans ta prochaine lettre, glisser une photo de toi et de mon petit garçon qui doit avoir bien grandi ? Pourrais-tu aussi me dire où se trouve Marius ? J'espère que Louise a reçu des nouvelles, car je n'en ai plus depuis que nos régiments ont pris des voies séparées.
Votre mari et papa qui vous aime tendrement…

Tobie avait beau vouloir les rassurer, Juliette prit peur mais réprima ses angoisses devant Aimé, effondré après la lecture de la lettre.

— Il ne va pas revenir, papa. Il va mourir comme tonton Marius.

Juliette le secoua par les épaules et le tança sévèrement, les yeux brillants de fureur :

— Je ne veux jamais t'entendre dire que ton père ne reviendra pas, tu m'entends ? Il reviendra, je le sais, un point c'est tout ! Quand, à quel moment, c'est une autre histoire. Garde l'espoir, ne cesse jamais de croire à son retour, c'est ce qui nous aidera à tenir.

Les yeux de l'enfant se voilèrent. Juliette se radoucit.

— Fais-moi confiance. Est-ce que je t'ai déjà menti ? Est-ce que je t'ai fait des promesses jamais tenues ? Non ! Alors, je t'en fais le serment devant tous, ton papa chéri, mon Tobie que j'aime plus que tout au monde, reviendra parmi nous une fois cette satanée guerre terminée. Maintenant, le sujet est clos. Allez, souriez, bon sang ! C'est quoi ces têtes d'enterrement que vous me faites tous ?

Dans les jours qui suivirent, Rose, Juliette et Lucille décidèrent unanimement de s'engager bénévolement à la Croix-Rouge ainsi qu'à l'organisme féminin de Saint-Boniface, l'œuvre de guerre des Français des Prairies qui venait d'être renommé l'œuvre de secours à la France. Elles participèrent ainsi à l'élaboration de colis à destination des soldats prisonniers en France occupée et des civils. Vêtements, tricots de laine, chaussettes ainsi que paniers de nourriture. Le consulat de France apportait tout son soutien à cet organisme pour que les colis parviennent bien auprès des bénéficiaires. Tobie était dans toutes leurs pensées. Un premier paquet lui fut envoyé. Juliette y plaça un gros pain de viande rond, percé en son milieu pour y mettre en toute sécurité une bouteille d'eau gazeuse ; elle ajouta une tuque tricotée avec de la laine de récupération d'un vieux gilet et un pyjama ; des lames de rasoir et du savon. Aimé et Noël prirent sur leurs économies pour acheter du tabac canadien et une pipe.

Rose, après ses journées de travail, se consacrait à l'écriture d'articles. Elle avait tenté d'en envoyer un au journal *La Liberté et le Patriote*, appelé ainsi depuis la fusion en 1941 de *La Liberté*, du *Patriote* et du *Patriote de l'Ouest*, journal de Saskatchewan. Comme elle s'y attendait, ce fut une lettre morte. Alors elle renouvela ses tentatives auprès de *Mayfair* ainsi que des revues francophones québécoises, *Samedi* et *La Revue populaire*. Écrire la stimulait, un bienfait prolongé grâce à la lecture des livres rapportés par Andrew. Elle dormait peu mais s'en accommodait, parce qu'elle se laissait emporter par les personnages du premier tome des *Hommes de bonne volonté* de Jules Romains. Andrew avait promis de lui prêter les volumes suivants dès qu'elle l'aurait terminé. Rose n'aurait pu dire si elle avait trouvé une forme de bonheur, mais elle n'était pas malheureuse non plus, ce qui mettait un terme aux doutes exprimés par Juliette et Louise. Elle s'épanouissait dans son rôle de maman avec la petite Marie-Soleil, une félicité pour tous et particulièrement pour Louise qui trouvait grâce à elle les forces nécessaires pour reprendre goût à la vie sans Marius.

Souvent, sa mère relisait les lettres de son mari, elle s'en repaissait pour essayer de panser ses peines. À aucun moment elle ne montra son chagrin devant Rose et Juliette, pour ne pas rajouter à l'angoisse de cette dernière, effrayée par l'internement de Tobie dans le camp de Compiègne.

Et chacun appréciait la présence, même irrégulière, d'Andrew, parce que cela faisait du bien d'avoir un homme à la maison. L'harmonie était revenue, bien utile pour affronter l'hiver et les difficultés liées aux rationnements de toutes sortes. Le bois était remisé, mais combien de temps encore durerait-il ? Parfois, quand elle voyait Lucille les traits tirés par la fatigue accumulée, Rose s'en voulait d'être celle à cause de qui son amie avait mis fin à ses ambitions.

— Ton métier d'institutrice ne te manque vraiment pas ?

— Bien sûr que non ! Je suis tellement bien avec vous tous. Et puis, les veillées du samedi me redonnent l'occasion d'exercer un petit peu le métier auprès des enfants qui accompagnent leur maman. Mais dis-moi, envisagerais-tu de te débarrasser de moi ?

— Ça ne va pas, bourrique ! C'est juste qu'il serait temps que les hommes rentrent au pays pour que tu te trouves un mari et que tu te reposes un peu sur lui.

— Je peux toujours trouver un vieux, j'en connais qui l'ont fait.

— Je n'aime pas quand tu es sarcastique.

205

Il n'y avait jamais de méchanceté dans leurs échanges, leur attachement réciproque prévenait toutes sources de conflit.

— Justement, en parlant d'homme, regarde, Rose. Nous avons de la visite.

Un individu traversait maladroitement la cour en direction de la maison, ses pieds chaussés de sabots de bois s'enfonçant dans la neige. Son chapeau noir empêchait de distinguer son visage. Il manqua de s'affaler, pour le plus grand amusement des deux jeunes femmes.

— Certainement un journalier. Mais nous n'en avons pas besoin. Je te laisse aller voir ce qu'il veut.

Rose avait déboutonné sa chemise pour donner le sein à Marie-Soleil. Dehors, la conversation entre l'inconnu et Lucille s'éternisait. Elle attendit que la petite ait fini de téter pour refermer son corsage et partit la coucher dans son berceau. Quand elle retourna dans la cuisine, Lucille était rentrée avec l'homme qui se tenait debout à ses côtés, tête baissée. Louise sortit de sa chambre à cet instant, toute fragile dans sa robe noire de deuil, appuyée sur une canne pour assurer sa marche hésitante. Elle n'avait que trente-sept ans mais la maladie l'avait vieillie prématurément. Quelques fils blancs parcouraient maintenant sa belle chevelure brune nouée en chignon ; des rides avaient creusé leurs sillons dans son visage fatigué, ses yeux ne souriaient que rarement. Elle prit place dans la berceuse et remonta la couverture sur ses genoux.

Rose étudia cet homme de petite taille, plutôt trapu, en se disant que ses traits ne lui étaient pas inconnus, tout comme son étrange tenue. Ses sabots de bois peu adaptés à l'hiver canadien dégoulinaient de neige. Sous son manteau, il portait une vareuse noire avec un petit fichu à carreaux rouges et blancs au cou, et arborait un drôle de chapeau noir qui semblait sorti d'un autre temps. Lucille souriait bizarrement. L'inconnu se tourna vers Louise, s'avança vers elle en levant son chapeau. Alors subitement elle comprit qui il était, ses yeux s'écarquillèrent sous l'effet de la surprise, son visage pour la première fois depuis longtemps s'illumina. Elle venait de le reconnaître. Gustave ! Son grand frère de Vendée les avait enfin rejoints au Canada, et il guettait sa réaction, étourdi de retrouver sa petite sœur dans cet état.

Rose reconnut à son tour ce tonton qu'elle avait vu juste deux fois dans sa vie, la dernière étant en 1935, près de dix ans auparavant. Autant dire qu'elle avait fini par l'oublier. Gustave réalisait enfin son rêve. Il avait laissé son frère s'occuper de la ferme des marais et de sa vieille mère. Lui s'était enfui, pour ne pas avoir à participer au Service du travail obligatoire en Allemagne.

L'arrivée de Gustave apporta une bouffée d'air dans la maison et une présence masculine au quotidien bien opportune. Il contribua au rétablissement de Louise, dont la joie de retrouver son frère faisait plaisir à voir. Noël et Aimé l'adoptèrent immédiatement, fascinés et sous le charme de ce vieux garçon qui se comportait avec eux comme un père et qu'ils appelaient « tonton Gustave ». Juliette se moquait gentiment de ses manières rustres, campagnardes, sans qu'il en prenne ombrage. Lucille l'observait avec de grands yeux rêveurs qui le mettaient mal à l'aise. Pour elle, il représentait une curiosité pittoresque.

— Tu te rends compte, il vient de France !

— Et alors ? Louise et Juliette sont françaises, moi aussi j'ai du sang français. Voyons, Lucille, ressaisis-toi ! Il n'y a rien d'étrange à cela.

Rose lui faisait la morale, amusée de son trouble.

— Manquerait plus que tu tombes amoureuse de mon oncle !

— Ça ne va pas !

Andrew rejoignit l'avis de tous pour trouver sympathique l'oncle de son épouse. Pourtant celui-ci avait tiqué en lui serrant les mains et l'avait scruté avec le regard du paysan qui évalue celui qu'il a en face de lui. La différence d'âge avec sa nièce lui sauta aux yeux, mais il eut l'intelligence de n'en faire aucune allusion à Rose qui lui en sut gré.

L'ambiance se ressentit de l'arrivée du tonton français, tous voulaient y voir le bon augure d'un avenir meilleur. Le point d'orgue de cet hiver 1943 fut Noël qui, pour la première fois depuis bien longtemps, les réunit après la messe de minuit pour savourer une soupe de pois, suivie d'un pudding de pain nappé d'un jus coulant à la cassonade, pour compenser le rationnement du sucre blanc. Gustave et Louise entamèrent des chants vendéens de leur enfance et entraînèrent le reste des convives à danser avec eux. Rose n'avait pas vu sa mère avec des yeux aussi lumineux depuis longtemps. Andrew les gâta en leur offrant un magnifique poste de TSF en bakélite brune et rouge pour remplacer l'ancien qui fonctionnait mal.

Elles se passionnèrent pour le feuilleton radiophonique *Un homme et son péché* diffusé quotidiennement le soir, la seule émission en français qu'elles parvenaient à capter, émise depuis Watrous en Saskatchewan, tous les autres programmes essentiellement en anglais l'étant depuis les États-Unis. Hélas, elles loupèrent bien des épisodes des aventures désopilantes de l'avaricieux Séraphin Poudrier et de Donalda, sa douce et pieuse épouse, au village de Sainte-Adèle des Laurentides à la fin du dix-neuvième siècle, la programmation en français sur l'onde de Watrous demeurant très aléatoire et minimale, malgré les promesses de bilinguisme faites lors de la création de Radio-Canada, la Canadian Broadcasting Corporation, en 1936.

En tout cas, le comportement suce-la-cenne[1] du personnage devint un sujet de plaisanterie entre eux. Quand Gustave, retrouvant son tempérament maraîchin d'homme prévoyant et regardant, leur préconisait des mesures d'économie, elles le raillaient d'un lapidaire : « Fais pas ton Séraphin », qui coupait court à toute contestation de l'intéressé.

---

1. « Radin ».

Le printemps de l'année 1944 amena à Rose une nouvelle excitante. Un de ses articles allait être publié dans le magazine *Mayfair*. Elle était heureuse que la rédaction ait retenu ce texte dans lequel elle avait mis tout son cœur. Elle y racontait le quotidien des femmes dans les villages francophones du Manitoba, montrait comment les mères, les sœurs, les épouses comblaient l'absence, l'éloignement des hommes, et pourquoi certaines exprimaient la volonté de s'émanciper de l'archaïsme familial et culturel au travers des nouveaux emplois qui leur étaient proposés dans les usines. Elle avait terminé son article en posant la question qui la taraudait : Est-ce que la société canadienne, est-ce que les hommes lorsqu'ils rentreront de la guerre, seront prêts à reconsidérer l'avenir et supporter que leurs femmes continuent à travailler hors de la maison ? Cette question la préoccupait, car elle-même n'envisageait pas d'être femme au foyer. Elle voulait reprendre le travail. Elle ne savait pas encore lequel, mais en tout cas pas celui d'infirmière pour lequel elle avait totalement abandonné ses illusions de jeunesse. Depuis quelque temps, elle se prenait à rêver d'être embauchée comme journaliste, mais ne s'en était confiée à personne par crainte que ses proches cassent ses espérances. Elle supposait qu'on se serait moqué de ses ambitions ridicules. « Encore une de tes idées loufoques, aurait dit Louise. Remets un peu les pieds sur terre. » Elle s'en ouvrit auprès de Juliette qui l'encouragea à croire en elle. Depuis son retour de l'Ontario, sa marraine n'était plus la même. Le travail en usine n'avait pas été réjouissant, tant s'en faut, mais il lui avait montré qu'elle existait par elle-même, qu'elle pouvait participer à un projet national et en recueillir un salaire qui lui permettait de mettre les siens à l'abri pendant un temps. Elle avait découvert l'esprit d'équipe, la motivation de femmes réunies dans un objectif commun.

Des semaines que Rose s'activait pour cet article. Pour cela, elle frappa à toutes les portes de Saint-Pierre-Jolys et prit le train jusqu'à La Rochelle puis Saint-Malo, deux paroisses plus au sud. Tel un vaillant petit soldat, elle continua son périple dans les paroisses de l'ancien chemin historique Dawson, à Sainte-Anne, La Broquerie, Lorette, Richer. Pas une maison, pas une ferme, pas un magasin n'échappèrent à sa croisade, elle sut à chaque fois trouver les mots justes pour venir à bout des réticences. L'accueil ne fut pas toujours chaleureux. Certaines femmes voyaient d'un mauvais œil son cheminement, jugeant extravagant de vouloir réformer la société franco-manitobaine qui n'avait pas besoin d'une jeunette inexpérimentée et pas vraiment exemplaire pour leur faire la morale ; une fille mère mariée à un homme ayant deux fois son âge n'avait pas de leçons à donner. D'autres, beaucoup, discrètement ou ouvertement, se réjouirent de son culot, reconnaissant qu'elles n'auraient pas osé le faire elles-mêmes. Alors elles l'encouragèrent à publier ses écrits, parce qu'elles aussi espéraient que l'après-guerre verrait revenir au foyer leurs hommes mais leur permettrait avant tout d'affirmer leur personnalité.

Que ses écrits, pour lesquels elle s'était tant battue, soient publiés dans un magazine aussi prestigieux la rendit folle de joie, elle le cria sur tous les toits. La directrice de rédaction avait conclu son courrier en lui disant qu'elle envisageait de parler d'elle dans sa prochaine émission en français diffusée sur les ondes québécoises. Elle en éprouva une immense fierté et le sentiment d'avoir enfin trouvé sa voie. Avec la conviction que les mots avaient une puissance et pouvaient peut-être faire changer les mentalités.

Andrew ne la découragea pas, mais il n'approuva pas non plus. Il ne comprenait pas vraiment à quoi elle voulait en venir.

— Réfléchis un peu ! Ce n'est pas parce que la situation conflictuelle dans le monde a favorisé l'émergence du travail des femmes dans les usines qu'il faut tout de suite penser que c'est un acquis. Les soldats reviendront au pays après la guerre, ils seront heureux de retrouver leurs emplois, chacun retournera à sa place et le monde se remettra à tourner comme il l'a toujours fait.

Rose s'emporta.

— Je suis vraiment surprise que tu réagisses de la sorte, toi qui ne cesses de me vanter les philosophes français du siècle des Lumières, opposés à l'obscurantisme et fervents défenseurs de la connaissance. Tu te trompes, et en plus tu es aveugle ! Le monde a changé et, crois-moi, la société va être obligée de lui emboîter le pas. Je ne sais pas si j'aurai la chance de le connaître, mais je ferai tout pour que ma petite Marie-Soleil vive dans un monde où elle aura la place qu'elle mérite, la possibilité de travailler ailleurs qu'au sein du foyer et ainsi de s'ouvrir à d'autres formes de culture.

Andrew temporisait toujours car il n'aimait pas quand elle s'emportait.

— Je te souhaite d'avoir raison, ma chérie. Tu fais bien de me remettre à ma place, je ne suis qu'un vieux conservateur.

Et Rose, un brin perfide, d'enfoncer le clou :

— Il vaut mieux avoir de l'audace que se satisfaire de sentiments pusillanimes.

Elle campait sur ses positions, blâmait ce qu'elle prenait pour de la morgue virile, et lui tournait le dos dans le lit pour lui montrer sa désapprobation. Le lendemain, c'était oublié car elle n'avait pas la rancune tenace.

Juin 1944. Ils étaient collés contre le poste TSF pour écouter la nouvelle, propagée depuis les ondes américaines. Un débarquement-surprise avait eu lieu au début du mois sur les plages de Normandie. *La Liberté et le Patriote* s'en fit l'écho au cours du mois de juin : *Les Américains qui ont envahi la plage – et ceux qui sont encore en vie – ont déclaré que c'était un enfer. Les vingt-quatre premières heures, a rapporté un des premiers blessés, furent un véritable cauchemar de cadavres déchiquetés, de mines faisant explosion, de barges voyant le fond, de saleté, de sang et de mort.* Est-ce que cela présageait une victoire définitive sur les Allemands ? L'espoir revenait. Pourtant, le journal publiait dans cette même colonne un article à propos du manque de main-d'œuvre très sérieux au Canada. L'effort de guerre se poursuivait donc. *Il faudra augmenter le nombre de femmes mariées et d'écoliers dans les usines*, avait déclaré Arthur McNamara, directeur du Service sélectif national à Toronto. Juliette évoqua à nouveau l'idée de repartir travailler à l'usine.

— Je pourrais amener Aimé avec moi. Il est en âge, puisque les usines recrutent aussi des écoliers.

— Ce n'est pas le moment de nous séparer. Nous devons tous rester unis, décréta Rose, mettant fin à la discussion, en contradiction totale avec les arguments de liberté des femmes qu'elle avançait auprès d'Andrew.

Mais elle craignait, égoïstement, que l'équilibre fragile instauré ces derniers mois soit rompu. Les semaines passèrent, entre espoir et lassitude.

Un jour, Andrew rapporta le magazine *Mayfair*.

— Un de mes collègues de Montréal m'a écrit pour me dire qu'il avait entendu parler de ton article à la radio. Je suis tellement fier de toi, ma petite femme chérie. Jamais je n'ai douté de ton talent, même si par moments j'ai pu te laisser penser que je n'approuvais pas certains de tes écrits. J'avais tort, je l'admets.

Rose fut touchée de sa reconnaissance et de sa prise de conscience. Que son intellectuel de mari concède qu'il croyait en son talent mettait du baume sur ses propres moments de doute. Dans un élan irrépressible de tendresse, elle se jeta avec fougue dans ses bras.

— Oh, merci, Andrew.

— Rose, ta présence est le plus beau des cadeaux. Je t'aime, ne l'oublie jamais, ma chérie.

Elle n'avait jamais eu le courage de le lui dire, mais elle aussi avait vu ses sentiments se transformer à l'égard de son mari. Elle n'aurait su définir cet amour, mélange de tendresse et d'affection, mais plus le temps passait, plus elle appréciait leurs moments d'intimité, en venant même à s'attrister quand il repartait pour Winnipeg et à attendre avec impatience son retour. Mais Andrew était suffisamment sensible pour avoir remarqué le changement de comportement chez son épouse et s'en réjouir, prenant garde

212

de ne pas faire montre d'un triomphe prématuré afin de ne pas rompre cet état de grâce si fragile. Quand elle s'abandonnait au sommeil, après avoir fait l'amour, sa tête sur son torse, qu'alors il sentait son souffle apaisé, sa respiration légère, une tendresse incommensurable gonflait son cœur et il se prenait à rêver d'un avenir proche où ils pourraient vivre tous les deux, seuls sous le même toit.

Le 25 août, ce fut la liesse générale. « Paris est libéré », pouvait-on lire et entendre partout. Cette fois-ci, l'espoir s'installait encore plus fortement dans les esprits. Nouvelle suivie d'une autre aussi réjouissante quand, le 1er septembre, l'armée canadienne s'empara de Dieppe, théâtre de sa défaite à l'été 1942. Une annonce qui renforça l'amertume de Louise. Marius avait perdu la vie lors de cette bataille, il ne connaîtrait pas cette revanche. Et pourtant, elle allait beaucoup mieux, entourée par l'amour des siens. Le retour de son frère avait grandement contribué à la remettre sur pied, son état de santé s'améliorait de jour en jour, déjouant les pronostics pessimistes du docteur. Elle se devait d'être forte, pensait-elle lorsque le chagrin l'envahissait, pour ne pas ajouter de charge supplémentaire à sa fille et à Juliette.

20

— Rose, tu es demandée au téléphone.

Lucille lui passa le combiné.

— Je vais finir de faire manger la petite, ne t'inquiète pas.

Rose avait cru que c'était Andrew mais une voix féminine hachée lui parvint au bout du fil.

— Allô, Rose, c'est toi ?

Elle acquiesça en fronçant les sourcils.

— Oui, c'est bien moi, je vous écoute.

— Je suis tellement contente de t'entendre.

— Mais qui êtes-vous ?

Il y eut un long silence au bout du fil. Rose s'impatienta :

— Dépêchez-vous, je n'ai pas que ça à faire. Ma fille m'attend.

— Votre fille !

À l'instant même un frisson d'effroi parcourut le corps de Rose, elle s'effondra sur la chaise contre le mur.

— Tu es sûre que ça va ?

Elle rassura Lucille d'un geste et reprit l'écouteur.

— Bonjour, Zélia.

Lucille marqua à son tour la stupéfaction, la cuillère portée à la bouche de Marie-Soleil en suspens.

— Qu'est-ce qui vous amène, Zélia ?

— Je… je… je te cherchais depuis longtemps.

— Ah !

— Il faut que je te dise, mon fils est malheureux. Il n'a pas compris, et moi non plus…

Rose l'interrompit :

— Comment ça ?

Des grésillements entrecoupaient ses mots.

— Il est… Il est…

Bip ! Bip !

— Zélia ! Zélia ! Vous êtes là ?

La ligne était coupée.

— J'ai bien entendu ? C'était Zélia… la mère de…

Rose ne la laissa pas finir et approuva du regard.

— Tu peux t'occuper de Marie-Soleil ? J'ai besoin de prendre l'air.

Elle marchait à vive allure le long du sentier Saint-Paul menant à la rivière aux Rats. L'automne parait les sous-bois de splendides couleurs cuivrées aux reflets dorés et argentés. Le vent entraînait dans une valse lente les feuilles jaunies des trembles, les pas de Rose bruissaient sur le tapis feuillu, épais et humide. Le temps faisant son œuvre, elle s'était apaisée. Ressentiment, colère, ces mots-là ne faisaient plus partie de son vocabulaire. Son cœur ne battait plus pour Robert, ses sentiments avaient mué. C'est Andrew qu'elle aimait, même si elle n'avait pas encore eu le courage de le lui avouer. La pudeur l'en empêchait. Quand elle repensait à Robert, c'était juste par reconnaissance pour le merveilleux cadeau qu'il lui avait fait. Merci, Bob à Bill ! songeait-elle, en couvant du regard Marie-Soleil. Et voilà qu'un appel téléphonique fichait en l'air toutes ses certitudes. Les propos confus de Zélia la troublaient. Il n'avait pas compris, avait-elle dit, mais que n'avait-il pas compris ? C'est elle qui aurait dû lui faire des reproches ! Elle traversa le bois jusqu'au bord de la rivière, et se tapit au pied d'un peuplier, en proie à une vive angoisse. Un vol migratoire de petites oies des neiges stria d'un large V le grand ciel bleu à peine troublé de nuées blanches. *Whouk !* *Whouk !* Tobie l'avait initiée, très jeune, à reconnaître leur plumage et leur cri.

— Regarde, ma ptchite Rose, celles qui sont à l'arrière, ce sont des bébés oies d'à peine deux mois. On les distingue à leur plumage gris foncé et leur bec noir. En devenant adultes, les plumages blanchissent, le bout des ailes reste noir et le bec rosit. Certaines ont juste la tête blanche et le plumage tout bleuâtre. Tu distingues aussi la forme de leur bec ? La nature est bien faite, elle a tout prévu. C'est pour qu'elles puissent mieux piquer les racines de plantes marécageuses qui les nourrissent. Et le rictus sur leur bec dentelé, c'est parce qu'elles te sourient. Entends-les ! Elles t'appellent avec leur *whouk whouk* nasillard. Fais-leur ton plus beau sourire, toi aussi, réponds-leur, ça leur fera plaisir.

— *Whouk ! Whouk !*

Les lèvres de Rose s'élargirent dans un grand sourire pendant qu'elle les saluait en imitant leur cri. À cet instant, elle désirait plus que tout suivre leur envolée sauvage, sans aucune entrave, libre comme l'air de migrer dans des contrées chaudes et accueillantes et revenir ensuite, plus forte de ces mois passés loin de sa maison. Dès qu'elles se furent éloignées, elle retrouva son attitude prostrée. Oh ! Tobie ! Je suis triste. Marius s'est envolé comme les oies vers d'autres horizons. Toi, tu es quelque part en France, tu ne peux plus guérir mon âme avec tes saines vérités héritées de tes ancêtres métis… et Robert… Robert…

Elle se retourna, alertée par des bruits de pas.

— Ma Rosinette, comme tu m'as fait peur.

Louise s'approchait de son pas lent et hésitant, soutenue par Juliette. Rose se releva et s'effondra dans les bras de sa mère.

— Pardonne-moi, ma petite maman. Je ne sais pas, je ne sais plus. Aide-moi à y voir clair.

La marche avait fatigué Louise. Pleine de prévenance, Rose étala son manteau sur l'herbe pour que sa mère puisse s'asseoir et resserra son écharpe autour de son cou.

— Tu vas prendre froid.

Toutes les trois observaient en silence les bulles à la surface de l'eau.

— Que se passe-t-il, Rosinette ?

— J'ai peur d'avoir fait une bêtise, tu ne veux pas m'envoyer dans la geôle à Saint-Claude ? J'ai besoin de passer une nuit en prison pour me mettre les idées au clair.

Elle tentait de dédramatiser la situation par cette plaisanterie familière mais n'avait pas vraiment le cœur à sourire.

— Tu ne mérites peut-être pas cette punition ? Si tu nous racontais, nous pourrions sûrement t'aider.

Elle ne savait par quoi commencer, comment leur expliquer que Zélia avait ravivé une blessure profonde supposée guérie. Que toutes ses certitudes s'effondraient. Elle se lança, comme on jette une bouteille à la mer, exprima ses doutes.

— Je ne sais plus où j'en suis. Lorsque j'étais à Cap-aux-Meules, j'étais tellement convaincue d'avoir des sentiments amoureux pour Robert, tout me paraissait si simple. Mais je n'avais connu personne avant lui, que savais-je de l'amour ? Je me demande si je n'ai pas magnifié cette relation. Puis il y a eu cette tromperie avec Mathilda. Ensuite, avec Andrew, j'ai trouvé une sécurité, un confort, un homme admirable, fort, sur qui m'appuyer, un père pour Marie-Soleil. Il m'aime sincèrement, je me sens prête à lui rendre ce qu'il attend de moi depuis si longtemps et à créer avec lui une famille. Et lui donner l'enfant qu'il attend. Parce que… enfin, comment vous dire ?… Ce sont des choses pas faciles à exprimer…

— Eh bien, vas-y, tu en as trop dit et pas assez.

— Je ne saurais pas… C'est trop intime… mais Andrew sait me rendre heureuse.

Louise posa un regard empli de douceur sur sa fille.

— Tu sais, je ne suis pas aveugle, je le vois bien que tu es heureuse. Tu as retrouvé le sourire, ton humeur s'en ressent et toute la famille en bénéficie. N'est-ce pas, Juliette, que notre Rose a bien meilleur caractère ? Je ne veux que ton bonheur, ma Rosinette, et il me semble bien que tu l'as trouvé avec Andrew.

Rose gardait un visage fermé.

Juliette reprit à son tour :

— Regarde-nous, Rose, qu'est-ce qui ne va pas ? Il s'est passé quelque chose que tu ne nous as pas dit ?

— Zélia ! La mère de Robert m'a téléphoné ce matin. Notre conversation a été coupée, mais elle avait l'air si surprise. J'ai eu l'impression qu'elle avait des choses à me dire.

Louise marqua son étonnement. Juliette réfléchissait.

— Je comprends ton état d'esprit. Comment pourrais-je t'aider, moi qui n'ai connu qu'un seul amour, Tobie, et qui le restera à jamais ?

Louise surenchérit :

— Il en est de même pour moi et Marius. Dès que je l'ai vu, j'ai su que c'était lui l'homme de ma vie. Il suffisait qu'il me parle, que sa main touche la mienne, qu'il m'effleure les joues pour que des papillons pirouettent dans mon cœur. C'était une évidence. Mais ensuite, j'ai eu des doutes moi aussi, je me suis crue amoureuse d'un autre homme. Tu te souviens de Pierre, le journaliste du *Devoir* ?

— Bien sûr ! Pierre…

— Je m'étais amourachée de lui, je me suis laissé prendre à ses belles paroles, jusqu'à ce que je comprenne enfin que je faisais fausse route, qu'il n'y en avait qu'un, Marius.

Louise soupira et passa la main sur sa poitrine.

— Il est là, toujours, en moi. Il le restera toujours.

— Vous ne m'aidez vraiment pas, toutes les deux.

— Tu dois comprendre, ma fille, que la vérité est en nous. Tout au long de ta vie, tu seras confrontée à des dilemmes qui te paraîtront aussi insurmontables que des montagnes. Il te faudra faire des choix. Ce que nous te disons là, ce sont nos propres expériences, à Juliette et à moi. Ne doute jamais de tes sentiments, aie confiance en toi.

— Et cesse de foncer tête baissée sans réfléchir, nom de nom !

Juliette avait tellement raison. Elle agissait toujours sous le coup de l'impulsivité, réfléchissait une fois que le mal était fait.

— Tu es mariée, maintenant. Si je n'avais qu'un seul conseil à te donner, ce serait de considérer tout ce qu'Andrew t'a apporté. Il t'a aidée à grandir, il a fait de toi cette femme épanouie que tu es aujourd'hui. Ne va pas tout gâcher sur un coup de tête.

Sa mère n'avait pas besoin de le lui rappeler sur ce ton sentencieux. Elle ne le savait que trop, le piège s'était refermé sur elle. Louise poursuivit :

— Tu as un mari admirable, paré de bien des qualités, que beaucoup de femmes t'envieraient. J'ai beaucoup de respect pour lui.

Juliette ajouta à voix basse, comme pour elle-même :

— Mais est-ce que cela nécessite de gâcher sa vie ?

— Réfléchis bien. Ne va pas gaspiller le bonheur que tu as peut-être entre les mains sans en avoir conscience.

Toutes ces réflexions n'aidaient pas Rose.

— Si je t'ai bien suivie, maman, je me trouve face à deux chemins. À moi de trouver la bonne voie.

— C'est exactement ça. Mais il faut que tu saches une chose, ma petite fille. Je te chéris trop pour te faire des reproches, quelle que soit la décision que tu prendras. Les temps ont changé, j'ai mûri moi aussi. Oui, oui, ne souris pas, il n'y a pas d'âge pour cela. Ma maladie m'a ouvert les yeux. J'ai cru mourir, mais j'ai pensé à Marius, là-haut, qui n'aurait certainement pas voulu que je vous abandonne.

Des tremblements altérèrent la voix de Louise.

— Je ne te l'ai jamais dit, mais tu sais, le moment où tu as posé Marie-Soleil sur ma poitrine, alors que j'étais encore dans un état de semi-conscience, fut pour moi un déclic. Sa peau, toute chaude, venait réchauffer mon âme en perdition dans un au-delà nébuleux. J'ai toujours pensé que c'était Marius qui l'avait voulu ainsi. Cette naissance venait combler le trou béant laissé par sa disparition.

Rose prit sur elle pour contenir ses larmes, émue des confidences de sa mère. Louise venait de lui ouvrir son cœur.

— Je veux que tu sois heureuse et épanouie, et que tu rendes ce bonheur à ma petite-fille.

— Moi aussi, je veux la même chose, ma chère filleule

qui nous cause bien des soucis alors que nous n'avons vraiment pas besoin de ça en ce moment !

— Ah çà ! J'ai toujours dit qu'elle ne tenait pas de moi ce caractère fougueux. Et pourtant je suis bien sa mère, j'ai assez souffert pour la mettre au monde !

— Maman !

Elles éclatèrent de rire. Puis Rose redevint pensive.

— C'est clair ! À vous écouter, je sais ce qui me reste à faire.

— Ah oui ?

— Il me faut crever l'abcès avec Robert. Je ne l'ai jamais revu depuis ce coup de fil tragique qui a changé le cours de ma vie. Je me moque qu'il ait fait la sienne avec Mathilda, mais je veux savoir pourquoi, parce que c'est ça qui me ronge depuis tout ce temps. D'être restée sur ma faim, de ne pas avoir eu d'explications.

— Eh bien voilà, tu tiens un petit bout du fil. À toi de commencer à le dérouler pour ensuite retricoter ton destin, celui que tu te seras choisi en toute conscience.

— Oui, et là je pourrai enfin être l'épouse qu'Andrew attend.

— Tu ne pourrais pas plus me combler, ma fille. Et puis enfin, je n'ose même pas imaginer que tu puisses… voyons… quitter Andrew. Ça ne se fait pas… Tu imagines ce que diraient les gens ?

— Holà ! Je t'arrête ! tonna Juliette. Ce que pensent les autres, Rose comme moi, nous nous en fichons comme de notre première chemise. Ce n'est pas le moment de lui farcir le cerveau avec tes remarques d'un autre âge. C'était bien la peine de lui dire, il y a à peine une minute, que tu ne lui ferais aucun reproche ! Je te reconnais bien là, avec tes manières de bonne sœur.

Rose soupira.

— Mais comment faire pour retrouver sa trace ? Je ne sais même pas où il est.

— Et Zélia, ma bourrique de fille, tu en fais quoi ?

— Oh ! maman, si je ne t'avais pas…
— Tu ne serais pas là !

Andrew nota tout de suite le changement de comportement de Rose quand il revint deux semaines plus tard.
— Tu me caches quelque chose.
— Mais non, que vas-tu chercher là ? C'est juste que je suis très fatiguée.

Elle s'en voulait de lui mentir, mais ne se sentait pas capable de lui avouer son tourment, par crainte de le blesser. Elle attendit qu'il fût reparti, entre-temps elle avait longuement mûri ses réflexions. Sa main tremblait quand elle décrocha le téléphone, et par deux fois elle reposa le combiné en se disant qu'elle commettait une bêtise. Enfin elle se décida et composa le numéro du central téléphonique de Cap-aux-Meules.
— À qui voulez-vous parler ?

Gertrude, la standardiste, braillait de sa voix rocailleuse.
— Pourriez-vous me connecter avec Zélia O'Neil, s'il vous plaît ?

Rose avait fouillé longtemps dans sa mémoire avant de retrouver le nom de famille de Robert. Il lui était revenu le souvenir que son père, Bill, était un immigré irlandais.
— J'annonce qui ?
— C'est personnel !

Rose l'entendit clairement grogner. Elle avait légèrement faussé sa voix pour être certaine que la bonne femme ne la reconnaisse pas.
— Comme vous voudrez.

Elle entendit trois longs coups, suivis de cinq plus brefs. Elle comprit que d'autres personnes se greffaient sur la ligne, qu'elles allaient les écouter, et que ça bavasserait, une fois de plus.
— C'est bon, vous êtes connectée. Vous pouvez parler !

Quelques grésillements précédèrent une voix reconnaissable entre toutes :
— Allô, Zélia O'Neil, je vous écoute.

Rose prit une profonde inspiration et se jeta à l'eau :

— C'est moi…

— Qui ça, moi ?

— Rose…

— Rose… Oh ! Rose ! Enfin ! Je suis si contente de t'entendre. Nous avons été interrompues la dernière fois.

— Zélia…

— Oui ? Qu'est-ce qui t'amène ?

— Eh bien… voilà… je me disais, depuis votre dernier appel, que… j'aurais bien aimé avoir des nouvelles de Robert. Vous savez ce qu'il est devenu ?

Bien sûr qu'elle le savait, étant donné que c'était sa mère. Elle se sentit mortifiée d'avoir posé une question aussi stupide.

— Il a beaucoup souffert de ne plus avoir de tes nouvelles. Il s'est engagé et il est sur le front italien. J'ai reçu il n'y a pas longtemps des nouvelles. Je me fais beaucoup de souci. C'est pour ça que j'ai voulu te parler l'autre jour.

Une seule question lui brûlait les lèvres, qu'elle n'osait formuler, de peur d'entendre une réponse qui lui ferait mal.

— Et… Mathilda ?

— Mathilda ? Ça fait bien longtemps que je ne l'ai pas vue.

— Ah, elle n'est plus sur l'île ?

— Tu m'as appelée pour me parler de la Thilda ?

— Euh, non… c'est juste que…

— Après ce qui s'est passé, il valait mieux pour tout le monde qu'elle parte loin se faire oublier.

Rose ferma les yeux. Elle avait peur de la suite.

— Ah bon ?

Entraînée dans les confidences, Zélia n'avait plus envie de s'arrêter.

— Oui, tu comprends, elle avait menti. Ce n'était plus possible.

— Ah ?…

— Elle a menti à mon Robert…

Rose eut l'impression que le sol s'ouvrait sous ses pieds.

223

— Tu imagines le scandale. Elle lui a fait croire qu'elle était enceinte de lui.

Rose retint son souffle, le cœur au bord des lèvres.

— Et ce n'était pas vrai ?

— Bien sûr que non ! Mon Robert n'aurait jamais pu faire ça. Il n'aimait qu'une seule femme, et tu es bien placée pour le savoir, non ?

Tout se brouilla dans son esprit.

— Mais je croyais que…

— Tu croyais que quoi ?

— J'ai téléphoné à Gertrude… Elle m'a dit pour le ventre rond de Mathilda, qu'ils allaient se marier…

— Ah, celle-là, elle ferait mieux de s'occuper de ses affaires. Je te dis que la Thilda a simulé une grossesse, donc elle nous a tous bernés en nous faisant accroire que son ventre s'arrondissait par la faute de Robert. Hé, toi, la Gertrude ! Je sais que tu nous écoutes sur la ligne, ma main à couper que c'est toi qu'as bavassé et fait accroire à Rose toutes ces menteries.

— Mais alors, le mariage ?

— Quel mariage ? Gertrude, je vais t'étriper ! Mathilda était une sacrée garce qui nous a bien menés en bateau. Tu avais à peine le dos tourné qu'elle s'est jetée au cou de mon Bobby. Elle l'agaçait comme les goélands affamés les petits poissons, et quand elle l'a pris dans ses filets, il n'a pas su résister. Il a suffi d'une fois pour qu'elle ait son alibi.

— Mais alors ?

— Il a rompu le jour même des fiançailles quand il a appris par des jasettes sur le tchais que la Thilda se moquait de lui.

— Vous voulez dire que Robert n'est pas marié ?

— Bien sûr que non puisque je viens de te dire qu'elle n'était pas enceinte !

Rose sentit les larmes lui venir aux yeux.

— Mais toi, petite ? J'ai cru comprendre l'autre jour que tu avais un bébé ? Il y a donc un papa, un mari ?

Rose ravala ses larmes. La question la prenait de plein fouet sans qu'elle s'y soit préparée.

— Oui, Zélia, il y a un papa...

— Que la vie est mal faite ! Mon fils tenait vraiment à toi. Mais il t'a perdue de vue après cette histoire, et puis il est parti au combat. Tous mes espoirs tombent donc à l'eau ? Je pensais, en te retrouvant, pouvoir le ramener à la maison.

Rose souffla un grand coup. Par la porte, elle entrevit Lucille dans la cour qui s'en revenait vers la maison. Il lui fallait faire vite.

— Moi aussi, Zélia, je tenais à lui. Ma petite fille s'appelle Marie-Soleil.

— C'est un bien joli prénom.

— Oui, c'est une bien jolie petite fille qui aurait pu faire le bonheur de son papa s'il l'avait connue.

— Que veux-tu dire ?

— Zélia... je veux vous faire comprendre que son papa... Eh bien... c'est...

Il y eut un grand blanc.

— Oui ?... Oh non ! Ne me dis pas... ?

Rose ne pouvait plus parler, les larmes coulaient sur ses joues.

— Mais si, Zélia. J'ai cru pendant tout ce temps que Robert était marié à Mathilda et qu'il avait un enfant avec elle. Je viens de comprendre que je me suis trompée. Marie-Soleil est bien sa fille, si vous pouviez la voir vous n'en douteriez même pas.

— Ce n'est pas Dieu possible ! Que la vie est mal faite !

— Pouvez-vous me communiquer l'adresse de Robert ? Je vais lui écrire. Ne lui dites rien de ce que je viens de vous raconter, surtout.

— Je te le promets. Mais alors, cette petite, ça veut dire que je suis sa grand-mère... Mon Dieu... mon Dieu... Quand la verrai-je ?

— Cela se fera, Zélia. Soyez patiente.

Lucille, qui était rentrée, vit tout de suite à sa tête qu'il s'était passé quelque chose. Rose lui relata la conversation avec Zélia sans rien omettre. Son amie en fut sidérée.

— C'est quoi la suite de l'histoire, maintenant ? Tu es mariée !

— Tu n'as pas besoin de me le rappeler. Il me semble juste que Robert doit savoir qu'il a une fille, et pour Marie-Soleil c'est tout autant important. Pour ce qui est de mon mariage, ça ne remet rien en question. Ma vie est avec Andrew.

— C'est très bien. J'espère que tu dis vrai, je ne demande qu'à te croire.

Rose en était persuadée. Cette conversation lui avait ôté un poids, elle avait envie de chanter sa joie. Robert ne l'avait pas trompée ! Certes, il était trop tard pour revenir en arrière, mais au moins elle était certaine d'agir pour le bien de Marie-Soleil en le mettant au courant de sa paternité. Juliette et Louise n'en étaient pas si certaines, malgré leur discussion récente au bord de l'eau. Elles accueillirent la nouvelle avec des sentiments partagés. Toute à son exaltation, Rose n'y prêta pas attention.

Le soir même, elle entama une longue lettre, trop énervée pour trouver le sommeil, pesant chaque mot pour ne pas froisser Robert. Il y avait tant à dire. Comprendrait-il sa démarche ? Au petit matin, elle avait terminé. Elle prit le temps de réfléchir également à son attitude envers Andrew. Elle se devait d'être honnête avec lui.

Elle lui parla dès son retour. Elle n'omit rien de sa conversation avec Zélia ni du courrier envoyé à Robert. Mais prit soin de le rassurer sur ses sentiments.

— C'est uniquement pour Marie-Soleil que je fais ça, car je ne veux pas reproduire ce que j'ai vécu. Ma fille doit connaître son père. Ensuite, tout rentrera dans l'ordre, je t'en fais le serment.

Le soir, dans l'intimité de leur chambre, il lui fit l'amour longuement, avec une sensualité intensifiée. Elle se blottit dans ses bras.

— Je t'aime, mon chéri. N'en doute pas.

Enfin, elle avait osé lui déclarer son amour. Il la serra avec force contre sa poitrine. Oui, pensa-t-elle en fermant les yeux, je t'aime, Andrew, à n'en pas douter. Elle ne vit pas que ses yeux s'étaient voilés de larmes.

Chaque jour, elle guettait le courrier, à chaque fois un peu plus déçue. Les jours passaient, les semaines. Puis les mois sans plus de nouvelles.

Ils avaient cru à la fin de la guerre, mais les combats se poursuivaient sur le front européen. Ils passèrent ce Noël 1944 en priant pour que l'année à venir amène enfin le retour des soldats au pays.

21

Aimé et Noël insistèrent pour courir la guignolée avant le jour de l'an.

— Ce que nous recueillerons sera envoyé à la Croix-Rouge.

Gustave tint à les accompagner, pour découvrir cette tradition inconnue dans sa Vendée natale. Lucille proposa de venir avec eux.

— Laisse-les donc entre eux !

Lucille se conforma de mauvaise grâce à l'injonction de Juliette. L'ambiance n'était pas très joyeuse ces derniers jours. La promenade en traîneau pour aller de maison en maison offrit aux hommes un prétexte pour sortir, ils préféraient subir les bourrasques du blizzard que les humeurs bilieuses des femmes.

— Tu sais ce qu'elles te disent, mes humeurs ! balança aigrement Juliette à Gustave qui tentait de la taquiner pour la dérider.

Ce à quoi l'intéressé répondit par un sourire goguenard entre deux bouffées de pipe.

— Ce que tu peux être lourd, tonton ! Ce n'est pas comme ça que tu trouveras une épouse, renchérit Rose, agacée elle aussi.

— Hum ! T'es ben menioune mais j'suis suffisamment vriotte pour ça.

— Qu'est-ce qu'il vient de dire ? s'enquit Lucille.

— Tu es bien mignonne mais je suis suffisamment vaillant pour trouver tout seul une femme. Tu parles ! Cause correctement, bordel ! aboya Rose avec mauvaise foi. Tu n'es plus en Vendée, il serait temps que tu t'exprimes dans un vrai français. Et que tu te mettes à l'anglais par la même occasion, parce que tu n'auras pas le choix, mon petit gars.

Il prit la fuite avec les deux garçons pour ne pas avoir à répondre.

Le blizzard ne décolérait pas depuis le jour de Noël, attisant la morosité au sein de la maisonnée. Louise s'était enfermée dans une de ses mélancolies taiseuses que Rose redoutait. L'absence de Marius se faisait encore plus sentir lors de ces repas de famille, alors que remontaient les souvenirs heureux des années d'avant-guerre. Elle ne fêterait jamais plus Noël avec son époux, c'était irrémédiable. Comment dès lors trouver la force d'âme de se mêler aux siens sans frustrer leur propre plaisir ?

Andrew était parti pour une mission à Toronto. Il ne rentrerait pas avant deux semaines. Rose aussi était de mauvaise humeur, parce que la boîte aux lettres restait toujours désespérément vide. Elle houspilla Lucille, la seule d'humeur à peu près égale, énervée de l'entendre fredonner sans cesse les mêmes paroles d'une chanson de La Bolduc, une chanteuse québécoise :

Ça va v'nir, pi ça va v'nir, ne nous décourageons pas,
Moi j'ai toujours le cœur gai et j'continue à turluter,

s'égosillant après chaque refrain avec des turlutes, des sortes de yodels repris d'une voix haut perchée.

— Ce que tu peux nous achaler, cesse donc de chanter faux et de turluter de la sorte. Tu excites Marie-Soleil, elle ne peut pas dormir. Je ne vois vraiment pas ce qui peut te rendre aussi gaie !

Lucille se contenta de baisser d'un ton et exaspéra définitivement son amie lorsqu'elle reprit la fin du refrain sans se soucier de ses remarques. Rose claqua la porte de la chambre derrière elle et tenta de se concentrer sur les premières pages du deuxième tome des *Hommes de bonne volonté : Crime de Quinette*. Mais elle n'y parvenait pas, son esprit l'emportait ailleurs. Elle songea à Andrew, si attentionné ces derniers jours, puis à Robert dont le silence l'obsédait. Alors, pour pallier l'ennui et essayer de chasser ses mauvaises pensées, elle ferma les paupières. Plus aucun bruit ne parvenait de la cuisine, Lucille avait dû arrêter de chanter. Le sommeil finit par la gagner.

Les pleurs de Marie-Soleil et le froid la réveillèrent. Dans la cuisine, le poêle s'était éteint. Elle pesta car elle allait devoir le ranimer. Des voix masculines au-dehors se firent entendre, les hommes devaient être de retour après avoir couru leur guignolée. Elle supposa que le froid les avait mis en appétit et songea qu'il allait falloir réchauffer la soupe de citrouille avant qu'ils la réclament.

Lucille, dans la pénombre de la cuisine, faisait la lecture du journal à Louise et ne leva même pas la tête à son entrée. Juliette était certainement dans sa chambre. Rose sortit sa fille de son berceau et calma ses pleurs.

— Je sais, mon petit moineau. Tu as faim, maman va te donner le sein.

Noël et Aimé entrèrent en même temps, tapant leurs bottes sur le ciment, suivis de près par Gustave. Rose les admonesta.

— Fais donc chauffer la soupe au lieu de rouspéter. Nous avons trouvé au village un miséreux et lui avons offert l'hospitalité.

Son frère s'écarta pour laisser la place à l'individu. Rose s'attendrit. Ils avaient bien fait de leur ramener cet inconnu. C'était une règle de la maison, avoir toujours un couvert disponible pour les gens de passage. Elle n'avait pas oublié la misère des années 1930, côtoyée au quotidien dans les rues de Winnipeg, et en avait conservé une forte aptitude à la compassion vis-à-vis de tous ceux qui souffraient. Aimé et Noël tenaient chacun une main du miséreux et le poussèrent plus avant dans la cuisine. L'homme ne devait pas avoir mangé depuis longtemps, sa maigreur cadavérique faisait peine à voir. Le pauvre doit être gelé, songea-t-elle devant ses vêtements mouillés. Paralysé par le froid, il dansait d'un pied sur l'autre, les bras ballants contre son grand corps courbé en avant.

— Allez lui chercher des chaussons, au lieu de rester plantés là comme des bécasseaux sur leurs échasses, gronda Rose.

Au lieu de s'exécuter, Aimé et Noël ne firent pas un geste, ce qui finit de l'exaspérer. L'individu leva son visage mangé par une barbe épaisse et des cheveux longs dégoulinants. Elle lui prit la main pour le guider au milieu de la pièce et ressentit les battements sporadiques de son pouls. Pendant qu'il se déchaussait, elle attrapa la serviette tiède enroulée sur la barre du poêle et s'approcha de lui. Taciturne, il la laissa lui frotter énergiquement la barbe. Juliette entra à cet instant.

— Eh bien ! Que se passe-t-il ?

— Les garçons ont ramené ce misérable, nous ne pouvons pas le laisser dehors par ce temps. J'allais mettre la soupe à chauffer, occupe-t'en. Et toi, Lucille, va me chercher les chaussons d'Andrew, ils devraient faire l'affaire.

Lucille s'exécuta. Louise ouvrit les paupières et les observa à son tour en silence. Rose remonta la serviette jusqu'à la chevelure qui pendouillait pitoyablement. Elle écarta doucement quelques mèches devant les yeux de l'homme qui respirait fort. Il la fixait intensément, son regard semblait l'implorer. Elle eut du mal à le soutenir, tourna légèrement la tête, gênée. Un sentiment bizarre s'empara d'elle quand elle s'aperçut qu'il retenait sa respiration. Elle se sentit toute petite en relevant les yeux vers lui, ses pupilles noires, insondables, restaient vrillées à elle.

— Oui, je suis comme une petite fille devant ce grand échalas, se dit-elle pour calmer son embarras en commençant à lui sécher les cheveux.

Elle s'arrêta net, parce que Louise avait crié.

— Qu'y a-t-il, maman ?

Le regard halluciné de sa mère lui fit peur. Juliette s'approcha, lentement. Ses yeux à elle aussi étaient étranges, fixés sur l'inconnu. Bizarrement, Rose reformula en pensée sa dernière phrase : « Je suis comme une petite fille. »

Sa main qui tenait la serviette en l'air se figea. Ses yeux s'agrandirent, l'homme esquissa un pâle sourire. Elle croisa à nouveau son regard et se sentit flageoler.

Louise vint la soutenir. Juliette prit la main de l'homme dans la sienne, la serra intensément. Sa voix tremblante se perdit dans un souffle.

— Tobie…

En cette fin d'année 1944, c'était bien Tobie qui était revenu au pays, libéré durant l'été du camp de Compiègne. Les deux années de privation, enfermé derrière des grilles, l'avaient amaigri et changé au point que ses proches ne l'avaient pas reconnu tout de suite.

— Je le savais… je le savais… j'ai toujours su que tu reviendrais, mon amour.

Tobie, exténué, dormit tout le premier jour. À l'aube du deuxième, il rejoignit la famille, qui le pressa de questions. C'était trop tôt, il n'avait pas envie de s'exprimer.

— Laissez-moi le temps…

Alors ils respectèrent son désir de silence, conscients qu'il avait dû vivre des horreurs. Il y alla, par petites touches, au fil des semaines. Une confession par-ci, une autre par-là. Le *Frontstalag*, le camp allemand. Le manque de nourriture, les colis volés, la déportation de certains prisonniers vers d'autres camps. Lui y avait échappé. Un miracle.

Aimé ne quittait plus ce père qu'il n'avait d'abord pas reconnu. Il l'avait trouvé aux abords du village, lors de la guignolée. Son apparence avait fait croire à Gustave et Noël que c'était un mendiant. Mais quand l'homme s'était approché d'Aimé, implorant, pour le serrer dans ses bras, quand il avait enflé sa voix brisée dans un élan désespéré et l'avait appelé « mon fils », alors la réalité s'était fait jour.

Juliette levait vers son mari des yeux emplis d'amour. Il était enfin revenu, elle l'avait toujours su.

— Tu vois, Aimé ! Tu devrais plus souvent croire ce que te dit ta mère.

L'année 1945 commençait enfin sous de meilleurs auspices. *La Liberté et le Patriote*, dans son numéro du 5 janvier, saluait comme la presse européenne la réussite diplomatique du général de Gaulle avec la signature du pacte franco-soviétique, afin d'éliminer la menace allemande.

La vie reprenait presque un cours normal. Après l'arrivée de Gustave, le retour de Tobie signait le regain ressenti par tous. Il avait bien fallu lui apprendre la mort de Marius. Effondré, il se mura à nouveau dans le silence. La guerre lui avait pris son ami. Il lui fallait réapprendre à vivre au milieu des siens. Quatre longues années s'étaient écoulées qui les avaient tous profondément marqués et changés. Et même si leur amour ne s'était aucunement éteint, son couple avec Juliette devait se reconstruire.

Il découvrit avec surprise la petite Marie-Soleil. Ainsi qu'Andrew qui lui fit une belle impression.

— C'est un homme bon, ma ptchite Rose. La guerre m'a pris mon ami, mais ne m'a pas ôté les facultés de ressentir ces choses-là.

— Tobie ! Il faut que je t'avoue, ce n'est pas le père de ma fille.

— Ah !

Il attendit qu'elle se confie. Ce qu'elle fit peu après. Fidèle à lui-même, il se garda bien de lui adresser des reproches, se contentant de hocher la tête avec des hum ! hum ! Rose craignait ses jugements, aussi elle n'insista pas pour savoir ce qu'il en pensait.

Elle conservait l'espoir d'une réponse à sa lettre à Robert. Janvier puis février se terminèrent sans adoucir son attente. Elle finit par se résoudre à l'idée que cela ne se produirait plus. Après tout, peut-être était-ce mieux ainsi. Andrew passait beaucoup plus de temps à la maison, il venait dorénavant toutes les fins de semaine. Elle en était heureuse mais la promesse faite le lendemain de son mariage ternissait un peu son bonheur. Maintenant que Tobie était de retour, fatalement elle devrait quitter la maison familiale pour aller vivre auprès de son mari. Heureusement pour elle, Andrew l'aimait trop pour la brusquer, rien ne pressait encore. Il savait bien qu'elle serait déchirée de quitter les siens. Jamais il ne lui reparla du souhait qu'elle avait exprimé de revoir le père de Marie-Soleil. Il se tourmentait en silence, angoissé à l'idée de la perdre, espérant au fond de lui que Robert ne donne pas suite à la lettre de Rose.

Gustave, quant à lui, élaborait des plans d'avenir.

— Je ne vais pas toujours rester avec vous. J'aimerais construire ma propre maison. Pour cela il faudrait que je trouve un travail sérieux si je veux prétendre à rester pour de bon sur le sol canadien.

Une idée traversa l'esprit de Rose. Un jour, elle l'amena à Saint-Claude, chez Léon et Gabrielle. Le couple se réjouissait de la revoir. Ils avaient abandonné définitivement l'idée de vendre la laiterie, faute de repreneur.

— Eh bien ! Je vous en ai trouvé un !

— Comment ça ?

Sa proposition séduisit aussi bien Gustave que le vieux couple, qui entrevoyait là une solution miraculeuse. Mais le frère de Louise n'avait pas l'argent nécessaire.

— Qui vous parle d'argent ? tonna Léon. Vous venez vivre ici, en contrepartie vous entretenez la ferme, assurez la reprise de l'activité et faites en sorte de nous loger et de nous nourrir. C'est tout ce que nous vous demandons pour l'instant. Si vous êtes d'accord, topons là.

C'était inespéré pour tous. Gustave ne pouvait qu'accepter. Début mars, il partit vivre à Saint-Claude. Son départ chagrina Lucille. Rose se moqua d'elle.

— Tu es donc si égoïste que tu n'as pas remarqué que nous nous aimons ? lui répondit Lucille.

Elle tomba des nues.

— Toi… mon oncle…

— Il n'y a vraiment que toi pour ne pas t'en être aperçue. Même Louise est au courant, et je peux t'assurer que ce

235

n'est pas elle que ça dérange. Je suis quand même surprise que ça te choque.

Rose, en réalité, s'en voulait d'avoir été aussi aveugle. Lucille avait raison, elle ne pensait qu'à elle et ne se préoccupait même pas du bonheur de son amie.

— Tu veux dire que vous envisagez de vous marier ?

— Oui...

— Mais alors, tu vas vraiment faire partie de ma famille maintenant ! Oh ! comme je suis heureuse pour toi, ma Lucille chérie. Pardonne-moi mon égoïsme.

— Et toi ?

— Comment ça, moi ?

— Tu ne me dis pas la vérité. Je sais ce qui te ronge.

Son amie voyait juste. Le temps passait sans lui donner les réponses qu'elle espérait. Et elle en avait besoin pour tourner la page définitivement.

— Bon, Lucille, tu as raison une fois de plus. Je vais téléphoner à nouveau à Zélia pour savoir où se trouve Robert. Peut-être n'est-il plus en France.

— Pourquoi attendre ? Fais-le maintenant. Il faut battre le fer pendant qu'il est chaud.

Excitée elle aussi par cette idée, Lucille resta aux côtés de Rose pendant que celle-ci appelait le standard téléphonique de Cap-aux-Meules. Ce n'est pas Gertrude qui répondit, mais une personne qu'elle ne connaissait pas, ce qui l'arrangeait bien. La sonnerie s'éternisa, dans le vide, pendant plus d'une minute.

— Je lui transmets le message pour qu'elle vous rappelle.

Elle était déçue, dut se résoudre à attendre. Et en fin d'après-midi, quand la sonnerie retentit, elle se jeta sur le téléphone.

— Bonjour, Rose, tu voulais me parler ?

Elle alla droit au but, rendit compte à Zélia de son courrier resté sans réponse.

— Robert n'a pas dû le recevoir, il m'en aurait parlé.

— Vous avez de ses nouvelles, alors ?

— Oui, il m'a écrit. Il est rentré à Montréal, je pense,

et envisage de venir à la mi-septembre sur l'île pour un mois ou deux.

Lucille, qui suivait la conversation avec l'écouteur, approuva d'un signe de la main.

— Ah… c'est bien…

— Rose, ne penses-tu pas que ce serait l'occasion ?…

Lucille cligna des yeux. Comme Rose hésitait, elle lui souffla :

— Dis oui !

— Je pense que je vais venir, Zélia. Je vous demande simplement de n'en rien dire à personne, encore moins à Robert.

— Quelle bonne idée ! Tu as ma promesse. Dis-moi… tu viendras bien avec ta petite fille ?

Une fois qu'elle eut raccroché, Rose se rendit compte que le plus difficile restait à faire. Prévenir Andrew ne serait pas facile… Elle s'en ouvrit à Tobie.

— Viens me rejoindre à la nuit tombante, lui enjoignit-il. Je t'expliquerai quelque chose.

Rose attendit la fin de journée avec impatience. Après le souper, elle s'emmitoufla dans un tricot de laine, enfila ses bottes et s'assit sur le banc à côté de Tobie qui fumait sa pipe. Des milliards d'étoiles scintillaient dans le ciel d'une grande pureté.

— Regarde, ma ptchite Rose, ce croissant de lune.

Qu'il l'appelle encore par ce petit nom qui datait de son enfance la ravissait toujours autant. Il n'était plus le même physiquement, mais bien toujours le confident attentif vers lequel elle aimait se tourner lorsque tout lui semblait sans issue.

— Tu sais, à une époque lointaine, ta maman est venue me trouver parce qu'elle se trouvait dans le même désarroi que toi.

— Ah oui ?

— Ce soir, c'est la même lune qu'il y a une quinzaine d'années au-dessus de notre tête. Peut-être as-tu oublié le conte que je t'ai raconté lorsque tu étais petite, mais ma

237

maman, une Amérindienne, se nommait Nokonis, ce qui veut dire « fille de la Lune ».

Rose se souvenait vaguement de cette histoire.

— Comme je l'ai dit à Louise, ce soir-là, je suis moi aussi un enfant de la Lune. Et elle me protège, comme elle protège ceux que je chéris. J'ai conseillé à ta mère d'écouter sa petite musique intérieure. Ce qu'elle a fait. Et elle a réussi à trouver le chemin qui s'ouvrait devant elle.

Rose comprenait ce qu'il voulait lui dire, mais ça ne résolvait pas son dilemme.

— Mais je sais ce que je veux, contrairement à maman. C'est juste que je ne sais pas comment l'annoncer à Andrew. Tobie, je ne remets pas en question mon mariage, je souhaite seulement que Robert sache qu'il a une fille. Ensuite, je pourrai revenir vivre avec mon mari et le suivre à Winnipeg, comme il me le demande depuis longtemps. Je dois aller à Cap-aux-Meules, comprends-tu ?

Rose quêtait son assentiment, le visage du Métis ne trahissait aucune émotion. Il exhala une longue bouffée de fumée, en plissant les yeux.

— Je comprends. Ça se fera, puisque tel est ton souhait. Écoute la petite musique, c'est tout ce que j'ai à te dire.

Son profil hiératique, aux joues creuses, se leva vers la lune. Rose n'en saurait pas plus, Tobie n'avait plus envie de parler. Elle rentra dans la maison avec un fort sentiment de déception. Pourquoi Tobie l'avait-il fait venir si c'était juste pour lui conseiller d'écouter sa petite musique intérieure ? Sa mère lui avait déjà dit la même chose, elle attendait autre chose du Métis.

Les semaines passèrent, sans qu'elle trouve le courage d'annoncer son désir à Andrew. Elle voyait août se profiler avec inquiétude. L'avant-dernier dimanche d'août, elle se réveilla en sursaut. Andrew dormait à ses côtés, son avant-bras autour de sa taille. C'était le jour, elle en était persuadée, elle avait trouvé la force en elle de lui parler. Une petite musique dans sa tête lui disait que le bon moment était arrivé.

238

Elle attendit qu'il se réveille à son tour. Il lui sourit, lui caressa le visage et l'embrassa de plus en plus tendrement. Il la désirait, mais elle ne voulait pas répondre à ses avances car ça lui rendrait ensuite la tâche encore plus difficile.

— Il faut que je te parle.

Son air sérieux l'inquiéta. Rose se lança, lui expliqua posément, guettant ses réactions, lui jetant des regards implorants pour essayer de le rallier à sa cause.

— C'est pour Marie-Soleil que je fais ça.

La tête contre l'oreiller redressé, Andrew alluma pensivement une cigarette.

— Cesse de mettre ta fille en avant, Rose. Assume tes actes.

Il avait raison. Elle l'embrassa fougueusement :

— Andrew, c'est à toi que je suis mariée, pas à lui. Mais je ne peux pas remettre en question que Robert est le père de Marie-Soleil.

— Tu te répètes !

— Je te promets que je reviendrai très vite. Laisse-moi s'il te plaît aller à Cap-aux-Meules. Je reviendrai sereine, et ensuite nous pourrons nous préparer notre petit nid à Winnipeg.

Elle pensait le convaincre par cet argument. Il se leva sans un mot, en ayant perdu l'envie de lui faire l'amour.

22

Le train filait à travers les montagnes, les forêts et les plaines. Rose ne regardait plus le paysage, ou plutôt elle ne le voyait plus. Son esprit était déjà à Cap-aux-Meules. À Souris, elle reprit le même ferry qui les avait fait traverser le Saint-Laurent, trois ans auparavant. Depuis, il s'en était passé, des événements. Surtout, il y avait sa fille contre elle, si attendrissante, un cadeau de la vie qui lui avait entrouvert de nouveaux horizons.

Elle ne se souciait pas de son avenir. Revoir Robert ne l'oppressait plus puisqu'elle avait déjà fait son choix de vie. Elle repensa avec tendresse à Andrew, à la sobriété pleine d'élégance dont il avait fait montre lorsqu'elle lui avait annoncé son départ pour Cap-aux-Meules. Il n'avait pas cherché à la retenir et pourtant elle savait que sa décision le chagrinait. Il lui faisait confiance, fort de l'amour qu'il lui portait. Chaque jour passé donnait raison à Tobie, Andrew était un homme généreux qu'elle n'avait pas le droit de décevoir.

Marie-Soleil supportait mal les tangages du ferry. Rose n'eut pas le temps de sortir une serviette que déjà elle vomissait sur son bras.

— Oh, crotte, me voilà bien !

Elle essuya comme elle put son tricot et sortit sur le pont, malgré le froid, la petite enveloppée dans une couverture prêtée par le steward. Eusèbe ne l'avait pas reconnue et ça l'arrangeait.

Le ferry cracha un sillon de vapeur noirâtre. Tout rappelait à Rose son précédent séjour. Le cordon dunaire, les maisons colorées éparpillées ici et là, les enfants qui couraient sur le sentier côtier, rien n'avait changé. Elle frémit, son regard ne pouvait se détacher de la dune, elle revoyait Robert faire ce même chemin pour prolonger leurs adieux quand elle avait quitté l'île.

Le steamer n'était plus qu'à quelques milles du quai. Comme elle le pressentait, les gens de l'île s'y massaient pour accueillir les passagers. Il était impossible de distinguer si Zélia et Robert se trouvaient parmi eux. Et elle préférait ne pas savoir, pas tout de suite, car l'émotion était trop forte. De toute façon, elle n'avait pas prévenu de son arrivée, pour préserver l'effet de surprise, à l'un comme à l'autre. Elle se retira à l'intérieur du navire. Dans sa tête, elle se préparait à toutes les éventualités, que Robert soit là ou pas, ou qu'il y ait juste Zélia, ou bien même qu'aucun des deux ne soit présent. Elle se rappela les propos de Zélia, lors de sa précédente venue sur l'île : « Ici, toutes les maisons ont une chambre d'espère. » Mais cette fois-ci, elle irait à l'hôtel Buck pour ne pas les déranger.

Au bruit et à l'éparpillement des passagers, elle comprit qu'ils étaient à quai. Elle ne pouvait plus reculer. Elle empoigna d'une main sa valise, serra de l'autre Marie-Soleil contre elle, attendit que la foule se disperse et aborda la passerelle, le cœur étreint par l'angoisse.

L'accordéoniste du dimanche de fête à Havre-aux-Maisons était là pour les accueillir en musique. Trois ans plus tard, les mêmes odeurs d'embruns, d'iode mêlées à celles des poissons dans les caisses, les mêmes sons, s'offraient à elle, lui rappelant que le temps n'avait pas cours dans les îles. Elle retrouvait cette sensation de bien-être, l'impression d'être au bout du monde, isolée sur un petit noyau de terre perdue au milieu du Saint-Laurent.

Elle se laissa ballotter au milieu des hommes et des femmes pressés de retrouver leurs proches. Elle préférait retarder ce moment, redoutait de se retrouver face à Robert, commençait déjà à perdre ses moyens et à oublier ce qu'elle avait prévu de lui dire. Elle balaya le quai du regard, certains visages ne lui étaient pas inconnus, et d'ailleurs quelques-uns semblèrent la reconnaître ou en tout cas durent se dire qu'ils l'avaient déjà croisée en un autre temps. Elle se plaça à l'écart de la foule, posa sa valise pour soulager son bras. Une nuée de goélands déployèrent leurs ailes et s'envolèrent en glapissant bruyamment : *Keeeow ! Keeeow ! Keeeow !* Marie-Soleil prit peur et fondit en larmes.

— Voyons, mon bébé, ce ne sont que des oiseaux. Regarde comme ils sont gentils, ils ne vont pas te manger !

Des regards se tournèrent vers elle. Et soudain, elle sentit une main sur son épaule. Elle se raidit, ferma les yeux une seconde et se retourna enfin.

Zélia. Elle était bien là. Elle avait reconnu avec surprise la jeune femme dans la foule, avec son enfant dans les bras, mais n'avait pas osé venir à ses devants. Son visage reflétait le bouleversement qui était le sien.

— Eh bien, on peut dire que tu me fais une sacrée surprise !

Rose ne trouvait plus ses mots, intimidée par la confrontation aussi rapide avec la mère de Robert. Et pourtant, elle l'avait envisagée, mais cette femme qui la fixait avec une franchise bienveillante lui faisait perdre tous ses moyens. Marie-Soleil la sauva en recommençant à pleurer.

— Elle doit avoir faim, la pauvrette. Viens, suis-moi !

Tout se passait beaucoup plus vite que Rose ne l'avait pensé. Passé l'exubérance du débarquement, avec sa foule joyeuse, le silence était revenu sur le chemin qui menait chez Zélia, à peine troublé par le meuglement d'une vache ou le jappement d'un chien dans un jardin. Zélia salua une vieille femme ainsi qu'un pêcheur qui remontait dans sa brouette des caisses de maquereaux. Elle devança Rose pour pénétrer dans le tambour de la maison.

— Mets ces savates, elles sont trop grandes mais ce n'est pas bien grave.

Le temps refluait ses marées, telles des ondes de choc émotionnelles. Du fourneau, les effluves si envoûtants

243

de buns chauds firent remonter de délicieux souvenirs olfactifs.

— Je peux la prendre ?

Marie-Soleil redoubla de pleurs dans les bras de Zélia.

— C'est que j'ai perdu l'habitude des tout-petits, moi ! Allez, petite, ne pleure pas. Là, c'est bien comme ça... Tu as un si joli sourire... Comme...

Elle ne réussit pas à finir sa phrase.

— Petite... Regarde-moi... Fais un sourire à ta...

Elle leva des yeux humides :

— ... à ta grand-mère.

Les tensions de Rose commençaient à se dissiper. La chaleur du fourneau l'enveloppait, elle se détendait.

— Bon, tu sais où est ta chambre !

— J'ai prévu d'aller à l'hôtel...

— Ç'a pas d'maudit bon sens !

Le caractère de Zélia n'avait pas changé. Quand Rose redescendit, après avoir vidé sa valise, elle avait déjà mis la table, rempli les bols de lait chaud et disposé dans une assiette les buns avec du beurre et de la confiture. Marie-Soleil réclamait à manger, elle ouvrit un pan de son corsage et lui donna le sein sous l'œil bienveillant de Zélia qui caressait en même temps ses fins cheveux blonds.

Elles levèrent la tête avec ensemble lorsque la porte fut poussée vigoureusement.

— C'est quoi, mam...

Rose se figea, referma d'un geste vif son corsage. Zélia se releva, elle aussi embarrassée. Robert s'était immobilisé, son regard brillant s'attarda sur la jeune femme puis s'abaissa sur le bébé dans ses bras.

— Ne reste pas planté là comme un idiot. Tu ne reconnais pas Rose ?

Ils se regardèrent, comme hypnotisés. Rose retenait sa respiration, ses yeux l'imploraient. Quand il fut tout près d'elle, elle frémit. Il l'embrassa maladroitement, frotta de son tricot les joues de la petite qui esquissa une grimace. Rose se pencha vers elle, lui murmura quelques mots pour prévenir les pleurs. Robert attendait que l'une ou l'autre s'explique, son attitude empruntée traduisait son incompréhension. Zélia prit l'initiative.

— Rose est venue nous présenter son enfant.

Ses traits se durcirent, ses yeux fuyaient la jeune femme.

— Elle s'appelle Marie-Soleil, et... et elle est aussi jolie que son papa.

Marie-Soleil émit un rire cristallin.

— Et elle est plus souriante aussi... et moins nigaude.

Zélia lança une œillade complice à son fils. Il fronça les sourcils, ses pensées s'emmêlaient. Rose, jusque-là sur la réserve, se redressa et lui jeta un regard frondeur. Elle avait envie de lui crier : « Vas-tu enfin comprendre, Bob à Bill ! »

— Qu'est-ce que tu veux dire ?

— Bon sang, ce que tu peux être naïf, mon pauvre fils. C'est ta fille, voyons !

Robert prit la nouvelle comme un coup de massue sur la tête. L'heure des explications était venue. Zélia les laissa seuls. Il regardait la jeune femme et son enfant avec un sourire faux qui agaçait Rose. Qu'il parle, bon sang ! Qu'il réagisse !

Il ne trouva rien de mieux que de lui reprocher son silence, toutes ces années passées. C'en était trop pour Rose. Elle n'avait pas fait tout ce chemin pour entendre des reproches injustifiés. Elle déballa tout en vrac, pour soulager le trop-plein d'émotions. La méprise en ce qui concernait Mathilda, l'incompréhension, l'éloignement, la maladie de Louise. Soudain, tout lui fut évident. L'aveu qu'elle était mariée tomba comme une sentence. Rose ne sut deviner s'il était vraiment malheureux d'apprendre cette nouvelle. Il resta froid, stoïque. Au fond, il lui facilitait la tâche.

Rose lui mit Marie-Soleil dans les bras, il la tenait maladroitement, ne savait pas, lui, comment s'y prendre avec un bébé.

— Nous n'étions pas faits l'un pour l'autre, tu trouveras

une jeune fille à aimer sincèrement. La guerre est passée par là, Robert, elle a usé mes rancœurs. Ma venue sur l'île n'est animée que par le désir de te faire connaître ta fille, que tu goûtes à ce bonheur parce que tu y as droit, autant que moi. Maintenant je suis apaisée. Nous allons nous faire la promesse de continuer à nous voir, en toute intelligence, pour le bien de Marie-Soleil.

Les lèvres de Robert se pincèrent. Rose avait espéré une réaction, au lieu de cette attitude fermée.

— Je vais repartir dès demain. C'est préférable pour tout le monde que je ne m'éternise pas.

— Comme tu voudras…

— Oui, je le veux.

— Si ton Andrew te rend heureuse, c'est l'essentiel.

— Oui, je le suis.

— C'est bien comme ça.

Rose tentait de masquer sa déception. Il demeurait prostré devant elle comme un nigaud, acceptait sa décision, et ça l'exaspérait. « Bob à Bill, tu n'es qu'un âne, songea-t-elle. Je ne suis pas surprise que Mathilda se soit fichue de toi. Tu ne connais vraiment rien aux femmes. Et je ne comprends vraiment pas comment j'ai pu t'aimer. »

D'un geste brusque, il lui fourra Marie-Soleil dans les bras et sortit en claquant la porte, la laissant seule et désemparée. Zélia, qui était restée au jardin, rentra sur ces entrefaites et tenta de rassurer Rose.

— Ne te fais pas de mouron, petite, ils sont tous pareils, les hommes ! Il va revenir et tout va s'arranger.

Toute la journée, Rose espéra que Zélia ait raison, qu'il s'excuse et s'explique. Mais il n'en fut rien. Zélia lui dit que son fils était un idiot. Rose comprit qu'elle n'avait désormais plus rien à faire à Cap-aux-Meules. Elle n'avait qu'une hâte, rentrer chez elle, retrouver sa mère, Juliette, Lucille… et Andrew qui l'aimait sincèrement.

Elle dormit peu, se leva dès l'aurore pour être sûre de ne pas manquer le ferry. Et se retint de pleurer quand Zélia jeta dans l'huile de phoque quelques croccignoles.

— Tu les mangeras durant le voyage, tu auras bien besoin de prendre des forces. Et comme ça, je suis certaine que tu continueras à penser à moi.

Les deux femmes s'étreignirent. L'une comme l'autre souffraient pour les mêmes raisons. Sans savoir si elles se reverraient.

Le *SS Lovat* était à quai. Rose ne souhaita pas prolonger les adieux. Elle n'avait pas revu Robert depuis la veille au soir. Par son absence, il lui infligeait un ultime affront, alors qu'elle avait parcouru des milliers de milles pour venir à sa rencontre. Elle quitta Zélia en lui promettant de lui écrire et de lui téléphoner régulièrement pour qu'elle parle avec sa petite-fille. Maintenant, elle était assise sur la banquette à l'intérieur du ferry, et elle réfléchissait. J'ai fait mon devoir. Je n'ai rien à me reprocher. Andrew, tu vas être heureux, je reviens, mon chéri.

Elle ferma les yeux quand le paquebot s'ébranla, elle ne voulait plus voir ces quais, ne voulait surtout pas fixer son regard sur ce chemin côtier que les enfants devaient être en train de dévaler. Mais pas Robert, qui s'était comporté de manière méprisante avec elle. Elle avait été bien puérile de croire qu'il existait encore entre eux un peu de sentiments. Oui, elle ne l'avait pas avoué, mais quand elle l'avait vu entrer, la veille, son cœur ne s'était pas trompé qui lui avait fait comprendre qu'il était son premier amour, celui pour qui elle aurait été encore prête à tout quitter s'il le lui avait demandé. Tant pis pour lui ! Il trouverait une autre Mathilda qui le mènerait par le bout du nez.

Marie-Soleil se mit à pleurer.

— Tout doux, mon bébé. Ne pleure pas, maman est là.

Elle referma les yeux, la petite blottie contre elle. Combien de temps était passé ? Une quinzaine de minutes peut-être ? L'île s'était éloignée, Marie-Soleil somnolait, Rose pouvait ouvrir les paupières maintenant et regarder droit devant son avenir.

Elle les entrouvrit doucement, sentit une présence près

d'elle. Un souffle, une odeur, des lèvres qui se posaient sur les siennes. Elle écarquilla les yeux de surprise, Robert était agenouillé devant elle.

— Mon petit istorlet, tu ne crois pas que j'allais te laisser partir toute seule avec notre fille ? Je t'aime. J'ai mis le temps, mais j'ai compris. Je ne sais pas ce que l'avenir va nous réserver, mais ce dont je suis sûr, c'est que je vais me battre pour te reconquérir.

23

Rose quitta le jeune homme à Montréal. Le temps s'était arrêté durant le voyage, elle avait retrouvé son Robert d'avant, celui qu'elle avait tant aimé. Il ne lui lâchait pas la main, s'émerveillait des sourires de Marie-Soleil. Rose prit conscience qu'elle s'était mise dans le pétrin en venant à Cap-aux-Meules, mais elle ne voulait pas en évaluer tout de suite les conséquences. La présence du jeune homme à ses côtés la remplissait de bonheur, elle volait sur un petit nuage. La magie de leur complicité était intacte comme s'ils s'étaient quittés la veille, ils n'avaient pas besoin de beaucoup se parler pour se comprendre. Il suffisait qu'elle croise son regard pour sentir toutes ses résistances tomber d'un coup.

— Ce n'est pas si simple. Andrew m'aime… Et je l'aime aussi.

— Je ne te crois pas. Je lis en toi comme dans un livre ouvert, je sais que tu partages mes sentiments. C'est pour ça que tu es revenue à Cap-aux-Meules, et pas seulement pour notre fille. Regarde-moi et dis-moi que je me trompe.

Il lui prit le menton pour l'obliger à soutenir son regard.

— Je t'attendrai, le temps qu'il faudra. Je ne referai pas deux fois la même erreur.

Elle le quitta à la gare de Montréal, la mort dans l'âme.

Le train roulait en direction de Saint-Pierre-Jolys. L'euphorie était retombée, les événements dépassaient

Rose, la prenant à son propre piège. Elle seule avait voulu provoquer cette rencontre dangereuse, maintenant elle était confrontée à des choix cornéliens.

Andrew l'attendait à la gare de Winnipeg pour continuer le chemin jusqu'à Saint-Pierre-Jolys. Ses bras l'enveloppèrent, puissants, apaisants.

— Ma chérie, il ne faut plus que nous nous quittions. Tu m'as tellement manqué.

Il ne lui posait même pas de questions, tant il lui faisait confiance. Dans ces conditions, comment pouvait-elle lui faire du mal ? Il ne méritait pas ça. Elle s'abandonna, en pleine confusion de sentiments. Elle devait s'en tenir aux promesses faites avant de partir et reprendre sa vie d'avant. Mais il y avait Robert, à Montréal, qui lui avait fait lui aussi une promesse.

Louise brûlait d'envie de savoir comment s'était passé son séjour, tout autant que Juliette qui tournait autour d'elle, espérant lui tirer une confidence. Rose se taisait en essayant de faire bonne figure. Andrew ne savait pas quoi faire pour lui être agréable. Mais il connaissait trop bien son épouse pour voir qu'elle n'était plus la même. Il la prit à part pour l'obliger à lui parler.

— Rose, que se passe-t-il ? Je vois bien que tu es différente depuis que tu es rentrée de l'île. J'ai besoin de savoir ce qui s'est passé là-bas.

— Puisque tu me le demandes, je vais te le dire, Andrew. J'ai eu le temps de réfléchir pendant le voyage. Je me dis que notre mariage est un faux-semblant. Toi et moi, nous savons bien que tout est basé au départ sur le fait d'avoir voulu offrir un père à Marie-Soleil.

Andrew s'effondra. Il la regardait sans comprendre.

— Comment peux-tu tenir de tels propos ? Je ne te reconnais plus. Alors, c'est tout ce que je représente pour toi ? Je suis le faux-semblant qui s'est amusé à jouer au papa pour faire plaisir à la maman ?

— Ce n'est pas ce que je voulais dire.

Rose hésitait à dire ce qu'elle envisageait de plus en plus sérieusement. Comment le lui avouer sans être blessante ?

— Ne ferions-nous pas mieux de nous séparer quelque temps… pour faire le point, tu comprends ?… Pour réfléchir…

— Mais enfin, réfléchir à quoi ? Tu ne peux pas me faire cela, voyons ! Tu es ma femme, je tiens à toi plus que tout au monde. Tout ce que nous avons vécu ensemble depuis deux ans ne compte donc pas à tes yeux ?

Il lui avait pris les mains et les serrait avec force. Rose n'osait pas affronter son regard.

— S'il te plaît… Je t'en prie… J'ai besoin de cette séparation provisoire.

— Non, je te l'interdis ! Tu ne partiras pas d'ici !

Jamais Rose n'avait vu son mari dans une telle colère. Jamais il n'avait élevé la voix contre elle jusqu'à présent. Elle s'en voulait de l'avoir provoqué mais le mal était fait. Et plus il s'énervait, plus elle avait envie de lui tenir tête.

— Tu comptes t'y employer comment pour m'en empêcher ?

À bout d'arguments, Andrew entra dans la cuisine où toute la famille était réunie. L'inquiétude se lisait sur les visages de Louise et Juliette, qui n'avaient entendu que des bribes de leur altercation.

— Je vous en conjure, Louise, ne pourriez-vous pas ramener votre fille à la raison ?

Et il tenta à nouveau de convaincre sa femme.

— Tu es fatiguée, Rose. Nous n'avons pas eu un moment à nous depuis que nous sommes mariés. Ce serait le bon moment pour que tu viennes me rejoindre enfin à Winnipeg comme tu t'y étais engagée. Je suis sûr que tu trouverais du plaisir à aménager notre maison et notre couple repartirait sur des bases saines.

— Mais pas du tout, je n'ai jamais été autant en possession de mes facultés de jugement. J'ai besoin d'une pause.

— Tu ne m'as donc jamais aimé ?

Elle se radoucit, sa voix était lasse. Elle n'avait pas envie de se justifier.

251

— Andrew, je t'en supplie. Si tu m'aimes, accepte cette séparation temporaire.

Louise surenchérit :

— Je pensais que ta grossesse t'aurait mis du plomb dans la tête. Quand vas-tu grandir et arrêter de faire souffrir les gens autour de toi ? Heureusement que ce pauvre Marius n'est plus de ce monde pour voir une telle situation.

Juliette tempéra ses propos.

— Bordel, Louise ! C'est toi qui dérailles, laisse Marius où il est. Moi je te dis qu'il doit être bien content de voir que sa fille a le culot de braver les convenances. Et tu oublies notre conversation avec Rose, au bord de la rivière, quand tu lui as dit que tu lui pardonnerais, quel que soit son choix. Je suis désolée, Andrew, j'ai beaucoup d'affection pour vous, mais j'ai encore plus d'amour pour ma filleule. Je vois bien qu'elle est désemparée. Cette séparation temporaire qu'elle demande ne pourrait peut-être que l'aider dans sa décision et… et renforcer votre couple, une fois qu'elle aura retrouvé la raison et sera revenue à la maison. N'est-ce pas, Rose ?

Rose, la tête baissée, ne répondit pas. Louise, que la réaction de Juliette en faveur de sa fille avait exaspérée, explosa.

— Juste quand je commence à aller mieux, il faut qu'elle recommence à m'en faire voir de toutes les couleurs. Allez ! Gustave, Lucille, dites-lui qu'elle a tort.

Lucille était embarrassée, elle se sentait coupable d'avoir incité son amie à partir pour les îles de la Madeleine. Gustave se gratta la tête, cherchant comment il pouvait calmer la colère de sa sœur. Cette situation le dépassait, lui qui était tout à son bonheur de quitter prochainement Saint-Pierre-Jolys pour Saint-Claude avec son aimée, les fiançailles avec Lucille ayant été programmées en l'absence de Rose.

Rose chercha de l'assentiment auprès de Tobie.

— Non, ma ptchite, je n'émettrai aucun jugement. Tu as trouvé ta petite lumière. À toi d'éteindre le feu que tu as allumé.

Elle se rapprocha de Louise, en quête de tendresse maternelle.

— Maman, ne m'as-tu pas assuré, il n'y a pas si longtemps, que tu avais suffisamment mûri ces dernières années pour ne pas me juger ?

Louise ne trouva rien à lui répondre, car elle savait que sa fille avait raison.

— Tu te souviens quand nous sommes allées en Vendée ? Rien que toi et moi ? J'étais toute petite, c'est très loin, mais j'en garde quand même quelques vagues souvenirs.

Louise fondit en larmes.

— Maman, pardonne-moi, je ne voulais pas te faire pleurer.

Juliette rebondit aussitôt.

— Et pourquoi n'y retournez-vous pas ?

— Maman et moi ? Mais voyons, avec quel argent ?

Le front plissé par une intense réflexion, Juliette faisait les cent pas.

— Cesse de tourner comme ça, tu me donnes le bourdon, s'agaça Louise.

— Eh bien, j'ai mon idée. Tu m'as toujours dit, Louise, que tu ne te plaisais plus à Saint-Pierre-Jolys depuis que Marius n'était plus là. Je vais te l'avouer, Saint-Claude et les amis de là-bas me manquent. Tobie, depuis qu'il est rentré, voudrait se rapprocher de la montagne Pembina, où il possède encore son chalet. Gustave reprend la ferme de Léon avec Lucille. Nous en avons discuté ensemble et nous avons une suggestion à te faire.

— Vous en avez parlé dans mon dos ?

— Ne t'énerve pas ! L'auberge ne fonctionne plus. Les hommes vont revenir de la guerre, ils vont retrouver leur boulot, tu pourrais de nouveau avoir des clients. Mais je pense que tu n'en as plus l'envie, sans Marius.

Louise baissa les épaules. Juliette avait raison, plus rien ne pouvait être comme avant.

— Voilà ce que je te propose. Que nous nous retrouvions

tous ensemble là où tout a commencé. Gustave et Lucille sont particulièrement enthousiastes. N'est-ce pas ?

Les deux intéressés opinèrent de la tête.

— Léon et Gabrielle, je ne t'en parle pas ! Il y a de la place pour tout le monde, et à nous tous nous pourrons redémarrer la laiterie. Gustave a décidé de cultiver des haricots qu'il a rapportés de Vendée, Tobie fourmille d'idées lui aussi. J'envisage d'ouvrir un magasin de création de robes et de pantalons, et toi… ben, tu auras bien des idées, parce que je t'avoue que nous n'avons pas réfléchi à ta place.

— Quelle grandeur d'âme… Et c'est ça ton plan ?

— Mais laisse-moi finir, bordel ! Pour y parvenir, une seule solution, vendre la maison de Saint-Pierre-Jolys !

Louise resta sans voix.

— Et pour ce faire, tu vas laisser Rose se séparer momentanément de son mari. Ça ne pourra que lui être salutaire, et après, quand elle aura retrouvé ses esprits, tout rentrera dans l'ordre et nous n'y penserons plus. Ce sera de l'histoire ancienne, que nous nous raconterons lors des veillées au coin du feu en rigolant.

— Mais…

Juliette coupa la parole à Louise et poursuivit son argumentation.

— Voilà ce que vous allez faire. Une partie de l'argent de la vente va vous permettre de partir toutes les deux en France, dans ta Vendée.

Louise mordillait ses lèvres pour ne pas se laisser aller à l'émotion.

— La mère et la fille seules pendant ce long voyage et un séjour qui vous fera le plus grand bien, à toi comme à elle. Après toutes ces épreuves, il me semble que tu en as encore plus besoin que Rose. Bref, quand vous rentrerez, tu viendras nous rejoindre à Saint-Claude où tout sera prêt pour t'accueillir et Rose saura enfin dans sa petite tête de moineau auprès de qui elle veut vivre ! Et je ne doute pas que ce sera dans les bras d'Andrew qu'elle se réfugiera.

254

Juliette avait lancé cette dernière phrase avec un petit sourire ironique. Elle invectiva Louise.

— Réagis, bon sang, quand je te parle. Ça ne te fait pas plaisir ?

— Si... c'est vrai... Mais c'est bien beau... Il faut déjà que la maison soit vendue...

— Tu crois peut-être que nous t'avons attendue, bourrique ! Elle est vendue, la maison. Enfin, presque, parce qu'il nous fallait ton accord pour l'acquéreur qui s'est proposé. Mais ça, ce n'est qu'une formalité, n'est-ce pas, ma petite Louise chérie que j'aime très très très fort, comme ça.

Juliette referma ses bras sur son amie.

Le temps de l'apaisement

Vendée – France

Printemps 1946

24

Le dernier voyage de Louise en Vendée remontait à 1927, l'année de ses vingt et un ans, et Rose qui l'accompagnait n'était alors qu'une petite fille de cinq ans. C'était une femme à l'aube de la quarantaine, vieillie prématurément et désabusée par les épreuves endurées, qui entreprenait ce retour aux sources. Elle ne reconnaissait plus les lieux, se sentait étrangère en son pays. Rose, qui y était revenue entre-temps, avec Juliette en 1935, regardait autour d'elle avec des yeux neufs.

Lorsqu'elles embarquèrent à Halifax, Louise n'avait pas plus reconnu le grand hall du quai 21, point de son entrée sur le sol canadien en avril 1926. Un incendie l'avait détruit en partie, les arrivées et les départs se faisaient désormais depuis une annexe. Il n'y avait pas non plus de sœur grise pour l'accueillir et la diriger. Les soldats en transit remplaçaient en partie les immigrés. Il y eut cependant la rencontre fugace avec une jeune Française de Normandie, Maryvonne, et son petit garçon de trois mois. Elle avait tout quitté pour venir épouser au Canada le père de son enfant, un soldat dont elle était tombée amoureuse dans son village près de Dieppe. Dans cette femme courageuse, Louise se retrouva. Elle se remémorait leurs angoisses, à Juliette et elle ; les rencontres improbables avec les autres immigrés. Marishka, la jeune Roumaine et ses deux enfants, Marishka qui s'était suicidée en sautant du pont de Broadway à Winnipeg. Qu'étaient donc devenus ses deux gamins ? Louise avait toujours conservé le châle brodé que la jeune femme lui avait offert. Le voyage leur parut long, il fut harassant. Et il faisait très froid sur le paquebot. Louise fut malade une bonne partie de la traversée ; en arrivant au port de La Rochelle, elle était épuisée et amaigrie. Rose se faisait beaucoup de souci pour elle. Puis il y eut le train, avec des haltes incessantes dans les gares de Charente-Maritime et de Vendée avant le terminus à Challans, deux semaines après leur départ.

Ce voyage avait permis à Rose de réfléchir à ces derniers mois. Andrew avait très mal pris sa décision. Comment pouvait-il en être autrement, d'ailleurs ? Elle en convenait, elle avait été malhonnête avec lui. Il ne supportait plus de vivre avec celle qu'il continuait à aimer malgré l'affront qu'elle lui faisait, mais n'était pas homme à faire un esclandre. Alors, c'est lui qui partit le premier. Il restait à Winnipeg, ne rentra que pour partager les fêtes de Noël avec la famille et fin février pour annoncer qu'il partait pour une mission de plusieurs mois à l'université de Regina en Saskatchewan. Mais il lui avait laissé la main tendue.

— Il n'y aura jamais personne d'autre que toi, Rose chérie. Je serai là... si tu le décides.

Ils avaient passé la dernière nuit ensemble. Il lui avait fait l'amour, en silence. Elle entendait son souffle court, il s'était endormi, et elle pleurait.

La maison de Saint-Pierre-Jolys fut donc vendue rapidement, Juliette n'avait pas menti. Et il fallut déménager tout aussi vite pour laisser la place aux acquéreurs, un couple de Saint-Boniface désireux de quitter la ville. En mars, ils emménageaient à Saint-Claude, et en avril Louise et Rose partaient pour la France. Elles avaient prévu de rentrer début juin.

Chaque semaine, elle recevait des lettres de Robert. Des courriers enflammés dans lesquels il lui déclarait son amour, insistait pour qu'elle vienne s'établir avec lui à Montréal. Rose lui répondait, sans lui donner pour autant la réponse qu'il attendait.

Ce séjour en France allait l'aider. Elle en était persuadée. Ayant prévenu de leur arrivée par un courrier, Louise espérait bien que P'tit Louis, son frère, les attendrait à la gare pour les mener à la bourrine. La déception se marqua sur les visages des deux femmes quand le hall commença à se vider. Le regard abattu de Louise balayait les personnes entrant et sortant, mais elle n'en reconnaissait aucune. Elle était partie il y avait si longtemps, entre-temps il y avait eu la guerre, maintenant elle était devenue l'étrangère. D'ailleurs, personne ne se préoccupait d'elle.

— Tu risques de ne pas reconnaître Louis.

— Voyons, Rose, c'est mon frère.

Le guichetier, qui les observait en biais, décela leur inquiétude.

— Je peux vous aider, mesdames ?

— Non… non… Ça va aller, ne vous inquiétez pas.

Il fronça les sourcils, intrigué par l'accent de la jeune femme. Puis haussa les épaules et rabaissa sa vitre d'un geste sec.

— Écoute, maman. Nous n'allons pas rester là à faire le pied de grue indéfiniment. Peut-être ont-ils eu un empêchement. Le mieux est que nous allions au-devant de Louis. Tu te sens capable de marcher ? Tu n'es pas trop fatiguée ?

Si, Louise était fatiguée, mais elle n'en pouvait plus de cette attente interminable. Il lui tardait de revoir sa famille. Elle acquiesça.

Les pierres des maisons réfléchissaient la touffeur de cette journée printanière particulièrement chaude. Au Canada, quand elles étaient parties, il neigeait encore. Elles n'étaient pas préparées à ces températures douces. Louise, engoncée dans une robe noire épaisse et austère et des chaussures fermées, cheminait lentement. Des gouttes de sueur perlaient sur son front soucieux.

— Tu ne crois pas que tu as porté le deuil de papa Marius suffisamment longtemps ? Tu devrais remettre des robes plus légères.

— Ce n'est plus de mon âge, et cesse de m'embêter avec ça.

Rose n'avait cure de ses remontrances. Elle se rapprocha de sa mère et lui plaqua une bise sonore sur la joue.

— Ma petite maman, tu n'as pas fini de m'entendre. Je n'aime pas te voir dans cette tenue qui te donne l'air d'une grand-mère.

— Mais j'en suis une ! Oublierais-tu Marie-Soleil que tu as laissée à Saint-Pierre-Jolys ?

— Tssst ! Tsss ! Ne détourne pas la conversation. Nous en reparlerons, fais-moi confiance, mais pour l'instant, garde ton souffle pour les milles qu'il reste à parcourir.

Elles traversèrent la petite place des marronniers pour se rendre à l'église, parce que Louise tenait à faire une prière. Rose s'agaça.

— Mais ça peut attendre, voyons !

— Non ! C'est un miracle si je suis ici aujourd'hui en bonne santé. Je veux associer Marius à mon retour.

Rose ne chercha pas à la contrarier, sa mère se montrait souvent aussi têtue qu'elle. Un peu plus tard, elles quittaient le gros bourg de Challans en direction de Soullans. Elles longèrent le parc de l'imposant château de la Vérie et se reposèrent à quelques mètres de là, près du menhir de Pierre-Levée. À l'entrée du bourg de Soullans, une voiture s'arrêta à leur hauteur.

— Vous êtes bien chargées, mes p'tites dames. Vous allez loin comme ça ?

Louise regarda avec méfiance le conducteur. Pas Rose, que la chaleur éprouvante commençait à fatiguer. Et comme l'homme lui paraissait plutôt sympathique, elle lui expliqua où elles se rendaient. Il se proposa de les y emmener. Rose prit d'autorité le sac de sa mère et la poussa à l'avant, avant de monter sur la banquette arrière.

Le conducteur était bavard et voulait savoir qui elles étaient.

— Vous savez, nous n'avons pas l'habitude de voir des étrangers, chez nous, surtout maintenant que les Allemands et les Américains sont rentrés chez eux.

— Mais je suis d'ici ! rétorqua Louise, vexée qu'on la prenne pour une étrangère.

— Ah bon ? Je ne l'aurais pas cru. Vous ne parlez pas comme nous autres maraîchins. Vous venez de la ville ?

Louise prit un petit air pincé pour expliquer qu'elle vivait au Canada, mais que sa famille était originaire des marais.

— Bondiou ! Des Canadiennes, ça alors, je n'en avais encore jamais rencontré !

« Et alors, nous ne sommes pas des sauvages ! », faillit lui répliquer Rose qui se contint.

— Maintenant que vous le dites, j'ai souvenir que le paternel m'avait parlé d'une fille Guilbaud qui avait émigré en Amérique, il y a des années de cela. Ce serait donc vous ? Il me semblait même que…

Heureusement, ils approchaient de la charraud, le long chemin de terre qui menait à la bourrine, ce qui évita à Louise et Rose d'avoir à fournir plus de réponses, au grand regret de leur chauffeur dont la curiosité avait été piquée. Elles descendirent du véhicule et poursuivirent à pied. À l'horizon proche, la toiture en roseaux, avec son faîtage extravagant entremêlé de joubarbe et de pieds de misère, se dessinait en ligne de mire.

— Te souviens-tu, Rose, quand nous sommes venues toutes les deux pour la première fois ?

— Non, j'étais beaucoup trop jeune. En revanche, j'ai toujours aussi vivace en moi le souvenir de mon voyage avec Juliette.

Louise lui jeta un regard empreint de tendresse. Elle était fière de sa fille, qui avait pris toute seule l'initiative de venir en Vendée, dix ans auparavant, pour remonter aux origines de sa naissance. Ses yeux se voilèrent, les stigmates du passé s'inscrivirent douloureusement dans sa mémoire. Sa fille l'accompagnait, lui manquait juste son cher Marius, parti beaucoup trop tôt.

Le soleil s'écrasait sur les murs chaulés de blanc de la bourrine. Rose la trouvait encore plus ravissante que dans son souvenir, avec son épaisse bordure odorante de tulipes et de jonquilles en pied de mur et le cep de vigne tout entremêlé qui ondoyait sous le chaume débordant du toit.

— Ma Rosinette, j'ai peur.

— Mais de quoi, maman ? Je suis là, je ne te quitterai pas.

— Ça fait tellement longtemps que je ne suis pas venue, ta grand-mère ne va pas me reconnaître.

— C'est toi qui m'as dit tout à l'heure qu'on ne peut pas oublier les membres de sa famille.

Louise soupira.

— Oui, tu as sûrement raison.

Elles se dirigèrent vers la porte basse en bois bleu clair. Louise frappa sans obtenir de réponse. Quelques coups supplémentaires ne donnèrent pas plus de résultat. Elle s'assit sur le banc.

— Nous allons les attendre.

Rose prit place à ses côtés, et allongea ses jambes en remontant légèrement sa jupe. Le visage exposé au soleil, les yeux fermés, ses pensées allaient de Robert à Andrew, les deux hommes de sa vie qu'elle faisait souffrir. Ce voyage en France était déterminant, la décision à son retour lui appartiendrait. Elle entrouvrit les paupières, sa mère s'était assoupie, son épaule reposait contre la sienne.

— B'jour, mesdames, vous êtes qui ?

Devant elles, une fillette d'une dizaine d'années les observait en fronçant les sourcils. Rose s'amusa de son accoutrement. Le bas de sa robe remonté dans sa culotte dévoilait sans pudeur ses jambes hâlées et potelées, aux pieds nus couverts de sable. Louise, sortie de son assoupissement, dévisagea l'enfant avec un franc sourire.

— Tu ne serais pas Justine, par hasard ?

La gamine se tortilla d'un pied sur l'autre.

— Si ! Mais moi je ne vous connais pas.

— C'est normal, nous venons de très très loin. Ton papa, P'tit Louis, est mon frère.

— Ah…

Cela ne semblait pas éveiller chez la petite plus d'émotions. Rose s'approcha d'elle.

— Tu es ma cousine. La première fois que je t'ai vue, tu étais un tout petit bébé, tu ne peux pas t'en souvenir.

Justine s'écarta légèrement et grogna en caressant précautionneusement le dessus de sa main.

— Attention ! Vous avez failli faire tomber ma pibole !

— C'est quoi, une pibole ?

— Une bête à bon Dieu, voyons, Rose, expliqua Louise sur un ton amusé. Je suis contente de te voir, ma chère petite nièce.

Les pupilles d'un noir de jais se posèrent avec acuité sur l'une et l'autre des deux femmes.

— Je vais chercher maman !

Elle s'éloigna en sautillant à cloche-pied et en chantonnant :

Colchiques dans les prés, fleurissent, fleurissent,
colchiques dans les prés, c'est la fin de l'été.

Les deux femmes reprirent la pose, dans l'attente du retour de la fillette. Rose observa sa mère du coin de l'œil, en se réjouissant du changement bénéfique opéré en quelques secondes sur son humeur.

— Elle est drôle, cette petite. Et elle a déjà du caractère !

Louise étira ses bras paresseusement.

— Une vraie maraîchine, comme toi, ma petite Rosinette.

— Maman, je t'ai déjà dit plein de fois...

Louise répondit avec malice :

— Je sais, je sais ! Mais je suis tellement heureuse d'être ici avec toi, ma... Ros...

Justine revenait déjà en courant, précédant sa mère, pressée de lui montrer les deux inconnues qui se disaient de sa famille. Rose gardait un souvenir très confus d'Adeline, celui d'une jolie jeune femme plutôt réservée. Il lui parut qu'elle s'était épaissie, des cernes profonds soulignaient ses yeux, plissés pour mieux scruter les visiteuses. Elle

265

marqua quelques secondes d'hésitation, et soudain son visage s'éclaira. Elle se signa précipitamment.

— Dieu du ciel ! Justine avait donc raison. Rose ! C'est-y pas possible !

Son regard allait de la jeune femme à Louise, qu'elle voyait pour la première fois.

— Nous pensions trouver P'tit Louis à la gare. Vous n'avez donc pas reçu notre lettre ?

— Dame non, grand-mère Léonie ou P'tit Louis m'en auraient parlé. Alors ça ! Quelle affaire !

Justine, elle aussi, les dévisageait sans vergogne.

— Ben alors, maman, tu les invites pas à entrer dans la maison ?

— Tu as raison, je vais aller réveiller Léonie.

Justine chercha la main de Rose en levant vers elle des yeux admiratifs.

— Vous êtes drôlement jolie.

Rose déposa un baiser sur ses joues.

— Et toi, tu es une adorable petite fille. Je sens que nous allons bien nous entendre toutes les deux.

Les lèvres de la gamine s'élargirent sur une jolie rangée de petites dents blanches bien alignées.

— Et tu es belle à croquer !

Elle se gonfla d'orgueil sous le compliment. Mais sa mère la houspilla :

— Voyons, Justine, baisse-moi cette robe. Ça n'a pas de sens de montrer ta culotte aux visiteurs.

Elle obtempéra de mauvaise grâce en grommelant :

— Trop chaud...

Louise ne les écoutait plus. Courbée pour franchir la porte basse bleutée, elle précéda Adeline dans la grande pièce principale. Ses yeux appréhendèrent la table près de la fenêtre, le lit surélevé dans un coin, la cheminée avec le gros chaudron pendu au-dessus de l'âtre noirci et les deux bancs de pierre surmontés d'une planche en bois de chaque côté, l'armoire en chêne, la pendule... tous ces meubles et objets surgis du passé, figés comme si le temps n'avait eu aucune prise sur eux. Les résistances de Louise tombèrent au moment où son regard se posait sur le lit, contre le mur du fond, à hauteur de la cheminée. La silhouette maternelle reposait, recroquevillée en chien de fusil à même l'édredon, frêle petite bonne femme voûtée comme un arbrisseau que le vent a fragilisé, toute de noir vêtue, figure solennelle éclairée du halo de soleil qui filtrait parcimonieusement à travers l'unique châssis percé dans le renflement ventru du mur chaulé.

— Qui est là ?

La vieille femme se hissa péniblement sur son avant-bras, dévisagea Louise entre ses paupières mi-closes, soutint un instant son regard puis écarquilla les yeux de surprise.

— Maman, c'est moi Louise. Votre fille.

Justine, assise sur les genoux de Rose, passa en conquérante un bras autour de son cou. Elle échancra sa bouche dans un rictus destiné à lui montrer ses dents et appuya du doigt sur une incisive.

— T'as vu, elle bouge. Elle va bientôt tomber. Papa dit qu'il faudrait tirer dessus un bon coup mais j'ai peur que ça fasse mal.

Adeline la morigéna.

— Vas-tu laisser ta cousine tranquille ! Et depuis quand tu tutoies les grandes personnes ?

— Laissez-la faire. Vous savez, au Manitoba, nous avons l'habitude de nous tutoyer quels que soient les âges.

Léonie, assise au bout de la table, couvait Louise et Rose du regard, ses yeux jaunis par la vieillesse embués de larmes.

— Je vais pouvoir mourir tranquille, vous êtes revenues.

— Voyons, maman, qui vous parle de mourir ?

— Tsst ! Tsst ! Mon heure est bientôt venue, j'ai fait mon temps et je n'en suis pas triste. Te voir est le plus beau des cadeaux, ma fille, je ne l'espérais plus.

D'un revers de sa main toute chiffonnée, elle effleura tendrement la joue de Rose.

— Ma petite fille, tu étais encore une enfant la dernière fois que tu es venue, te voilà devenue une belle jeune femme. Ce n'est pas comme moi. Les années ont passé, je me suis rabouzinée[1], mon visage ne ressemble plus qu'à une vieille pomme melée[2].

Rayonnante, toute trace de fatigue du voyage disparue, Louise l'enlaça avec tendresse.

— Nous revoilà réunies, petite mère. Vous m'avez manqué.

P'tit Louis, lorsqu'il rentra en fin d'après-midi, flanqué de deux garçonnets, marqua une immense surprise en reconnaissant sa sœur et sa nièce. Les jumeaux, Jacques et Philippe, zieutaient avec curiosité les deux étrangères. Léonie avait retrouvé son autorité naturelle.

— Louis, reste pas là à gober les mouches, va nous chercher une bouteille de vin dans le buffet pour accompagner mon gâteau de mil.

Le retour, à quelques années d'intervalle, dans ces lieux chargés de son histoire familiale chamboulait tout autant Rose. L'éloignement inéluctable, renforcé par l'océan qui la séparait de ses racines françaises, suscitait chez elle la sensation désagréable de passer pour une étrangère. Et pourtant, tout lui rappelait son précédent séjour, douloureux mais rédempteur. Le souper se prolongea fort tard ; ils avaient tant à se raconter ! Léonie s'enquit de la nouvelle vie de son aîné, Gustave. Elle s'émut en apprenant qu'il avait trouvé femme dans ce pays lointain. P'tit Louis, le visage fermé, n'avait pipé mot. Il ingurgita son verre de vin d'un trait, s'essuya la bouche du revers de la main, en évitant le regard de sa mère.

— Je ne vous comprends pas !

Ses yeux brillaient d'une rage contenue.

— Tais-toi, P'tit Louis !

Sûr de lui, il défia Léonie.

---

1. « Recroquevillée, ratatinée ». Patois vendéen.
2. « Pomme flétrie ». Expression vendéenne.

— Non, vous ne me ferez pas taire, parce que vous savez que j'ai raison. Gustave est un traître. Il est très bien où il est, qu'il ne remette plus les pieds ici.

Bouillonnante de colère, Léonie se redressa, attrapa la première chose qui lui vint sous la main, la louche pour la soupe, et la brandit au-dessus de la tête de son fils, prête à le frapper.

— Tant que je serai en vie, c'est moi qui commanderai dans cette maison ! Et si ça ne te plaît pas, tu t'en vas tout de suite.

— C'est ça, je m'en vais ! Bon vent !

La porte claqua derrière lui. Plus personne n'osait parler.

— Va-t'en retrouver ton homme, Adeline, et tâche de le ramener à la raison. Il ira mieux après une bonne nuit.

Justine plaida pour rester dormir avec Rose. Celle-ci prévint d'un geste de la main le refus d'Adeline. Elle trouvait attachant l'enthousiasme de cette enfant qui lui témoignait tant d'affection et adoucissait l'affliction de la séparation temporaire d'avec Marie-Soleil. Léonie trancha :

— Laisse-la donc avec nous pour cette nuit. Il y a deux lits dans la belle chambre, Louise dormira dans l'un, Rose et ta fille dans l'autre.

Justine serra fort la main de Rose en levant vers elle un regard pétri de reconnaissance. Juste avant qu'elles ne rejoignent leurs lits, Léonie rassura Louise :

— Ton frère est un peu trop porté sur l'alcool. Mais ça reste un brave gars. Demain, il aura oublié et il viendra s'excuser.

— Maman, qu'est-ce donc que cette photo ?

Louise, le lendemain matin, débarqua dans la cuisine où Léonie finissait de mettre la table pour le petit déjeuner, avec dans les mains une photo trouvée sur la poutre de la cheminée. On y voyait Léonie, figée dans ses habits du dimanche, la tête recouverte de sa coiffe blanche amidonnée, au côté d'un soldat allemand en costume militaire, altier face à l'objectif.

— C'est Klaus, l'officier allemand qu'a réquisitionné la bourrine en 1942.

Louise lui jeta un regard horrifié.

— L'of-fi-cier allemand !

— Y a pas de quoi fouetter un chat !

— Mais enfin, maman. Tu as hébergé un soldat allemand ! Il aurait pu te tuer.

Léonie haussa les épaules.

— Et pourquoi donc ? Il a toujours été respectueux vis-à-vis de nous. Il faisait ses affaires dans la belle chambre où vous êtes, la journée il partait pour Challans ou la côte, il ne revenait que le soir.

— Enfin, quand même…

P'tit Louis, revenu tout penaud, confirma les dires de sa mère à l'heure du déjeuner.

— Toute la région a été occupée à partir de cette année-là, les derniers soldats allemands sont partis seulement en août de l'année dernière.

Il souleva sa casquette et, le regard pensif, se gratta la tête.

— T'sais… ce ne fut pas facile ici, pour nous autres.

Louise crut déceler une pointe de reproche. Elle posa doucement sa main sur son bras, pour l'inciter à poursuivre.

— L'était pas bien méchant, le Boche. Y comprenait rien de c'qu'on lui disait, pi nous pas plus. Mais dame, y d'vait sûrement être un brave gars dans son pays, avant qu'y vienne nous faire la guerre.

Rose l'écoutait avec attention, consciente qu'elle allait en apprendre beaucoup plus que ce qu'elle avait lu dans les journaux.

— Pi ça s'est pas mal dégradé après, quand les Tartares et les moujiks sont arrivés en 43…

Louis laissa ses mots en suspens pour déposer sur le dos de sa main quelques feuilles en poudre. Il les renifla bruyamment par deux fois, une odeur désagréable s'exhala, le faisant toussoter.

270

— En plus d'arrêter de boire, tu ferais bien de cesser de priser ces fichues feuilles de saule.

Il grogna :

— Le voisin me filera un peu de son tabac qu'il continue à cultiver dans son champ.

Il renifla une dernière fois les feuilles et secoua les mains au-dessus du sol sans prêter attention à la grimace agacée de Léonie.

— Ces gars-là, y v'naient de Russie. Les Boches avaient envahi leur pays et recrutaient les jeunes pour renforcer leurs troupes. Des chiens fous, pas formés, la plupart du temps pleins comme des barriques ! Dame, y savaient bien monter les chevaux, eux autres. Ils étaient entièrement nus, et on les voyait galoper à travers les marais. Ça les amusait d'sauter par-dessus les étiers. Pas nous autres, y nous faisaient peur. Même qu'y en a un, un jour, qu'a tué le fils du pharmacien de Soullans. Le jeune homme s'en allait en vélo à Saint-Jean-de-Monts et, à ce qu'il paraît, il n'aurait pas réussi à présenter ses papiers lors d'un contrôle. Ça a fait grand bruit par chez nous, après on se tenait à carreau.

Léonie hocha la tête.

— Mais Klaus, lui, il était brave.

— Oui, la mère. Mais c'était malgré tout un doryphore petout[1] qui nous a imposé sa présence pendant trois ans.

La bouche de la vieille femme remua comme pour lui répondre, mais elle se ravisa. Rose était pendue aux lèvres de son oncle, certains de ses mots lui étant totalement inconnus.

— *Heïli ! Heïlo !* qu'ils beuglaient en défilant raides comme des harengs sur la rue Carnot à Challans. C'est le père Marcel, c'lui que la femme Gisèle tient le café de la Chapelle, qui me l'a raconté. Y s'trouvait devant la quincaillerie Roux quand il les a vus arriver le premier jour, avec leurs goules d'empeigne.

Rose se dit qu'il lui faudrait consigner toutes ces choses

---

1. « Prétentieux ».

sur un carnet. P'tit Louis lui dévoilait des faits que les journaux n'avaient jamais rapportés.

— Ce fut un drame pour nous autres quand le drapeau allemand a flotté sur les toits de la gendarmerie et de la mairie. Les Boches, y z'en avaient fait le siège de la Kommandantur. Ah ça ! Ils ont pris leurs aises, fallait les voir. Y avait en ce temps-là un officier qu'était logé chez les Charbonnel. Des gens qu't'as peut-être oubliés, Louise. Ce salaud-là, y s'est moqué de nous, Français, parce qu'y'avions changé quatre fois de ministère depuis le début de la guerre. Il s'est permis de dire qu'en France nous ne travaillions jamais, que nous passions not' temps à nous amuser et nous promener et que maintenant tout cela allait changer !

Justine, sortie ramasser les œufs dans le poulailler, rentra à cet instant, les sabots tout crottés. Elle se déchaussa rapidement en captant le regard courroucé de Léonie et enjamba le banc pour s'asseoir entre Louise et Rose. Après avoir balayé d'un coup d'œil rapide les adultes autour de la table, elle hocha la tête en grimaçant pour mimer leur air triste et enfouit son nez dans son bol de lait.

— Y z'ont déployé leurs troupes dans toute la région, notamment la côte, parce qu'ils craignaient un débarquement des Alliés. Ils logeaient chez les habitants, jusque dans les châteaux, les écoles, les salles paroissiales. Partout qu'ils étaient. Pires que les doryphores sur nos patates. Un jour, ils nous ont obligés à retirer le coq gaulois au-d'ssus du monument aux morts. Dame ! Paraît qu'ça écrasait l'aigle allemand. Nous autres, ça nous faisait mal de voir les soldats allemands en faction avec leurs fusils-mitraillettes devant la mairie. Mais c'était partout pareil. Il a ben fallu le supporter. Ce fut une période horrible, les gens partout en France fuyaient l'Occupation. Beaucoup de familles des Ardennes sont venues chercher refuge par chez nous.

P'tit Louis se cacha les yeux, ses mains tremblaient. Évoquer cette période faisait remonter des drames.

— En juin 1940, y a eu le terrible bombardement du *Lancastria* à Saint-Nazaire, un paquebot anglais qui devait rapatrier soldats et civils... Près de cinq mille, ils étaient à bord, qui fuyaient l'avancée allemande... Terrible ! Terrible !... Pendant une quinzaine de minutes, les bombardements ont obscurci le ciel au-dessus de l'estuaire de la Loire. Les corps flottaient sur l'eau, rejetés par les marées. Les gens de Noirmoutier, y z'en ont vu remonter jusque sur leurs plages bien des jours après.

Léonie donna un coup de poing vigoureux sur la table.

— Assez parlé de ça ! Nos petites filles ne sont pas venues du Canada pour entendre de pareilles affaires.

Ce témoignage ébranlait toutes les certitudes de Louise et de Rose. Tobie avait toujours fait preuve de réticence pour parler de ce qu'il avait subi durant ses années au front, Gustave n'était pas plus bavard, même si ces derniers mois les langues s'étaient déliées, grâce aux témoignages des soldats canadiens rentrés au pays.

Dans les jours qui suivirent, Rose constata très vite le changement chez sa mère. Elle souriait, s'amusait d'un rien, jouait avec la petite Justine, parlait des heures avec Léonie et Adeline, les aidait en cuisine. Ils allèrent tous ensemble, en charrette à cheval, pique-niquer sur la grande plage de Saint-Jean-de-Monts. Louise retroussa sa jupe pour s'agenouiller dans le sable humide et montrer à Rose comment creuser pour pêcher les pignons. Ils en ramassèrent un plein panier, les rincèrent dans l'eau de mer et les firent fricasser dans le beurre dès le soir venu. Cette journée à la mer épuisa Rose, les jumeaux moquèrent ses joues et ses bras écarlates, qui la firent beaucoup souffrir dès qu'elle se coucha sous les draps rêches.

Un mardi matin, P'tit Louis les emmena au gros marché de Challans où avait lieu le marché aux volailles. Pendant qu'il se dirigeait vers la façade verte de la quincaillerie Bailly, en contournant les marchands de canards et de volailles, les femmes flânèrent auprès des vendeuses de mercerie et de divers colporteurs. La récession était toujours là, les bons de rationnement encore en cours, mais le bonheur de la liberté retrouvée se lisait dans les yeux de tous et s'entendait dans les propos. Léonie s'arrêtait à chaque instant, fière de présenter Rose et Louise qui se plièrent de bonne grâce à ces démonstrations d'affection qu'elles avaient déjà connues lors de leurs précédents séjours. À un moment, Rose s'échappa avec Justine qui ne la quittait plus, le regard attiré par un étal de robes et de chemises. Elle enfouit rapidement une jupe dans son cabas après une discussion avec la vendeuse, mit un doigt devant ses lèvres avec un clin d'œil complice à sa nièce et revint retrouver sa mère et sa grand-mère qui ne s'étaient même pas aperçues de leur absence.

Léonie remarqua que Rose lorgnait vers l'affiche de *Boule de suif* avec la belle Micheline Presle, sur les murs de l'Arpett Ciné, la salle de cinéma au-dessus des grandes halles.

— Ça te dirait, petite, d'aller voir ce film ?

— Oh oui, grand-mère !

— Eh bien, P'tit Louis t'y amènera dimanche. Il faut bien que tu sortes un peu.

— Moi aussi, moi aussi ! s'écria aussitôt Justine.

— Non, pas question ! Ce n'est pas de ton âge.

Elle se renfrogna, maussade. Adeline la secoua.

— Pas la peine de bouquer ! Si tu continues comme ça, je te mets au lit en rentrant.

Cette perspective désagréable lui fit perdre sa mauvaise humeur.

Léonie entra dans l'épicerie de madame Fort pour acheter une boîte d'épices Rabelais. Puis, un peu plus loin, derrière les halles, elles s'arrêtèrent près d'un étal de mercerie. Léonie présenta une bobine de fil noir et une aiguille à repriser à une femme qui encaissa la monnaie sans un mot.

— Eh bien ! Elle n'est pas aimable celle-là !

— Il ne faut pas dire ça, Louise. Madeleine est une brave fille.

— Pour ça oui, elle est bien brave, ricana une femme à côté d'elles.

— Occupe-toi donc de tes affaires, Germaine. Je parlais à ma fille, pas à toi.

Quand elle se fut éloignée, Léonie marmonna entre ses dents :

— Vieille bique, va pourrir dans ta méchanceté !

Après déjeuner, alors qu'elles débarrassaient le couvert, Louise remit l'affaire sur la table, intriguée par le ton agressif qu'avait employé sa mère.

— Ce sont des affaires qu'il n'est pas bon de remuer en présence de jeunes oreilles.

Léonie leva le menton vers Justine.

— Va donc voir dans le joucrite si j'y suis.

— Vous moquez pas, mémé, je ne suis plus une enfant ! Je sais bien que vous n'êtes pas dans le poulailler et que vous voulez que je déguerpisse.

— Alors qu'attends-tu ? Grouille-toi !

Justine soupira, puis voyant que Léonie n'en dirait pas plus en sa présence, s'esquiva de mauvaise grâce.

— C'est toujours moi qui suis punie, jamais les garçons.

— Tu as bien fait d'ouvrir ta goule. Prends tes frères avec toi, ça nous fera des vacances. Et puis, tiens, quand tu reviendras, je me servirai du fil que j'ai acheté au matin pour t'enlever une bonne fois pour toutes cette fichue dent que tu tripotes tout le temps.

Justine, que cette éventualité ne réjouissait pas, leva les yeux au ciel et s'esquiva avec ses frères. Adeline versait la chicorée dans les tasses et présenta la petite boîte de saccharine. Après s'être assurée que les enfants n'écoutaient pas à la porte, Léonie reprit à voix basse :

— Madeleine a été punie, elle aussi…

— Comment ça ?

— Eh bien… À la Libération, en 1945, il ne s'est pas toujours passé de belles choses.

La vieille femme se courba un peu plus au-dessus de la table.

275

— Les hommes étaient fous... Ils se croyaient tout permis... Ça s'est passé un matin, elles étaient quatorze femmes comme la Madeleine, debout sur le plateau à l'arrière d'une camionnette, les mains menottées dans le dos, leurs vêtements en lambeaux, surveillées par deux soldats des FFI, les Forces françaises de l'intérieur. Comme si elles avaient pu s'échapper, les pauvres...

Louise frissonna.

— Mais qu'avaient-elles fait ?

— Je sais cela de source sûre par le bon abbé Grelier. Et ça m'a été confirmé par Rose Desprets, la patronne de la maison de la presse, parce que la camionnette est passée devant son magasin au petit matin, alors qu'elle s'apprêtait à aller chercher ses journaux à la gare avec sa charrette. Ils ont fait tout le tour de Challans, puis se sont arrêtés vers les petites halles, sur la place. Il n'y avait pas beaucoup de monde dans les rues, beaucoup avaient fermé leurs volets pour ne pas assister au spectacle...

— Quel spectacle, grand-mère ?

— Elles ont été tondues.

Rose poussa un cri horrifié.

— Oui, on les a accusées d'avoir collaboré avec l'ennemi. Tu parles ! Pour certaines, des commerçantes, elles n'ont pas vraiment eu le choix. Mais certains résistants de la dernière heure avaient décidé de faire justice eux-mêmes et de les punir, à la vue de tous.

— C'est horrible...

— Oui, honteux, mais faut que tu saches que ça s'est produit dans beaucoup d'autres villes.

Rose ignorait ces faits, tout comme Louise. Un autre pan de la guerre, moins glorieux, leur était présenté. La jeune femme se rendait bien compte qu'elles avaient été préservées de ces événements, et qu'au final elles avaient bien moins souffert que la population française.

Le soir, elle veilla longtemps pour consigner ce que Léonie leur avait raconté. Et le lendemain, aux aurores, elle se leva bien avant tout le monde, sans faire de bruit.

Un voile blanc ténu recouvrait le chemin qu'elle remonta jusqu'au champ voisin pour aller frapper à la porte de son oncle. Il lisait son journal, à la lumière d'une lampe à pétrole, et s'étonna de voir arriver sa nièce à une heure aussi matinale.

— J'avais envie d'être seule avec toi. J'ai besoin de comprendre.

P'tit Louis la regardait avec défiance.

— Quoi donc ?

— D'abord, pourquoi tu es en colère après tonton Gustave ?

— C'est pas tes affaires !

— Si !

Rose planta son regard dans le sien.

— T'es décidément bien une fouille-merde, toi !

— Non, juste une maraîchine, comme toi, comme grand-mère et maman. Les chiens ne font pas des chats.

Il sourit.

— Ça t'intéresse donc tant que ça, de savoir ?

— Oui, tonton. J'ai commencé à écrire des articles dans les journaux, au Manitoba. Mais ce que j'ai pu relater est bien loin de la réalité.

P'tit Louis ouvrit des yeux admiratifs.

— Eh ben, ma nièce ! Nous sommes pas du même monde. C'est pas un gars d'la campagne comme moi, qu'est pas allé à l'école ben longtemps, qui ne connaît que le patois maraîchin pour tout langage, qui va pouvoir t'aider.

Sans s'occuper de lui, Rose attrapa un bol dans le buffet, se versa un peu du lait qui tiédissait sur un coin du fourneau, et prit place, face à lui, d'un air décidé.

— Si, nous sommes du même monde, et du même sang ! Ce n'est pas parce que je vis au Canada que je suis différente de vous tous.

Une larme perla au coin de l'œil de P'tit Louis. Elle avança doucement une main sur la table, cherchant à capter son regard gêné. Il glissa à son tour une main dans la sienne, Rose enferma ses doigts courtauds et crevassés.

277

— Toi, Adeline, Justine et les garçons, vous êtes de ma famille, tonton, et je vous aime, ne l'oublie jamais. Bien ! Maintenant, raconte !

— Eh bien... que je me souvienne... C'était dans les premiers mois de l'année 1941, dans la région challandaise. Comme un peu partout en France, beaucoup d'hommes refusaient de se soumettre à l'occupant allemand honni. Ces hommes ont décidé de poursuivre la lutte par la résistance à l'ennemi. Et pourtant, Dieu sait que ça n'était pas facile d'organiser un maquis dans nos étendues plates de marais, où chaque fossé rempli d'eau, chaque étier est une entrave. Tu as pu le constater par toi-même.

Rose était fascinée. Elle comprenait que Louis faisait des efforts énormes pour ne pas parler dans son patois habituel.

— J'ai intégré le groupe de Constant Debouté, c'était le percepteur des contributions directes. Nos réunions clandestines ont démarré chez Eugène Marais, l'huissier de la rue Gambetta. Personne n'y voyait goutte, vu qu'il y avait une sortie sur la petite rue de la Redoute, à l'arrière. Nous avons mis en place des liaisons avec l'Intelligence Service à Londres. Parfois, le dimanche, c'est au café du Commerce qu'on se répartissait les tâches. Le groupe de Challans était classé dans le service de renseignements et chargé d'indiquer les mouvements de troupes, les emplacements des ouvrages fortifiés. Les moindres conversations des Allemands étaient surveillées, et le moindre détail soigneusement noté.

Louis s'interrompit pour priser.

— Vous avez pris des risques incroyables.

— Oui, c'est vrai, d'autant que la Gestapo était à l'affût. Si l'un des membres avait été arrêté, il aurait été torturé et il y aurait eu des camarades fusillés en représailles. C'est d'ailleurs ce qui est arrivé en 1944. Kergoustin, un gars de Croix-de-Vie, nous a informés que la Gestapo de Nantes soupçonnait l'existence d'une organisation de résistance à Challans. Ils ont commencé à enquêter, ils n'ont trouvé aucune preuve mais ont procédé à des arrestations, jusqu'à Beauvoir-sur-Mer, Fromentine et même l'île d'Yeu où le capitaine Martin, qui commandait le bateau *Insula Oya*, a été expulsé. Armand de Baudry d'Asson, le maire de La Garnache, a été pris en otage. La plupart des hommes ont été incarcérés puis déportés en Allemagne. Certains n'en sont pas revenus.

P'tit Louis s'interrompit et fixa Rose, les yeux emplis de colère.

— Tu me demandais pour mon frère. Eh bien, pendant que nous nous battions, lui n'a pas jugé utile de se joindre à nous. Il n'arrêtait pas de me dire que j'étais fou à lier, que mes actes entraîneraient notre mort à tous, vu qu'il y avait l'officier boche à la bourrine. Mais je m'en foutais, j'étais exalté et à aucun moment je n'ai regretté mon engagement. Puis, un jour, il s'est barré. Sans rien dire, du jour au lendemain. Il a juste laissé un mot à la mère, pour la prévenir qu'il partait au Canada vous retrouver, toi et Louise. Tu comprends, elle a justifié son départ en lui trouvant toutes les bonnes raisons du monde. Pour moi, il n'y en avait pas. C'était un lâche. Un point c'est tout !

Oui, Rose comprenait mieux.

— Nous n'allions quand même pas nous coucher à leurs pieds comme des toutous ! Assis, couchés, pas bouger ! Non, c'était hors de question.

P'tit Louis continua à égrener ses souvenirs en évoquant Suzon, une petite fille juive recueillie et cachée par Jeannot et Célestine, des gens de Sallertaine qui prirent là de grands risques. Mais heureusement, ça s'était bien terminé.

— À la fin de la guerre, la pauvrette a pu retrouver sa famille à Paris.

Rachel, une jeune fille que des gens du bourg de Saint-Hilaire-de-Riez avaient adoptée, encore bébé, à la fin de la Grande Guerre, n'avait pas eu autant de chance.

— Elle était belle comme un cœur, Rachel, des joues affriolantes, rondes et orangées comme les pêches de vigne, un vrai rayon de soleil que tous les maraîchins et pêcheurs de Sion voulaient séduire. Mais elle, délicate comme un œillet sauvage sur les dunes, ne s'en laissait pas conter. C'est un amoureux éconduit qui la dénonça au cours de l'été 1942. Elle fut embarquée pour un camp de concentration d'où elle ne sortit qu'en 1945. Même ses parents ne l'ont pas reconnue tout de suite quand elle est rentrée au pays, sa maigreur cadavérique faisait peine à voir. Rachel n'était plus la même à son retour. On suppose qu'elle a dû subir des tortures, mais elle n'a pas su le dire.

Louis vrilla un doigt à son front :

— Elle est devenue un peu badolle, ne sort quasiment plus de chez elle. Et le gars qui l'a dénoncée, il est parti pour le Service du travail obligatoire. On ne l'a jamais revu, ça valait mieux pour lui.

Ce dont il se souvient, avec toujours autant d'émotion, c'est de la libération, comme une succession d'événements plus ou moins heureux. L'arrivée des Alliés dans Challans, en août 1944. Le 12 août, la radio de Londres annonce qu'une colonne américaine a dépassé la Loire et se dirige vers le sud de Nantes. Le 18 août, les avions canadiens tentent de couler un dragueur allemand devant la conserverie de Fromentine. Même qu'un aviateur anglais, qui a sauté en parachute de son avion en flammes, a trouvé refuge dans une ferme du coin. Le 20 août, les Allemands sont fiévreux, sentent que les événements tournent en leur défaveur. Les habitants rongent leur frein, dans l'inquiétude des représailles. Le 23 août, les Boches fuient dans la nuit, réquisitionnant les vélos, voitures, chevaux, commettant au passage quelques méfaits comme le dynamitage de lignes de chemin de fer, près de la gare. Et la libération définitive de Challans, le 26 août.

— Voilà, Rose, ce que je peux te dire. C'est à cette période que les mouvements de résistance ont fusionné pour devenir les FFI. Nous avions pour but de prévenir toutes tentatives de sabotages et autres exactions des Allemands, lors de leur fuite, et de les chasser définitivement. Cela a duré encore un an, jusqu'à l'armistice en mai 1945. Auparavant, dès avril, les premiers prisonniers étaient rentrés au pays. Ils ont posé pour une photo souvenir. Il faut que tu imagines, Rose, les grandes halles et le cinéma au-dessus que tu as vus l'autre jour au marché. Sur l'escalier, de chaque côté, sur le devant, c'était plein à craquer. Peut-être une centaine d'hommes, peut-être plus. Ce fut un moment intense en émotion, inoubliable.

Le crayon de Rose courait sur son petit cahier, elle notait aussi vite qu'elle pouvait pour ne rien perdre de ces précieux témoignages. P'tit Louis lui sut gré de s'intéresser à eux. Mais Adeline mit fin à leurs échanges, étonnée de trouver la jeune femme dans leur maison quand elle se leva. Rose s'esquiva, elle en savait assez pour se faire une opinion.

Le séjour tirait en pente douce vers sa fin. Un mois déjà était passé. Rose entrevoyait le moment où elles allaient devoir repartir. Parfois, elle rejoignait Louise assise sur le banc devant la bourrine, inquiète de ses moments prolongés de silence. Le sourire radieux de Louise la rassurait. Elle était méconnaissable, ayant accepté de troquer ses vêtements sombres contre la jolie jupe pied-de-coq rose et gris et le petit tricot à manches courtes d'un ton gris parfaitement assorti que sa fille lui offrit au retour du marché.

— Tu vas me faire le plaisir de ne plus t'habiller en noir.

Et de fait, Louise rayonnait et semblait rajeunie. La mère et la fille se promenaient souvent dans les marais, complices dans ces moments intimes retrouvés.

— Cela faisait tellement longtemps que je n'avais pas été aussi heureuse. Je te le dois, ma fille.

— Non, c'est notre chère Juliette qu'il faut remercier.

— C'est vrai. Je pense souvent à elle, à sa générosité.

Louise balaya le paysage d'un geste de la main.

— Regarde comme c'est beau. L'herbe tendre des prairies foulée par les aigrettes, les étiers bordés de joncs par-dessus lesquels j'ai tant sauté dans mon enfance pour traverser les champs, l'eau scintillante qui clapote sous la famille de canards que nous venons de déranger, les aigrettes tout là-haut dans le ciel limpide... Et cette brise légère, qui souffle sur notre peau, aussi douce qu'une plume d'oie, contrairement à cet affreux blizzard... et les grenouilles, tu les entends, dis, les grenouilles ?

— Oui, j'entends et je vois tout ça, maman. Mais tu sais, le Manitoba, c'est beau aussi... et Montréal, et Cap-aux-Meules sur les îles de la Madeleine...

— Non ! Tu n'as jamais vu, toi, les marais tout blancs recouverts d'eau les jours d'hiver, il n'y a rien de plus beau, ça n'est pas comparable avec ces hivers moches et froids du Manitoba.

Rose savait qu'il ne servait à rien de la contredire, même si elle ne partageait pas son point de vue.

Ces derniers jours, la fin du voyage étant proche, Rose se tourmentait en pensant à Robert et à Andrew. Elle appréhendait déjà son retour, toujours en proie aux mêmes doutes. La petite Justine, incorrigible fouineuse, que le lointain Canada faisait rêver, la cuisina à maintes reprises par des questions très directes.

— Comment il est, ton mari ?

— Il est très grand. Et puis très beau aussi. Il ressemble un peu à un acteur américain.

— Oh là là ! Tu en as de la chance, cousine. Jamais je ne trouverai à me marier avec un homme comme ça.

Rose convint en elle-même de sa chance. Pourquoi fallait-il que ce soit une enfant qui lui fasse la morale ?

— Et pourquoi donc tu ne trouverais pas mari à ton pied ? Je suis sûre qu'il y en a plein qui ne demanderont que ça dès que tu seras en âge de sortir.

— Tu parles ! Ils sont tous vilains comme des crapauds chez nous. Pas comme au Canada.

Justine tourna sur elle-même en faisant virevolter sa robe, et reprit sa position préférée, sur les genoux de Rose. Sa main menue se promenait comme une vague délicate sur les cheveux dénoués de la jeune femme.

— Tu es plus jolie quand tu ne te fais pas de chignon.

Rose sourit à cette remarque pleine de franchise.

— Il doit t'aimer beaucoup, ton mari, et tu dois l'aimer beaucoup toi aussi, n'est-ce pas ? Comment tu fais pour supporter d'être loin de lui si longtemps ? Tu n'as pas peur qu'une autre fille te le pique, s'il est aussi beau que tu le dis ?

Désarçonnée par cette remarque confondante de logique enfantine, Rose ne sut que répondre. Justine, absorbée dans ses réflexions, continua ses rêves chimériques.

— Quand je serai grande, j'irai moi aussi au Canada. Je ferai comme toi et tonton Gustave, tu m'accueilleras dans ta belle maison en bois et tu me présenteras un joli garçon, aussi beau et gentil que ton mari !

— …

— Ta petite fille a bien de la chance d'avoir un papa qui ressemble à un acteur, et une maman aussi belle. C'est joli comme prénom, Marie-Soleil… Tu crois que tu pourrais m'emmener voir des bisons… et puis des ours ? Dis ! ça doit être beau, un ours. À l'école, la maîtresse nous en a montré dans les livres… J'ai épaté mes copines quand je leur ai dit que ma cousine du Canada était venue nous voir à la maison.

Justine plissa ses yeux malicieux. Elle zozotait légèrement depuis que sa dent avait été arrachée :

— Tu voudras bien m'accompagner à l'école, au moins une fois ?

Comment lui résister, elle était si attachante ! Le robinet ouvert, rien ne pouvait plus l'arrêter. Volubile et enthousiaste, Justine passait d'un sujet à un autre sans aucune logique, faisait les questions et les réponses. Nostalgique de son enfance, Rose se retrouvait en cette enfant, si candide et spontanée. Elle aurait aimé remonter le temps pour retrouver la désinvolture insouciante de ses jeunes années, au lieu de se laisser submerger par tant de tracas.

Le matin qui précéda leur départ, mère et fille s'accordèrent une dernière promenade. Louise accusait un visage soucieux en l'entraînant au fond de la cour. Rose la devinait triste de devoir quitter sa famille.

— Tu vois, ma Rosinette, ce grand abri en roseaux qui ressemble à une tente d'Indiens, ton oncle y a entreposé des outils. Quand j'étais petite, c'était une de mes cachettes favorites. J'y entassais la grainette, ce sont des aiguilles de pin, ainsi que les pommes de pin ramassées dans la forêt et je me camouflais là pour confectionner des colliers et des poupées. Je faisais la sourde oreille aux appels de ta grand-mère, c'était un jeu, car elle savait bien en réalité où je me trouvais. Mes frères parfois venaient m'y retrouver, et ça m'agaçait car ils prenaient toute la place.

— Tu ne m'avais jamais dit ça, maman.

— Il y a tant de choses que je n'ai pas eu le temps de te dire... Suis-moi, je vais te montrer la seule cachette que j'ai réussi à tenir secrète.

Louise lui prit la main pour la guider entre les dépendances construites avec des matériaux identiques à ceux utilisés pour la maison, différentes galeries qui abritaient les charrettes, le bois, les outils de jardin, puis la laiterie où Noémie conservait le beurre en pot et les légumes, l'abri à cochons et le joucrite où badaient les volailles et le trou d'eau pour la lessive. Une haie touffue de ronces et d'épinettes à l'arrière clôturait le jardin ; au second plan, des touffes verdoyantes de pins maritimes, dressés sur leurs troncs entaillés d'écorces, convolaient avec le bleu du ciel. En connaisseuse avertie des lieux, Louise dégagea un passage entre quelques branches et reforma aussitôt la barrière végétale qui les mettait hors de vue. Elles se faufilèrent dans l'allée ténébreuse aux parfums camphrés sur quelques mètres, puis le chemin laissa la place à une dune couverte de chênes verts et de pins. Et tout en haut, le puits de lumière ; le soleil, fulgurant, éclairant avec largesse un vaste tapis sablonneux recouvert de milliers de petites queues de lièvre entremêlées avec des chardons. Les lèvres de Louise s'élargirent dans un sourire plein de fierté.

— Voilà, toi seule maintenant seras dans le secret de ma cachette. Je n'y avais jamais amené personne, même mes frères n'ont jamais réussi à me trouver ici. Respire, ma fille ! Sens tous ces parfums ! Si tu prêtes un peu l'oreille tu peux même entendre la mer, tout au loin là-bas, derrière la deuxième rangée de dunes. Et ne me dis pas que c'est comme au Manitoba ou je me fâche.

Louise choisit un coin de sable sans fleurs pour s'asseoir et invita Rose à s'approcher d'elle. Elle lui chatouilla les joues avec le chaton blanc et vaporeux d'une fine branche de queue-de-lièvre.

— Il faut que je te parle, ma Rosinette.

— Tu es triste, maman, je le vois bien. C'est de partir demain qui te rend malheureuse, n'est-ce pas ?

— Rose… ça fait plusieurs jours que je veux te le dire…

— Quoi donc ?

— Je ne pars pas avec toi…

Le silence se fit. Rose regarda sa mère sans comprendre.

— Comment ça, tu ne pars pas avec moi ?

— Tu as très bien compris. Je reste ici, et toi tu vas repartir seule.

— Tu as perdu la tête, maman ?

— Oh non ! Je n'ai jamais eu autant les idées claires.

— Mais voyons, tu ne peux rester ici, ta vie est au Manitoba.

— Que sais-tu de ma vie, ma fille chérie ?… J'ai toute ma tête, sois rassurée. J'y réfléchis depuis le premier jour.

— Mais tu ne m'en as pas parlé !

— Il n'y avait pas de raison, c'est une décision qui m'appartient.

— Mais elle me concerne aussi, tu aurais pu penser à moi !

— Toi ! Toujours toi ! Et si je pensais aussi à moi, tu ne crois pas qu'il serait temps que je me préoccupe de ma personne, et non plus des autres ? Pardonne-moi, ma Rosinette. Il faut que tu comprennes. C'est un retour à mon enfance, mon passé, mes racines que je fais ici. Je n'aurais

285

jamais cru que ce serait aussi salvateur. Je reprends goût à la vie, je suis heureuse. Depuis que je suis arrivée, je m'aperçois que jamais je n'avais pu oublier ces terres qui m'ont vue naître. Et je me rends compte à quel point elles m'ont manqué toutes ces années.

Rose cueillit machinalement une petite fleur d'œillet.

— Laisse-moi vivre mon rêve et amorcer à nouveau mon chemin. J'ai envie aussi de retourner en Charente. J'ai besoin de revoir les lieux qui ont marqué ma rencontre avec Marius, de passer quelques jours chez Jeanne dans le village de Saint-Simon où je l'ai rencontré la première fois. Tu comprends, c'est vital pour moi.

— Mais, tu ne peux pas...

— Arrête, Louise, je t'en prie. Ne me rends pas la tâche encore plus difficile. Tu t'en es rendu compte par toi-même, ma chère maman vieillit. Combien d'années a-t-elle encore à vivre, Dieu seul le sait.

Louise prit une profonde inspiration.

— Nous avons été séparées beaucoup trop longtemps, je ne pourrai jamais combler ces longues années, mais je veux être maintenant à ses côtés. Tu peux le comprendre, tu n'es plus une enfant. Toi, Rose, tu as toute une vie qui se déroule à tes pieds, un choix à faire que je respecterai, je te l'ai toujours dit. Et j'espère que ce séjour en Vendée t'aura donné le temps de la réflexion. Agis en ton âme et conscience, ma petite Rosinette adorée. Mais tu sais, je l'aime beaucoup, Andrew...

Rose fondit en larmes.

— Je vais donc rentrer seule à Saint-Pierre-Jolys ? Mais tu as pensé à Noël, qui va s'en occuper ? Et tu imagines le chagrin de Juliette ?

— Ce n'est pas un drame que tu rentres seule. Pour Noël, ne t'inquiète pas, j'ai laissé avant de partir un mot à Gustave et Lucille. Quant à Juliette, elle me comprendra... elle.

— Tu veux dire que tu avais déjà prévu que ça se passerait ainsi ?

— Non… pas vraiment… Mais au fond de moi, il y avait une petite pensée qui faisait son chemin. Et Juliette n'est pas mon amie pour rien, elle l'avait deviné. Je t'en prie, dis-moi que tu ne me juges pas mal.

— Oh ! maman, pardonne-moi. Comment pourrais-je te juger ?

— Alors ne sois pas triste. Au contraire, tu devrais être heureuse pour moi. Je vais te faire un aveu, je ne sais plus vraiment si ma vie est au Manitoba, j'ai l'impression de n'y avoir vécu que des épreuves. La Vendée, c'est ma terre, mon sang.

— Mais alors… ça veut dire que nous ne nous reverrons plus…

— Mais si, sois confiante. Jamais je ne t'abandonnerai, ma fille, pas plus que je n'abandonnerai mon fils.

— Et grand-mère ? Elle est au courant ?

— Oui.

— Maman, j'ai un secret à te dire moi aussi.

Rose approcha son visage tout près de celui de sa mère, elle lui glissa quelques mots à l'oreille. Louise sourit, une larme perla au coin de son œil.

Le soleil déclinait quand elles regagnèrent la bourrine. Léonie, agenouillée dans le potager pour ramasser un bouquet de cive, se releva pour venir à leur rencontre.

— J'étais inquiète, mes petites filles.

Louise l'enlaça.

— Nous avions à parler, mais tout va bien, n'est-ce pas, Rose ?

Rose tourna son regard embué vers les deux femmes, ses joues conservaient encore les traces de ses larmes.

— Oui… tout va bien, ma petite maman et ma chère grand-mère.

— Alors rentrons, je vais vous faire grâler quelques patates et préparer une omelette avec les beaux brins de cive que voilà.

Justine tempêta pour partager sa dernière nuit avec sa cousine. Rose n'eut pas le cœur de lui refuser cette faveur. La chaleur de son corps blotti contre le sien contribua à adoucir sa peine. Le lendemain matin, la fillette se leva sans faire de bruit pour lui préparer son petit déjeuner. Elle mit à chauffer le lait et l'eau pour la chicorée, répartit les bols et les cuillères de chacun autour de la table, disposa l'assiette de beurre et coupa des tranches dans la gâche faite la veille par Adeline. Ses yeux rougis traduisaient son chagrin. Rose avait elle aussi le cœur lourd, en s'asseyant sur le banc avec toute la famille réunie pour ce dernier repas en commun.

— Arrête de vircouéter, Justine, tu me donnes le tournis !

Léonie et Louise esquissèrent un timide sourire, émues d'entendre Rose parler maraîchin avec son petit accent. P'tit Louis les abandonna sous le prétexte de sortir la voiture de la remise, mais aussi pour masquer son émotion. Et puis, le véhicule n'avait pas beaucoup servi depuis la fin de la guerre, il lui fallait du temps pour le faire redémarrer.

Le moment de partir était venu. Tous se tenaient dans la cour autour de Rose. Justine, en larmes, lui tenait farouchement le bras, espérant la retenir encore un peu. Rose se pencha pour lui murmurer à l'oreille :

— Ce sera notre secret, ne le répète à personne. Je te promets qu'un jour tu viendras me voir au Manitoba. Et je te fais le serment de te présenter un joli amoureux.

Justine sourit entre ses larmes et essuya ses joues avec la jupe de sa cousine. Rose et Louise s'éloignèrent une dernière fois, à l'écart du reste de la famille. Les mots étaient superflus, la force de leurs regards suffisait pour qu'elles se comprennent. Et un flot intense d'émotions passa dans leur étreinte fusionnelle.

La voiture s'éloignait en cahotant sur la charraud caillouteuse. Justine courait derrière, pieds nus, la jupe retroussée dans sa culotte, de grosses larmes roulant sur ses joues. Rose entendit ses derniers mots :

— Tu as promis, n'oublie pas.

Et elle ferma les yeux lorsqu'il ne lui fut plus possible de voir les bras tendus de Louise, dans un ultime au revoir, laissant à son tour libre cours à ses larmes.

25

Rose est arrivée à Halifax. Le paquebot déverse des soldats et de nombreux civils, comme elle. Elle descend la passerelle, se laissant bousculer par une foule impatiente de mettre pied à terre. Elle aussi est pressée de rentrer, le voyage a été très long. Ce n'est pas fini, il lui reste encore quelques jours de train avant de pouvoir enfin serrer Marie-Soleil dans ses bras. Sa petite fille lui manque terriblement.

Elle le sait, ce retour au Canada signe le début d'une nouvelle ère. Elle a largement eu le temps d'y penser et ce ne sont pas ses haut-le-cœur pendant la traversée qui ont brouillé son raisonnement. Bien au contraire, ils n'ont fait que renforcer ses certitudes déjà acquises quand elle a quitté la bourrine. Comme si le destin se mêlait de lui faire comprendre là où se trouvait son bonheur. Elle est sereine.

Les passagers se dispersent, elle emprunte la voie qui mène à la gare. Et soudain, elle s'arrête, laisse tomber sa valise. Au loin, elle le voit, qui lui fait de grands signes. Elle est heureuse, il a bien reçu la carte qu'elle lui a envoyée de Vendée. Il l'appelle, s'approche avec Marie-Soleil. Elle court vers eux, des larmes de joie coulent sur ses joues. Elle est devant lui, le souffle court, lève des yeux où se lit tout son bonheur de les retrouver. Elle a posé la main sur son ventre, et il la regarde avec des yeux éberlués, doutant de ce qu'elle veut lui faire comprendre. Elle couvre Marie-Soleil de baisers. Andrew l'étreint, ils sont seuls au monde, et Rose songe avec un petit sourire que Justine a vraiment raison. Qu'il est beau son Canadien, son mari, son compagnon. Celui qui lui a donné son nom et à qui elle va offrir un bébé.

Saint-Pierre-Jolys, le 1er juillet 1946

Cher Robert,
Il m'aura fallu beaucoup de temps pour le comprendre, maintenant je vois clair.
Notre histoire fut belle, tu m'as rendue femme et tu m'as donné le bonheur d'avoir une magnifique petite fille. Je t'en serai éternellement reconnaissante. Mais notre amour fut aussi un feu de paille auquel nous nous sommes brûlés. J'étais trop jeune, tu étais mon premier véritable amour. Mais que connaissais-je de l'amour ?
Et puis, il y a eu notre séparation, le déchirement quand j'ai cru que tu m'avais trompée. Je sais maintenant qu'il n'en était rien, mais j'aurais tant aimé Robert que tu viennes me chercher, me dire que tu tenais toujours à moi. Qu'est-ce que la distance entre le Manitoba et le Québec quand on s'aime ?
Le destin a remis Andrew sur mon chemin. J'ai toujours pensé que le hasard n'existait pas. C'est un homme généreux, sincère, je sais pouvoir compter sur lui en toute occasion et je me fiche bien de notre différence d'âge qui fait toute notre force. C'est mon pilier, mon mari, et je peux te l'affirmer aujourd'hui, je l'aime profondément et je tiens à ce qu'il le reste puisque nous allons avoir un enfant dans quelques mois.
Robert, notre amour fait maintenant partie du passé. J'espère que tu accepteras ma décision, en laissant de côté les rancœurs, pour que toi et moi soyons apaisés et puissions voir grandir sereinement notre petite fille.
Avec toute ma tendresse,
Rose

Épilogue

Septembre 1946

Juliette et Rose marchent sur le chemin de Saint-Claude à la ferme. Toutes deux pensent à leur arrivée ici, il y a tant d'années. Depuis, il s'est passé tant d'événements qui ont changé le cours de leur vie.

Louise est toujours en France, elle semble avoir trouvé la sérénité. La reverront-elles bientôt ? Elles sont tristes, ont le cœur lourd bien sûr, mais elles ont elles aussi un destin à accomplir. Leurs routes vont se séparer, parce qu'il en est ainsi, chacun doit faire sa vie. Toutes trois ensemble, elles ont quitté la France pour le Manitoba. Dans ce pays, elles ont connu bien des affres mais aussi de grands moments de bonheur. L'une s'en est retournée dans ses marais de Vendée, l'autre a rejoint Saint-Claude, là où tout a commencé, avec son cher Tobie ainsi qu'Aimé et Noël ; la troisième s'apprête à partir pour Saint-Boniface.

Rose a assumé son choix. Elle va aller vivre dans la grande demeure qu'Andrew vient d'acquérir sur le boulevard Provencher. Dans quelques semaines, elle va donner naissance à son enfant, elle est pleinement épanouie. Elle se demande comment elle a pu douter. Le bonheur était là, à portée de main, et elle le refusait, s'accrochant à des rêves utopiques. Il aura fallu une rencontre, ou plutôt une bousculade neuf ans plus tôt, sur le pont Provencher entre Saint-Boniface et Winnipeg, pour que son destin se mette en marche.

Maintenant, elle forme d'autres espoirs, celui de commencer un travail de journaliste, dès qu'elle sera installée dans leur maison. L'envie d'écrire lui prend les tripes. Des idées d'articles, elle en a plein son carnet. Elle sait enfin ce qu'elle veut faire de sa vie professionnelle.

Elle tiendra aussi sa promesse. Un jour prochain, elle fera venir Justine, l'attendrissante petite cousine qui finalement lui aura ouvert les yeux. Celle qui n'arrêtait pas de lui dire qu'elle avait une chance incroyable d'avoir un mari aussi beau et attentionné. Elle voyait juste. Elle avait une chance incroyable qu'Andrew l'ait remarquée, lui ait offert son amour. Il lui avait fallu du temps pour l'admettre, mais elle avait mûri. Les illusions de sa jeunesse étaient loin derrière, elle les regardait sans amertume, avec un brin de tendresse. Un avenir serein et heureux s'offrait à elle.

Juliette donne un dernier tour de clé et enlace sa filleule. Elles ont toutes deux le ventre noué. Il manque un maillon, Louise, la Vendéenne des marais. Elle est avec eux par la pensée, par-delà l'océan. La vie continue, avec ses méandres, et renaissent les espérances.

Sources

Pour le Manitoba

Histoire du Manitoba français – De Gabrielle Roy à Daniel Lavoie (1916-1968), Jacqueline Blay, Éditions des Plaines, Manitoba, 2016

Un coup d'œil sur le passé, Saint-Claude, Manitoba 1892-2000, Comité de tourisme & marketing de Saint-Claude – Manitoba

Album Saint-Claude, cent ans de photo – A Century of Photos, Comité de tourisme & marketing de Saint-Claude – Manitoba

Les Petits Cahiers du père Joseph, Mgr Roger Bazin P.H., Tec-Créations, Notre-Dame-de-Lourdes, Manitoba, octobre 2007

Carnet de voyage
Manitoba – De la grande prairie à la toundra, Denis Bauduin, Éditions du Ver Luisant, Brive-la-Gaillarde, novembre 2008

Sources Internet
La Migration des Vendéens vers le Canada (1880-1914), Jacqueline Colleu, chercheur indépendant, Éditions du Crini, E-CRINI, 2012

Archives du journal *La Liberté,* Winnipeg, 1913-1941, http://peel.library.ualberta.ca/newspapers/LLT/

Au pays de Riel, Centre du Patrimoine, http://shsb.mb.ca/au_pays_de_riel

Pour la Vendée

Les Cahiers du Noroît, revue de la Société d'histoire et d'études du Nord-Ouest Vendée, juin 2019

Challans sous l'Occupation (21 juin 1940-27 août 1944), Société d'histoire et d'études du Nord-Ouest Vendée, 2017

Source Internet
Le dictionnaire de patois vendéen de Troospeanet, http://dico.troospeanet.fr/

Remerciements

Un immense merci à Jacqueline Blay, détentrice d'une maîtrise en histoire canadienne de l'Université du Manitoba, présidente de la Société historique de Saint-Boniface et de la Maison Gabrielle-Roy au Manitoba, auteure de plusieurs ouvrages sur l'histoire du Manitoba. Je la remercie sincèrement et chaleureusement d'avoir accepté, une nouvelle fois, pour ce deuxième tome, de passer du temps à la relecture du tapuscrit. Ses corrections et précieux conseils toujours avisés m'ont permis d'éviter bien des erreurs. Et nos discussions téléphoniques à des moments où je peinais à comprendre certains faits historiques m'ont éclairée pour poursuivre l'écriture.

Un très grand merci également à Lucille Bazin, originaire de Saint-Claude au Manitoba, pour sa relecture du tapuscrit et ses corrections.

Achevé d'imprimer
à Noyelles-sous-Lens
en septembre 2022

Imprimé en France
Dépôt légal : avril 2021
N° d'édition : 2266497